Das Untier von Aachen

Günter Krieger

Das Untier von Aachen

Roman

GEV

www.gev.be
buchverlag@grenzecho.be

ISBN 978-3-86712-092-0
D/2014/3071/8

Der Autor im Internet:
www.guenter-krieger.de

Lektorat: René Zey, Frechen
Satz: Königsdorfer Medienhaus, Frechen

Printed in Germany

„Euer Widersacher, der Teufel,
geht wie ein brüllender Löwe umher und sucht,
wen er verschlingen kann.“

1 Petr. 5,8

Prolog

Wenige Tage vor dem Weihnachtsfest 965 A. D.
Schon ging der Tag dem Ende zu, als sich die Reiter *Aquis Vila* näherten. Nie zuvor war Grifo dieser Ort zu Gehör gekommen, aber das sollte nichts heißen. Bis vor Kurzem nämlich hatte der Elfjährige von der Welt wenig bis gar nichts gewusst. Auf einem Landgut bei Reims hatte er sein bisheriges Leben verbracht; sein Vater war ein Gefolgsmann König Pippins. Grifos vier ältere Brüder waren wohl der Grund, weshalb sich der Vater selten mit ihm beschäftigt hatte: auch ein Fuhrwagen verfügte schließlich nur über vier Räder. Bestimmt hätte der Vater ihn bald in ein Kloster gesteckt, aber dann war alles ganz anders gekommen.

Unerwartet und mit kleinem Gefolge war seinerzeit König Pippin aufgetaucht. Ein Unwetter hatte die Männer bei der Eberjagd überrascht. Grifo war aus dem Staunen nicht mehr herausgekommen: Noch nie hatte er den König gesehen, geschweige denn, ihm direkt gegenübergestanden.

Pippin war nicht besonders groß gewachsen, aber von kräftiger Statur, er hatte dunkles, schulterlanges Haar, in dem silberne Strähnen schimmerten. Er war älter, als Grifo ihn sich vorgestellt hatte, mindestens fünfzig Jahre musste er zählen. Seine beiden Söhne, die ihn begleiteten, wahre Hünen, überragten ihn um zwei Haupteslängen.

Pippin fragte Grifo nach seinem Namen. Der Knabe nannte ihn. Und fügte verschmitzt hinzu: „Das bedeutet: *Der Geschichtenerzähler!*“

„Danach hat der König dich nicht gefragt“, zischte sein Vater, nervös ob des hohen Besuchs. „Und glotz ihn um Himmels willen nicht so an.“

Aber Pippin lächelte. „So, der Geschichtenerzähler! Ist das wahr?"

Grifo nickte, obgleich er keine Ahnung hatte, ob das stimmte. Aber er mochte Geschichten, und die Bedeutung seines Namens war einer solchen entsprungen. Der alte Kaplan Hugo erzählte ihm ständig welche, Legenden von Heiligen, Märtyrern und Drachentötern. Der gute Hugo war der Einzige, der ihm ab und an Aufmerksamkeit schenkte, seit die Mutter gestorben war.

„Vergebt ihm seine Keckheit, mein König", sagte der Vater, „nach dem Tod meiner Gemahlin fehlte es mir an Zeit, mich ausgiebig seiner Erziehung zu widmen."

„Mir gefällt der Knabe", erwiderte Pippin, „er hat wache Augen und scheint mir nicht auf den Mund gefallen zu sein."

Der Vater senkte den Kopf und schwieg, als sei er gerade vom König getadelt worden.

„Wenn du willst", fuhr Pippin fort, „mache ich deinen Sohn zu meinem neuen Dienstburschen. Der letzte ist mir neulich am Lungenfieber gestorben."

Grifos Herz machte einen Sprung. Sein Vater blickte drein, als traute er seinen Ohren nicht.

„Kannst du reiten, Junge?", fragte Pippin.

„Und ob!"

„Das Schwert führen?"

„Schon mit einer Hand!"

„Weißt du ein Beil zu werfen?"

„Ich treffe jeden Baum, Herr!"

„Nun gut, wenn dein Vater einverstanden ist, nehme ich dich mit."

Beider Blicke richteten sich auf den Lehnsmann, der sich den Bart kratzte und nach Worten rang.

„Nun, Bechar?", drängte ihn Pippin.

„Es wäre mir eine große Ehre, mein König“, erwiderte der Angesprochene. Es musste ihm wie ein Wunder erscheinen: Unversehens war er einen Esser los.

Pippin nickte zufrieden. „Dann wäre das geklärt.“ Er klopfte dem Knaben wohlwollend auf die Schulter. „Wenn sich das Unwetter verzogen hat, brechen wir auf. Man wird dich in allem gründlich unterweisen.“

Zwei Stunden später, als sie den Gutshof verließen, begann Grifos neues Leben als Waffenknecht des fränkischen Königs.

Drei Monate waren seither vergangen. Inzwischen hatte sich der Winter übers Land gesenkt, der Himmel kündigte ersten Schnee an. Grifo schien es, als sei das Firmament über Aquis Vila besonders grau. Dichte Wälder umgaben den Ort, und Grifo fragte sich, weshalb der König ausgerechnet hier Weihnachten verbringen wollte. Es schien ihm der düsterste Platz zu sein, an dem er jemals gewesen war. Eher glich er einem Dorf denn einer Stadt, zwischen Hütten und Ställen lagen verwitterte Ruinen aus uralten Zeiten. Der König und seine Familie aber hatten ihr Quartier in einem alten Palast bezogen, den man aufwendig instand gesetzt hatte: Pippin weilte nämlich nicht zum ersten Mal in Aquis Vila.

Seit Wochen plagte den König heftiges Rheuma. Die Schmerzen in seinen Knochen wirkten sich auch auf sein Gemüt aus, Pippin war mürrisch und wortkarg. Grifo hütete sich, ihn mit kecken Fragen zu behelligen, denn sein Herr konnte äußerst ungemütlich werden. So gütig und freundlich wie bei ihrer ersten Begegnung zeigte sich Pippin nur noch selten. Vermutlich lag das an den Rheumaqualen. Dennoch sah Grifo einen Heros in ihm. Pippin war ein großer Krieger. Wenn nur die Hälfte der Geschichten stimmten, die man über ihn erzählte, dann stand Pippin seinem Vater, dem berühmten Karl Martell, in nichts nach.

In Aquis Vila gab es mancherorts Stellen, wo heißes Wasser aus der Erde sprudelte. Schon die Römer hatten sich dessen Heilkräfte zunutze gemacht und es in Bädern gesammelt. Am Tag nach ihrer Ankunft begleitete Grifo seinen Herrn zu einer solchen Quelle, um ihm beim Aus- und Ankleiden behilflich zu sein. Während Pippin bis zum Hals ins dampfende Wasser eintauchte und dabei selig die Augen schloss, wartete Grifo, bis sein Herr ihn wieder brauchte. Da erschien ein weiterer Mann an der Wasserstelle: Pippins ältester Sohn Karl.

„Auch ich will ins Wasser. Hilf mir beim Entkleiden!“, befahl er dem Dienstburschen des Vaters.

Grifo gehorchte. Der junge Karl schien recht umgänglich zu sein. Jedenfalls umgänglicher und weniger hochnäsig als sein Bruder Karlmann. Während er von Karls wollenem Umhang die Fibel öffnete, traute sich Grifo zu fragen: „Worin liegt das Geheimnis des Wassers?“

„Es lindert Schmerzen“, entgegnete der Sohn des Königs.

„Plagt Euch auch schon das Rheuma?“

Karl lächelte. „Noch nicht, aber eines Tages sicherlich.“

„Das Wasser stinkt wie Schwefel.“

„Es ist Medizin. Kennst du eine Medizin, die nicht bitter schmeckt?“

„Nein, Herr. Aber ...“, Grifo biss sich auf die Lippen, sprach aber letztlich aus, was ihm auf der Seele brannte, „wäre es möglich, dass das Wasser direkt aus der Hölle kommt?“

Karl lachte. „Sei unbesorgt, Junge. Den Teufel habe ich hier noch nie gesehenen!“ Mit diesen Worten stieg er in die Quelle.

Kein Teufel, keine Hölle – das war beruhigend. Und langweilig zugleich. Dieser mysteriöse Ort musste doch für eine spannende Geschichte gut sein.

Den Stoff bekam Grifo wenige Tage später geliefert.

Es war die erste Nacht nach dem Weihnachtsfest, als Grifo wach wurde, weil er Schritte auf dem Korridor hörte: ohne Zweifel die seines Herrn. Warum verließ dieser mitten in der Nacht die eheliche Kammer? Grifo erwartete, dass Pippin zu ihm kam, um ihn zu wecken. Doch der König ließ ihn ruhen. Wohin ging er? Plagte ihn wieder das Rheuma?

Grifo wollte ein aufmerksamer Bursche sein und beschloss, ihm unaufgefordert zu folgen. Vermutlich trieb es den König zu den heißen Quellen, und bestimmt würde er froh sein über eine helfende Hand. Es war stockdunkel. Grifo brauchte eine Weile, bis er sich angezogen hatte. Ein wenig benebelt fühlte er sich, denn zum Weihnachtsmahl hatte es reichlich Wein gegeben, dessen Genuss er nicht gewöhnt war.

Wolken verdeckten den Mond, am Himmel funkelte nicht ein einziger Stern. Finster und bedrohlich war die Nacht, trotz des Schnees, der am Vortag gefallen war. Der König musste schon weit voraus sein, bis zur Quelle war es noch ein Stück zu gehen, aber Grifo würde den Weg auch im Dunkeln finden. Zügig marschierte er los. Unter seinen Schritten knirschte der Schnee, in dem er die Spuren des Königs fand. Aber, hui – der Wein: Immer wieder wurde ihm schwindlig, sein Schädel brummte, und übel war ihm auch. Bis heute hatte er noch nie einen Kater gehabt. Nun wusste er, wie sich das anfühlte.

Schauerliches Geheul ließ ihn innehalten. Vergessen war mit einem Mal seine Unpässlichkeit, denn heiß und kalt lief es ihm über den Rücken. Welches wilde

Tier vermochte solche Laute von sich zu geben? Sie kamen von der Quelle her, die allenfalls noch hundert Schritte entfernt lag.

Am liebsten hätte Grifo auf der Stelle kehrtgemacht, um auf schnellstem Wege wieder in sein Bett zu kriechen. Doch er wollte kein Feigling sein. Das Wesen, welcher Natur es auch sein mochte, bedrohte möglicherweise seinen Herrn. Nun konnte Grifo endlich zeigen, dass man sich jederzeit auf ihn verlassen konnte. Er gab sich einen Ruck, stapfte entschlossen weiter. Sein Mut aber wurde auf eine weitere Probe gestellt, denn das Heulen des Wesens ging in ein fürchterliches Fauchen über. Grifo glaubte, das Blut müsse in seinen Adern gefrieren, jedes einzelne Körperhaar stellte sich auf. Bei allen Heiligen des Himmels, nicht einmal einem bis zur Weißglut gereizten Leitwolf würde er solche Laute zutrauen. War es ein Dämon, der sein Unwesen trieb, emporgestiegen aus den unergründlichen Tiefen, die unter den dampfenden Schwefelquellen existieren mochten?

Grifo vernahm Pippins Stimme. Sie gebot dem Wesen, sich fortzuscheren – vergebens, denn das Fauchen hielt an, wurde gar lauter, herausfordernder, fürchterlicher. Pippin, der sich gemeinhin durch nichts und niemanden einschüchtern ließ, sah sich zweifellos bedroht, und Grifo war der Einzige, der ihm jetzt zu Hilfe eilen konnte.

Das Herz klopfte ihm bis zum Hals, aber er beschleunigte seine Schritte. Nun galt es keine Zeit mehr zu verlieren. Als er die Quelle erreichte, sah er – nichts! Die Finsternis der Nacht hüllte alles in undurchdringliches Schwarz. Im Umfeld des heißen Wassers war vom Schnee nichts erhalten. Der Schwefelgeruch war durchdringender denn je und stach schmerzhaft in der Nase.

„Herr!“, rief Grifo.

„Bleib, wo du bist!“, erwiderte der König streng.

Für einen Moment hörte das Fauchen auf, als sei das Wesen überrascht von seiner Ankunft.

„Wie kann ich Euch helfen?“, beharrte Grifo.

„Bleib!“, lautete abermals Pippins Befehl. Offenbar wollte er nicht, dass sein Bursche auch noch in Gefahr geriet. Aber Grifo war nicht gekommen, um untätig zu sein. Nur: Was konnte er tun? Man sah kaum die Hand vor Augen. Reglos dem Fauchen des Höllenwesens zu lauschen, machte alles noch schlimmer. Grifo war entschlossen, den Befehl seines Herrn zu missachten, sobald sich eine Gelegenheit bot, Einfluss auf das Geschehen zu nehmen. Mochte der König ihn hinterher ruhig dafür bestrafen, dass ihm Mut und Treue mehr galten als blinder Gehorsam.

Während Grifo diese Dinge durch den Kopf gingen, trat hinter einer Wolke das halbe Rund des Mondes hervor. Für die Dauer weniger Augenblicke stand das Gestirn am Himmel und brachte etwas Licht in die Nacht. Immerhin: Was Grifo nun sah, genügte ihm, um endlich zu handeln. Hinterher sollte er stolz auf sich sein, weil der Anblick ihn nicht in Panik versetzt hatte.

Splitternackt stand der König vor der dampfenden Quelle, doch den Zugang versperrte ihm ein Tier, wie Grifo nie zuvor eins gesehen hatte. Groß wie Kalb war es, ein dunkles Fell bedeckte seinen Leib, aber später hätte Grifo nicht sicher sagen können, ob er nicht vielmehr die schuppige Haut einer Echse gesehen hatte. Eines aber war unzweifelhaft: Das Tier besaß fingerlange Reißzähne, die im Mondlicht blitzten, Geifer tropfte ihm aus dem Maul, und seine Augen leuchteten wie Flammen. Auch besaß es einen Schwanz, der gleich einer Peitsche ungestüm ausschlug. Was immer das für eine Kreatur sein mochte, sie bedrohte den König und setzte schon zum Sprung an.

Pippin ging niemals ohne sein Schwert fort, das wusste Grifo, also hielt er Ausschau nach der Waffe, die hier irgendwo liegen musste, entdeckte sie neben der abgelegten Kleidung. Blitzschnell bückte er sich, packte das Schwert, rief den König an und warf es ihm zu. Gerade noch konnte er beobachten, wie Pippin es geschickt auffing, bevor sich die Wolken wieder vor den Mond schoben und die Finsternis ihre Herrschaft zurückerlangte.

Als die Schwärze ihn von Neuem umfing, fragte sich Grifo, ob er nur einen gespenstischen Traum gehabt hatte. Doch als ein grässlicher Schmerzensschrei der Bestie durch die Nacht hallte, fand er in die Wirklichkeit zurück. Nichts von dem Erlebten entsprang einem Hirngespinst – und noch immer befand er sich mitten im Geschehen.

Er hörte, wie das Schwert auf Fleisch traf. Erneut schrie die Bestie, Pippin hingegen stieß einen Laut des Triumphes aus.

Ich bin Zeuge einer beispiellosen Heldentat!, dachte Grifo bewegt.

Saint-Denis, etwa drei Jahre später ...

Es sei nur noch eine Frage von Stunden, hatten des Königs Ärzte verlauten lassen. Pippin lag im Sterben. Sein jahrelanger Kampf gegen Rheuma, Gicht und Wassersucht hatten die Kräfte des Karolingers aufgezehrt. Schon hatte ein Prälat ihm das letzte Sakrament gespendet, und nun blieb nichts weiter zu tun als zu beten.

Gern hätte Grifo am Bett seines sterbenden Herrn gesessen, um seine Treue zu bekunden, doch man ließ ihn nicht vor. Lediglich Bertrada, die Königin, sowie

Pippins Söhne Karl und Karlmann hatten neben den versammelten Geistlichen noch Zutritt zu der Kammer, vor der geduldig und unsichtbar der Tod wartete. Auch Grifo hockte dort reglos auf einer Bank, als könne er ihm – wie damals, als das Untier seinen Herrn bedrohte – beizeiten zu Hilfe eilen.

Weihrauchdüfte schwängerten die Luft in den Gängen des Palasts, Choralgesang war zu vernehmen, und jeder, der an Grifo vorüberging, hütete sich, ein unnützes Wort zu verlieren. So viele ernste Gesichter hatte Grifo nie zuvor gesehen, aber ihm war klar, dass er selbst nicht anders dreinschaute. Nur – das konnte er ruhigen Gewissens behaupten – war seine Trauer nicht gespielt. Ob das auch bei allen anderen der Fall sein mochte, wagte er zu bezweifeln. In den vergangenen Wochen war ihm nicht entgangen, dass mancher Höfling und viele von Pippins Vertrauten die Nähe der Königssöhne suchten, die bald regieren würden. Längst hatte Pippin das Reich unter den beiden aufgeteilt, und manch einer sagte hinter vorgehaltener Hand Konflikte voraus. Niemand wollte auf der falschen Seite stehen, wenn es eines Tages zu einem Entscheidungskampf zwischen Karl und Karlmann käme.

Grifo konnte nicht abstreiten, dass auch er sich bereits Gedanken gemacht hatte, wie es nach dem Tod des Königs mit ihm weitergehen mochte. Würde einer der Söhne ihn in seinen Dienst nehmen? Etwa Karlmann? Er war der jüngere der Brüder. Seine Bediensteten hatten wenig unter ihm zu lachen, wie Grifo wusste. Lieber wäre er also Karls Waffenbursche geworden. Wie sein Vater konnte Karl zwar sehr launisch sein, doch im Großen und Ganzen wirkte er umgänglicher als der Bruder. Ja, am liebsten hätte Grifo dem Karl gedient. Als er einmal mehr darüber nachdachte, trat Karl aus der Kammer des Sterbenden. Er war allein, niemand folgte ihm, und so beschloss Grifo intuitiv, den künftigen König von Neustrien anzusprechen. Mehr als einen grimmigen Tadel würde er sich wohl kaum einhandeln.

„Herr! Euer Vater, der König – ist er ...?"

Karl blieb stehen und sah Grifo tief in die Augen. „Noch atmet er!", erklärte er dem jungen Mann, der sich unter Karls durchdringenden Blick unbehaglich fühlte. Doch Grifo wusste auch, dass die Karolinger Kühnheit schätzen, deshalb unterließ er es, die Augen niederzuschlagen, wie man es von einem Dienstburschen erwartet hätte. Freilich musste er den Kopf schon weit in den Nacken legen, um den groß gewachsenen Karl ansehen zu können.

„Er war der tapferste Mann, dem ich je gedient habe!", verkündete er mit Stolz.

Karl fragte lauernd: „Wie vielen Männern hast du denn schon gedient?"

„Nur Eurem Vater", musste Grifo einräumen. Karl war ja damals dabei gewesen, als Pippin ihn in seinen Dienst genommen hatte, und offenbar hatte er es nicht vergessen. „Aber das ändert nichts daran, dass es auf der Welt nie einen tapfereren Mann gab als ihn. Bis heute! Wenn er tot ist, möchte ich jemandem dienen, der ihm an Tapferkeit nahe kommt!"

Karl betrachtete ihn eine Weile schweigend.

Ich habe den Mund wohl etwas voll genommen, dachte Grifo mit nachlassendem Mut.

„Du warst bei ihm in jener Nacht, nicht wahr?", beendete Karl die Stille.

Grifo war sich nicht sicher, wovon der Sohn des Königs sprach. „Was meint Ihr, Herr?"

Karl zog ihn hinter eine Säule, als wollte er sicherstellen, dass niemand ihrem Gespräch lauschte. „Der König hat vorhin im Fieber davon gesprochen. Sein ganzes Leben zieht an ihm vorüber. Die Bestie! Du warst es, der ihm das Schwert zuwarf. Gerade noch zur rechten Zeit! Es war ein Wolf, nicht wahr?"

Nun spürte Grifo sein Herz heftig pochen. Bis heute hatte er mit niemandem über die nächtliche Begebenheit gesprochen: Der König hatte es ihm schlicht verboten. Entweder aus Bescheidenheit, oder, wahrscheinlicher, aus dem verständlichen Wunsch heraus, nicht für verrückt erklärt zu werden. Auf dem Sterbebett hatte er es sich offenbar anders überlegt.

„Oh nein, Herr. Das war kein Wolf." Grifos Stimme hatte zu zittern begonnen.

„So? Was war es dann?"

Grifo schluckte, aber Karl erwartete eine Antwort von ihm. Er gab sie flüsternd. „Es war ein Ungeheuer, Herr. Ein Monstrum. Vielleicht ein Dämon. Es war dreimal so groß wie ein Wolf und besaß Zähne wie Schwerter."

„Ein Bär also."

„Ein Bär? Nein Herr. Auch kein Bär."

„Die Nacht war finster, nicht wahr?"

„Dennoch konnte ich es sehen, als der Mond zum Vorschein kam."

Karl dachte lange nach. „Wenn du willst", sagte er schließlich, „nehme ich dich fortan in meine Dienste."

Grifo konnte sein Glück kaum fassen. „Es wäre eine große Ehre, Herr."

„Allerdings stelle ich dir eine Bedingung!"

Grifo nickte eifrig.

„Du wirst die Geschichte von meinem Vater und dem Untier nicht länger für dich behalten. Du wirst sie künftig jedem erzählen, der sie hören will. Dies liegt auch im Interesse meines Vaters, der in Kürze zu Gott heimkehren wird."

„Gewiss, Herr. Wenn Ihr es so wünscht."

„König Pippin kämpfte gegen ein Furcht erregendes Ungeheuer und besiegte es mit einem einzigen Streich seines Schwertes. Du wirst nichts von einem Wolf oder einem Bär berichten, hörst du?"

„Ich sagte es bereits, Herr: Es war keins dieser Tiere! Würde ich dies behaupten, wäre es gelogen."

Karl hob spöttisch die Augenbrauen. Beinahe erschien es Grifo, als zwinkerte er ihm verschwörerisch zu. Glaubte Karl etwa selbst nicht daran, dass sein Vater gegen ein Ungeheuer gekämpft hatte? Grifo stand kurz davor, sich empört zu geben, aber dann hätte er womöglich alles vermasselt. Karl hielt ihn offenbar für einen Träumer, der einen Wolf nicht von einem Ungeheuer unterscheiden konnte. Gleichwohl war ihm daran gelegen, dass sein Vater Pippin den Ruf eines großen Helden erlangte, wie man ihn nur aus längst vergangenen Zeiten kannte. Als Sohn eines Mannes, der wie Sankt Georg ein Untier getötet hatte, würde es Karl vielleicht leichter fallen, den Respekt und die Achtung seiner Untertanen zu gewinnen. So dumm war Grifo nicht, dass er die Gedankengänge der Mächtigen nicht nachvollziehen konnte.

„Kein Wolf und kein Bär, Herr!", versprach er und hob wie zum Schwur eine Hand.

Eine Stunde später läuteten die Totenglocken in Saint-Denis.

1605 A. D.

1

Elsa Kratz war eine Frau jenseits der dreißig. Man konnte noch ahnen, dass sie früher eine Schönheit gewesen sein musste, doch nun war sie vorzeitig gealtert. Das mochte unter anderem daran liegen, dass sie sich keine Schönheitsmittel und hübsche Kleider mehr leisten konnte. Vor allem aber waren es Gram und Verbitterung, die verantwortlich waren für die tiefen Furchen in ihrem Gesicht, dessen Anblick früher keinen jungen Mann gleichgültig gelassen hatte.

Noch vor wenigen Jahren war alles anders gewesen, da hatte Elsa im Wohlstand gelebt. In einer Stadt, wo die Befriedigung ihrer vielen Bedürfnisse kein Problem dargestellt hatte. Auch hatte sie zwei Dienstmägde gehabt, sodass sie weder waschen, kochen noch putzen musste. Ihr Glück wäre vollkommen gewesen, hätte sie auch noch ihren Mann geliebt. Doch Konrad war nicht gerade ansehnlich, zwar von kräftiger Gestalt, doch mit einem groben Wesen ausgestattet und ohne Gespür für die Wünsche seiner Frau. Ihre Eltern hatten die Heirat zwischen ihnen schon früh anberaumt, denn beide Väter waren geachtete Kupfermeister und Mitglieder des Rates gewesen. So führten sie eine freudlose Ehe, aber als Kupfermeister verdiente Konrad nicht zu knapp, und das war es, was wirklich zählte. Mochte er auch griesgrämig und kalt bis zum Umfallen sein, Hauptsache, er konnte ihr und den beiden Mädchen, die sie ihm binnen eines Jahres gebar, ein sorgloses Leben gewährleisten.

Aber eines grässlichen Tages hatte sich alles geändert!

Sie hatte nie verstehen können, warum um alles in der Welt es so bedeutend war, welchem Glauben man anhing. Was veranlasste die Menschen bloß, sich unermüdlich Gedanken darüber zu machen, ob der Herr während der Wandlung zugegen sei oder nicht. Oder ob es rechtens sei, die Jungfrau Maria eine Heilige zu nennen oder zu ihr zu beten. Damit nicht genug: Vielen Protestanten und Katholiken gefiel es, sich gegenseitig das Leben schwer zu machen. Nicht nur in Aachen, im ganzen Reich schienen religiöse Fragen das Wichtigste zu sein, das die Mächtigen umhertrieb und sie selbst zu den Waffen greifen ließ.

Dummerweise war der Kaiser ein Katholik und betrachtete Aachen seit jeher als Königsstadt. Deshalb hatte es schon vor langer Zeit Erlässe gegeben, um den Aachener Protestanten das Wasser abzugraben. Doch wurden solche Erlässe nicht nachhaltig umgesetzt, und da der Kaiser zu sehr mit kriegerischen Händeln beschäftigt war, hatte er darauf verzichten müssen, Zwang auszuüben. Bis zum Sommer 1598! Da erschienen kaisertreue Truppen des Kölner Kurfürsten vor Aachens Toren. Der vorwiegend protestantisch besetzte Rat musste abtreten, Katholiken nahmen ihre Plätze ein. Nicht nur evangelische Prediger und Amtsträger wurden ausgewiesen, sondern auch viele Bürger, die bis dahin enormen politischen Einfluss ausgeübt hatten. In jenem Jahr hatten sie ihre Heimatstadt verlassen müssen.

Nicht, dass Konrad ein politischer Mensch gewesen wäre, dazu war er viel zu einfältig. Er hatte nicht einmal Ambitionen gehabt, in den Stadtrat zu gelangen. Anders Elsas Schwiegervater, der es sicherlich noch zum Bürgermeister gebracht hätte. Der alte Kratz hatte von seinem Sohn und dessen Familie verlangt, Aachen mit ihm zu verlassen. Und Konrad war gehorsam gewesen, es wäre ihm nie in den Sinn gekommen, dem Vater zu widersprechen. Wäre es nach Elsa gegangen, so wären sie selbstverständlich geblieben, es hätte ihr sogar nichts ausgemacht, den katholischen Glauben anzunehmen. Zumal ihr die Katholiken ohnehin viel lebensfroher und weniger verbissen vorkamen. Sie kannten so viele Feste – das musste an all diesen Heiligen liegen! –, und deshalb arbeiteten sie unterm Strich auch weniger. Mit Protz und Prunk schienen sie kein Problem zu haben, und sicher hätte ihr ein katholischer Ehemann keine Vorhaltungen gemacht, wenn ihr wieder einmal der Sinn nach neuem Schmuck stand.

Im Herbst 1598 also hatten sie Aachen für immer verlassen. Schlimmer noch als der Verlust der Heimat war das horrende Strafgeld gewesen, das sie dem neuen Rat hatten zahlen müssen – danach war es vorbei mit ihrer Wohlhabenheit. Zuerst mussten sie ihre Bediensteten entlassen, bevor sie sich, wie auch viele andere der Geächteten, im Vichttal bei Stolberg niederließen, wo sie wieder ihrem Gewerbe nachgingen. Hier, auf dem Land, nur wenige Wegstunden von Aachen entfernt, war alles trist, rau und eintönig. Wie viele Tränen hatte Elsa seitdem schon vergossen?

Die vertriebenen Kupfermeister, vom Zunftzwang nunmehr befreit, sollten jedoch schon bald zu neuem Wohlstand gelangen. Leider galt das nicht für Konrad!

Es begann damit, dass Elsas Schwiegervater an einem Schlaganfall starb. Der Alte aber war die treibende Kraft hinter allem gewesen, und ohne ihn war Konrad nicht fähig, etwas Neues aufzubauen. Konrad wurde zum Nichtsnutz, der in seiner Werkstatt vor allem soff und sich einen Dreck um Frau und Kinder scherte.

Zu dieser Zeit begann Elsa ein Verhältnis mit einem anderen jungen Kupfermeister, um sich auf diese Weise von der Tristheit ihres Alltags zu lösen. Sein Name war Johannes Vercken. Wöchentlich trafen sie sich heimlich in einem nahen Waldstück, während eine alte Zigeunerin Elsas Kinder hütete. Mehrere Monate dauerte ihre Liaison, dann beendete sie Johannes, weil sich sein Gewissen regte. Wenn er selbst auch unverheiratet war, so mache er sich gleichwohl der Sünde des Ehebruchs schuldig, erklärte er der Geliebten zum Abschied. Was Elsas Bitterkeit noch steigerte. Denn sie hatte Johannes wirklich geliebt. Zumindest redete sie sich das ein.

Weiteres Unglück folgte: Kurz darauf starb ihr jüngeres Töchterchen, drei Tage später auch das andere – ein heimtückisches Lungenfieber hatte die Kinder ergriffen, gegen das niemand einen Rat wusste. Was für eine Tragödie! Elsa hatte nun niemanden mehr auf der Welt, an dem ihr Herz hing. In Armut lebte sie an der Seite eines Trunkenbolds, abhängig von den Almosen der anderen Ausgewanderten, die es als ihre Christenpflicht ansahen, den Kratz und seine Frau nicht gänzlich verelenden zu lassen. Und Konrad lehnte es starrsinnig ab, sich bei einem seiner Berufsgenossen als Geselle zu verdingen. Seine Verwahrlosung schritt voran.

Als Elsa eines Tages erfuhr, dass sich Johannes, ihr ehemaliger Geliebter, in den Wald zurückgezogen hatte, um fortan als Eremit in einer Klause zu leben, geriet ihr Weltbild noch mehr ins Wanken. Was bewog ihn dazu, der Welt auf diese Weise zu entsagen? Im Stillen hatte sie immer noch gehofft, er würde sie eines Tages aus ihrem Elend befreien, und im Geiste hatte sie sich an seiner Seite so manches Mal auf der Flucht in eine ferne Gegend gesehen.

Bald wurden von Johannes Vercken merkwürdige Dinge berichtet. Sein Gebet könne bewirken, so erzählten einige, dass Todkranke wieder gesund würden. Andere behaupteten hinter vorgehaltener Hand, er könne dies nur tun, weil er einen Pakt mit dem Bösen geschlossen habe. Von den Leuten der Umgebung wurde er verehrt oder gemieden, es schieden sich die Geister an ihm, zumal man noch selten von einem Protestanten gehört hatte, der zum Eremit geworden war.

Elsas Verbitterung wuchs mit jedem Tag, den sie morgens aufwachte. Ihre Schönheit begann zu verblühen, während ihr Hass stetig größer wurde. Konrad zu hassen reichte ihr schon lange nicht mehr, dieser Schwächling verdiente es nicht, dass sie seinetwegen mürbe wurde. Gott zu hassen verbot sich von selbst, obwohl er an ihrem Schicksal keineswegs unschuldig war. Also hasste sie die Stadt Aachen und alle Menschen, die darin leben, denn diese durften dort sein, wo sie nicht erwünscht war. Elsa glaubte nun zu wissen, wie sich Eva gefühlt haben musste, nachdem sie aus dem Paradies vertrieben worden war.

Doch durch Hass allein ließ sich nichts ändern. Wenn es wenigstens einen Weg der Rache gäbe. Aber wie sollte sie, ein schwaches Weib, sich an einer ganzen Stadt rächen? Oft dachte sie über diese Frage nach. Manchmal ganze Nächte lang. Bis ihr eines Tages eine Idee kam.

An einem Sonntagmorgen im Frühsommer 1605 – Konrad würde wohl kaum vor Mittag aus seinem Rausch erwachen – machte sie sich auf den Weg in den Wald. Ihr Ziel war die Hütte des Eremiten, der einmal ihr Liebhaber gewesen war.

Johannes Vercken hockte auf dem Boden vor der Tür seiner Holzhütte, die seit geraumer Zeit sein Zuhause war. Alles hatte er aufgegeben, um hier, in diesem Tal, ein Leben als Einsiedler zu führen. Irgendwann nämlich war der Kupfermeister der Lasten dieser Welt überdrüssig geworden. Was nützte ihm all der angehäufte Reichtum, wenn wegen seiner Sünden später einmal die Hölle auf ihn wartete? Also beschloss er, in Stille, Einsamkeit und Gebet den Herrgott um Vergebung seiner Sünden zu bitten. Mochten seine protestantischen Glaubensbrüder dies auch mit Unverständnis zur Kenntnis nehmen, so ließ er sich nicht davon abbringen.

Kaum vierzig Jahre zählte er nun, doch mit seinem früheren Leben, mit all seinen vielen Liebschaften, hatte er abgeschlossen. Die Nahrung, die er zu sich nahm, war karg und wenig abwechslungsreich. Sein abgemagerter Körper war in einen Kittel aus grobem Leinen gehüllt. Er lehnte jede Essensspende ab, die gutmütige Menschen ihm zukommen lassen wollten.

Es geschah häufig, dass Menschen aus der Umgebung bei ihm erschienen, um ihre Gebetsanliegen vorzutragen. Doch als er sah, wer sich an jenem Sonntagmorgen seiner Hütte näherte, überkam ihn ein flaues Gefühl.

Noch lag über dem satten Grün der Gräser der Nachttau, dessen Tropfen im ersten Sonnenlicht magisch glitzerten. Vögel sangen muntere Lieder, als sei dies der erste Morgen nach der Schöpfung. Die Welt lag im Frieden, wie es schien, doch der Einsiedler Johannes Vercken wusste nur zu gut, wie trügerisch dieser Eindruck war. Dass Elsa Kratz beschlossen hatte, ihn aufzusuchen, verhieß nichts Gutes und wühlte zudem in den offenen Wunden seiner Seele. Denn vermutlich kam sie nicht, um ihr Verständnis für seinen eingeschlagenen Weg kundzutun.

Johannes erhob sich, um sie stehend zu empfangen. Langsam stieg sie den Hang hinab, den Rock mit beiden Händen gerafft. Endlich standen sie sich gegenüber. Elsa sah ihn aus schmalen Augen an.

„Mein Anblick erschreckt dich wohl? Ich verwelke, Johannes. Dafür gibt es viele Gründe."

„Nicht dein Äußeres erschreckt mich, Elsa. Es ist der Zorn in deinen Augen, der mir Sorgen macht."

„Du sorgst dich um mich? Das ist immerhin etwas. Wenn es mir auch nicht weiterhilft."

„Vor allem bete ich für dich."

„Hättest du bloß für meine Kinder gebetet, als sie es brauchten. Vielleicht wären sie dann noch am Leben."

„Glaub mir, ich habe unablässig für sie gebetet, als ich von ihrer Krankheit erfuhr."

„Offenbar nicht genug."

Johannes schüttelte seufzend den Kopf. „Ich bin kein Wunderheiler, Elsa. Glaub mir, ich hätte mein Leben für die deiner Kinder gegeben, wenn uns der Herrgott diesen Weg ermöglichen würde."

Sie mahlte mit den Kiefern, schwieg aber.

„Wie geht es dir?" Er wusste, dass seine Frage überflüssig war, aber nun war sie ihm über die Lippen gekommen.

„Wie es mir geht? Mein Mann ist ein Säufer! Wir wurden aus unserer Heimat vertrieben und leben verarmt in dieser trostlosen Gegend! Meine Kinder sind gestorben! Und der Mann, den ich wirklich geliebt habe, zieht es vor, sich von der Welt abzusondern!"

„Du *glaubst* nur, dass du mich liebtest, Elsa. In Wirklichkeit wolltest du deinem tristen Alltag entfliehen."

„Bedeutet das, dass ich für dich nur ein Zeitvertreib war?"

„Es bedeutet, dass wir beide gesündigt haben. Wir begingen Ehebruch. Aber das ist nicht meine schwerste Sünde. Wozu bist du gekommen, wenn du nicht in Frieden mit mir sprechen willst?"

Sie wischte sich eine Haarsträhne aus dem Gesicht und sah ihn lange an. „Man sagt dir nach, du könntest Wunder vollbringen."

„Wer das behauptet, redet Unsinn."

„Durch dein Gebet hast du die Frau des Kasper Klermont davor bewahrt, am Kindbettfieber zu sterben."

„Ich bin nicht der Einzige, der für sie gebetet hat. Der Allmächtige hat alles vorherbestimmt; *er* entscheidet, wen er zu sich ruft und wen noch nicht."

Seine Erklärung schien Elsa nicht zur Kenntnis zu nehmen. „Nachdem Klermont dich aufgesucht hatte, wurde sein Weib auf der Stelle gesund."

Johannes schwieg.

„Jedoch fand man anderentags seine Kuh tot im Stall", fuhr sie fort, jedes Wort betonend. „Du besitzt offenbar Zauberkräfte, mein Liebster. Du bewirktest, dass der Tod sich ein anderes Opfer suchte."

„Elsa! Ich kann nicht glauben, dass du solche Dinge für möglich hältst."

„Ich erwarte nicht, dass du geständig bist."

„Dann hör auf, solche Dinge zu sagen."

„Im Gegenteil, ich fange gerade erst damit an! Du bist ein Zauberer!"

„Du gehst jetzt besser."

„Ja, ein Zauberer bist du! Das ist auch der Grund, weshalb du dich von den Menschen zurückgezogen hast."

Johannes rieb sich die Nasenwurzel. Offenbar stand die frühere Geliebte kurz davor, verrückt zu werden. Ihre Augen sprühten Funken, aber ihm war bewusst, dass sich ihr Hass nicht gegen ihn allein richtete.

„Was willst du von mir, Elsa?"

„Du schuldest mir wenigstens einen Gefallen, findest du nicht? Nachdem du mir alle Hoffnungen geraubt hast."

„Das tut mir Leid, Elsa. Aber für dein Leben trägst du selbst Verantwortung. Welchen Gefallen könnte ich dir schon erweisen? Sieh dich um, der Wald ist jetzt mein Heim. Ich bete, suche nach Wurzeln und Beeren, bete, esse, und in der Nacht bete ich wiederum. Ich bete für mich und für das Wohl aller Menschen. Auch um dein Wohl bete ich, Elsa. Welchen Gefallen könnte ich dir darüber hinaus noch erweisen?"

Irgendetwas in ihren Augen machte ihm geradezu Angst. Triumph leuchtete darin. Was hatte sie vor? Nun brachte sie sogar ein kaum wahrnehmbares Lächeln hervor. Ihre Zähne blitzten, als ein Strahl der Morgensonne sie traf. Fast konnte er diese verbitterte, vorzeitig gealterte Frau wieder hübsch nennen, wenngleich ihre Schönheit von diabolischer Art war.

„Du weißt, was im vergangenen Jahr in Aachen geschah?", fragte sie lauernd.

Er schüttelte den Kopf. „Nein, Elsa. Ich habe der Welt da draußen entsagt. Was geschah denn dort?"

„Eine junge Zigeunerin wurde auf dem Galgenberg verbrannt! Jedes Kind kennt inzwischen ihren Namen: Maroy Kroiseti! Sie war eine Hexe!"

Johannes' Stirn umwölkte sich. Hexen schienen eine neue Geißel dieser Zeit zu sein. Schon bevor er sich in den Wald zurückgezogen hatte, waren ihm Geschichten über Hexenprozesse zu Ohren gekommen. Im nahen Blankenheim war es vor Jahren zu einer regelrechten Hexenjagd gekommen, fünf Frauen wurden dem Scheiterhaufen überantwortet.

Elsa fuhr fort: „Die Kroiseti starb einen elenden Tod. Zuvor hatte sie nach langem Leugnen gestanden, für mancherlei Schadenszauber verantwortlich gewesen zu sein. Sie stand mit dem Teufel im Bund, Johannes."

„Es ist beängstigend, welche Macht der Böse über uns Menschen hat."

„Beängstigend, du sagst es!"

Johannes horchte auf. Ihr Tonfall machte ihn misstrauisch. Was wollte sie bloß von ihm?

„Doch der Teufel findet nicht allein in schwachen Weibern seine Opfer." Sie reckte das Kinn und sah ihm fest in die Augen. „In Jülich führten sie unlängst einen Gerber zum Scheiterhaufen. Er hatte das Vieh des Nachbarn verhext und ein Unwetter herbeigezaubert. Mit Hilfe des Teufels versteht sich."

Jetzt fiel es Johannes wie Schuppen von den Augen: Elsa drohte ihm.

„Ich bin dem Teufel nie begegnet, Elsa. Selbst hier draußen in der Einsamkeit nicht."

„Das wird dir nichts nützen, wenn jemand behauptet, er habe dich an der Seite des Leibhaftigen bei gotteslästerlichen Ritualen gesehen."

„Ich würde bei Gott, unserem Herrn, schwören, dass dies eine infame Lüge sei. Ich bin kein Zauberer!"

„Unter der Folter müsstest du es zugeben!"

Johannes schwieg.

„Denk an Klermonts Kuh", flüsterte Elsa, und abermals glühten ihre Augen. „Ob frommer Mann oder Zauberer – wer kann das schon so genau wissen?"

„Du würdest mich anzeigen, nur um dich zu rächen?"

Sie schnalzte missbilligend. „Ach, Johannes. Es geht nicht um dich. Du hast mir Leid zugefügt, aber ich will es vergessen. Zwischen uns wird es nie mehr sein, wie es mal war. Rache? Ja, aber sie soll diejenigen treffen, die uns damals aus der Stadt vertrieben haben."

„Du redest in Rätseln, Elsa."

„Dann will ich deutlicher werden: Von mir hast du keine Anzeige zu befürchten. Nur eins musst du für mein Stillhalten tun: Zahle es den Aachenern heim! Sorge dafür, dass sie künftig in Angst und Schrecken leben müssen. Strafe sie mit einer großen Plage, wenn schon der Herrgott uns keine Gerechtigkeit widerfahren lässt."

Johannes starrte sie ungläubig an. Nichts in ihren Gebärden wies darauf hin, dass sie ihn lediglich zum

Narren hielt. Jedes einzelne Wort meinte sie bitterernst. „Eine Plage? Ich sagte es bereits, ich bin kein Zauberer, Elsa."

„Aber ich glaube dir nicht. Vielleicht bist du ja selbst erschrocken über deine Fähigkeiten, ob sie nun vom Teufel stammen oder nicht. Dies ist der Grund für deine Weltflucht. Also spiel mir nicht länger etwas vor!"

„Elsa, das kann nicht dein ..."

„Noch nie war mir etwas so ernst! Wenn ich höre, dass in Aachen Angst und Schrecken herrschen, nehme ich Abstand davon, dich wegen deiner Künste anzuzeigen, wie es eigentlich meine Christenpflicht wäre."

Johannes wünschte sich nichts sehnlicher, als im nächsten Augenblick aus einem schlechten Traum zu erwachen. Doch dies war kein Traum. Der Racheengel, der dort vor ihm stand und Gift versprühte, war Wirklichkeit. Er versuchte, einen klaren Kopf zu bewahren, auch wenn er in seiner Fassungslosigkeit am liebsten laut geschrien hätte.

„Wenn ich ein Zauberer wäre, was sollte mich dann daran hindern, dir zu schaden, bevor du mir schaden könntest?"

„Du schuldest mir etwas. Du magst mich nicht mehr lieben, aber du würdest mir kein Unheil zufügen, das weiß ich genau."

„Sei dir da nicht so sicher."

„Ha! Damit gibst du zu, dass du diese Fähigkeiten besitzt. Schick den Aachenern einen Brand, eine Flut, ein furchtbares Unwetter, eine Geißel, was immer dir lieb ist. Die Ratsherren, ihre eitlen Weiber, ihre Bälger, ja ganze Stadt soll leiden, wie auch ich leiden muss. Dies, nur dies und nicht mehr verlange ich von dir!"

Sie machte kehrt, aber bevor sie sich wieder auf den Weg machte, hielt sie noch einmal inne, um Johannes ein letztes Mal mit ihrem Blick zu durchbohren.

„Wenn du tust, was ich verlange, hast du nie wieder etwas von mir zu befürchten, mein Liebster. Wenn du aber untätig bleibst, dann sorge ich dafür, dass du brennst, das schwöre ich – bei meinen toten Kindern!"

Während er ihr hinterhersah, lief es ihm kalt über den Rücken. Seine Hände, einst Werkzeuge einer begangenen Todsünde, waren feucht geworden. Und es schien ihm, als seien die Vögel, die vorhin noch fröhlich gezwitschert hatten, mit einem Mal verstummt.

2

Aachen, sechs Tage später: die Werkstatt des Goldschmieds Matthias Kalkberner.

Die Glocken der nahen Jakobskirche läuteten zur Vesper. Paul legte die kleine Zange beiseite und reckte sich ausgiebig. Stirnrunzelnd äugte sein Vater zu ihm herüber.

„Was ist? Bist du fertig?", fragte er den Sohn.

„Für heute ja, Vater. Ich mache Feierabend!"

„Was soll das heißen? Die Frau Klöcker will das Collier bis Mittwoch."

„Das schaffe ich leicht."

„Wer bestimmt hier eigentlich, wann Feierabend ist?"

„Vater, bitte! Fang nicht schon wieder damit an. Es ist Sonnabend. Die Woche ist vorüber."

„Was hast du vor? Willst du schon wieder in dieses gottlose Wirtshaus gehen? Zechen mit deinen Kumpanen?"

„Wir trinken einen Humpen Bier, das ist alles."

„Trinken ist ein übles Laster!"

„Selbst unser Herr Jesus war einem Becher Wein nicht abgeneigt."

„Am Ende wirst du noch wie die Katholiken, die glauben, sie könnten fröhlich sündigen, solange sie regelmäßig zur Beichte gehen."

„Ich habe nicht vor zu sündigen, Vater. Wie gesagt, es ist nur ein Humpen Bier mit Freunden."

„Und den Frauenzimmern hinterher starren!"

Dazu schwieg Paul. Denn an dieser Behauptung war unbestritten etwas Wahres. Wenngleich es genau genommen nur *ein* Frauenzimmer war, dem Paul nachstarren würde: Magdalena! Sie war die älteste Tochter des Wirtes und hatte es ihm angetan! Das Problem war nur, dass es mindestens drei Dutzend Burschen gab, die sich gleichfalls in sie verguckt hatten. Was nicht verwunderlich war, denn Magdalena war rassig wie kein zweites Weib in der Stadt. Sie hatte volle Lippen und dunkles Haar, das ihr bis zur Taille hinunterging. Lange Wimpern lagen über ihren runden Augen, und wenn sie einen Burschen ansah, so musste dieser denken, sie verzehre sich förmlich nach ihm.

Paul erhob sich von seinem Hocker. „Mach dir keine Sorgen um mich, Vater. Ich bin kein Kind mehr."

„Das ist es ja gerade. Als Kind warst du immer artig und gehorsam. Nie hast du Schwierigkeiten gemacht."

„Ich werde dir auch weiterhin keine machen! Versprochen!"

Bevor der Vater mit seinem Lamento fortfahren konnte, verließ Paul die Werkstatt. Ein bisschen schlecht fühlte er sich schon, denn der Vater verdiente auf jeden Fall den gebührenden Respekt. Aber Paul war neunzehn und somit alt genug, ein eigenständiges Leben zu führen. Als gelernter Goldschmied brauchte ihm vor der Zukunft nicht bange zu sein. Anders als der Vater machte er sich keine Sorgen darüber, dass sie in Aachen zur Minderheit der wenigen noch in der Stadt verbliebenen Protestanten zählten. Vater fühlte sich seither wie ein Geächteter, aber er neigte nun einmal dazu, sich übermäßig zu beunruhigen.

Paul sah ihre Situation viel entspannter, die Aufträge blieben nicht aus, und im Großen und Ganzen ließ man die Protestanten doch in Ruhe, auch wenn sie keine Gottesdienste abhalten durften. Paul hätte lügen müssen, wenn er behauptete, die Gottesdienste fehlten ihm. Und seinen beiden katholischen Kumpanen, Hans Palmen und Joachim Schwartz, war es völlig einerlei, ob er zur Gottesmutter Maria betete oder nicht. Wenn sie in der „Kette“ beim Bier zusammensaßen, dann sprachen sie so gut wie nie über religiöse Dinge – wozu auch? Die „Kette“ war ein Wirtshaus, keine Kirche. Und wenn Magdalena um die Gäste herum scharwenzelte, dann waren fromme Gedanken ohnehin ausgeschlossen.

Durch einen Korridor gelangte Paul ins Wohnhaus, wo Trudi, seine zwölfjährige Schwester, soeben die Stube fegte. Sie sah ihn grinsend an.

„Schon Feierabend?“

„Was dagegen, Kröte?“

„Nicht das Geringste.“

„Na also.“ Er nahm einen ihrer Zöpfe in die Hand und zog daran, als sei er eine Glockenleine. Kichernd entwand sie sich, blieb aber neugierig.

„Lass mich raten: Du willst zur ‚Kette‘“

„Du musst nicht alles wissen.“

„Wegen der Magdalena willst du dorthin, gib's ruhig zu.“

„Und woher weißt du das so genau?“

„Bist du etwa anders als die anderen Burschen?“

„Na warte!“ Er schnappte sie sich und kitzelte ihr den Bauch. Trudi prustete und wand sich wie ein Aal. Erst als sie ihn regelrecht anflehte, damit aufzuhören, ließ er sie los. „Wenn du weiter so frech bist“, sagte er mit spaßhaft erhobenem Zeigefinger, „dann wird es dir am Ende noch so ergehen wie der Kroiseti.“

„Hör auf! Das ist nicht witzig!“

„Eben.“

„Es ist also wahr: Du hast dich in die Magdalena verknallt.“

„Und wenn es so wäre?“

Sie zuckte mit den Schultern. „Dann wärst du dein Unglück eben selbst schuld.“

„Was soll das denn, bitte schön, heißen?“

„Die Magdalena ist eine eingebildete Gans. Ihre Schwester ist viel netter."

„Aber sie ist bei Weitem nicht so hübsch, die Katharina."

„Ha! Das sieht dir ähnlich. Siehst nur aufs Äußere."

„Ich bin eben ein Goldschmied!"

„Ein Schafskopf, das bist du!"

„Du bist doch selbst verliebt – in den Michel! Gebe ich dir etwa ungebetene Ratschläge?"

„Verliebt, pah, so ein Unsinn! Michel ist ein Nachbarsjunge und mein guter Freund."

„Und weshalb wirst du rot, wenn ich von ihm spreche?"

„Rot werde ich nur, wenn ich merke, dass mein großer Bruder sich wie ein rossiger Eselhengst benimmt."

„Willst wohl wieder durchgekitzelt werden."

Sie hob abwehrend beide Hände. „Für heute reicht's, ich sag ja nichts mehr."

„Braves Mädchen."

Sie verstanden sich prächtig, die beiden Geschwister. Das war nicht immer so gewesen. Denn die Mutter war bei Trudis Geburt gestorben. Als Knabe hatte Paul ihr das übel genommen. Natürlich sah er das heute anders. Trudi war der Sonnenschein der Familie. Als einzige verstand sie es, den zur Schwermut neigenden Vater zum Lachen zu bringen. Paul fand, dass sie genau dies heute wieder versuchen sollte.

„Sing dem Vater ein lustiges Lied!"

„Du meinst, ich soll ihn besänftigen, weil er sich über dich geärgert hat?"

„Zu irgendetwas musst du doch nütze sein."

„Na gut. Ich will versuchen, seine Laune zu verbessern, aber nur, wenn du die Finger von Magdalena lässt."

„Das kann ich nicht versprechen, du eifersüchtiges, kleines Weib."

Er stieg die Treppe ins Obergeschoss empor, um sich in seiner Kammer umzukleiden. Magdalena hatte ihm einmal ihre Lieblingsfarbe verraten. Schon am nächsten Tag war Paul zum Schneider gegangen und hatte sich eine rote Samtjacke anfertigen lassen. Er wollte nichts dem Zufall überlassen, um Magdalenas Gunst zu erwerben. Allerdings war er noch weit davon entfernt, dass sie nur noch ihm schöne Augen gemacht hätte.

Magdalena zog es immer noch vor, sich von jedermann umwerben zu lassen, anstatt sich einen Kandidaten auszuwählen. Und eigentlich war ihr das nicht übel zu nehmen, denn wozu sollte sie etwas überstürzen? Wichtig war nur, dass Paul präsent blieb, damit sie sein Gesicht bloß nicht vergaß. Und wenn er eine rote Samtjacke trug, mochte ihm das dabei helfen.

Er betrachtete sich im Wandspiegel, den er sich ebenfalls angeschafft hatte. Er selbst gefiel sich gut darin, soweit er das beurteilen konnte, aber bei den Weibern wusste man ja nie genau, worauf sie eigentlich achteten. Ob er seinen federbesetzen Hut aufsetzen sollte? Es war ein milder Frühsommertag, und möglicherweise würde Magdalena es albern finden, wenn er mit einem Hut im Gasthaus erschien. Möglicherweise auch nicht, er wusste es nicht. Also beschloss Paul, die Großmutter um Rat zu fragen.

Die alte Frau Kalkberner war bettlägerig, seitdem sie vor geraumer Zeit der Schlag getroffen hatte. Und als wäre dieses Los nicht schon hart genug, hatte sie in letzter Zeit zunehmend ihr Augenlicht eingebüßt. Nun war sie fast blind, aber erstaunlicherweise versank sie nicht in Lethargie. Bestimmt war sie als junge Frau eine Frohnatur wie Trudi gewesen; was für ein Glück, dass die Schwester mehr auf die Großmutter als auf den Vater kam.

Paul betrat ihre Kammer, in der sich die Gerüche von Krankheit, Kräuterdämpfen und Kerzenwachs munter vermischten. „Großmutter! Ich wollte mal wieder nach dir schauen. Geht es dir gut?"

Ihr weitgehend zahnloser Mund lächelte. Seitdem sie nichts mehr sehen konnte, hielt sie die Augen ständig verschlossen.

„Raus mit der Sprache, Junge! Was willst du von mir wissen?" Seit dem Schlaganfall bereitete das Sprechen ihr Mühe. Deshalb hatte sie sich angewöhnt, langsam, sehr langsam, dafür aber umso deutlicher zu reden.

Paul kam ihrem Wunsch nach, nicht lange um den heißen Brei herumzureden. „Stell dir einmal vor, du wärst noch eine junge Frau, Großmutter ..."

„Oh, ich stelle mir das sogar sehr oft vor."

„... und mindestens zehn Jünglinge würden um deine Gunst buhlen."

Sie machte ein schnalzendes Geräusch.

„Worauf würdest du am meisten achten, Großmutter, wenn du zwischen allen Bewerbern wählen müsstest?"

„Er dürfte kein Dummkopf sein."

„Kein Dummkopf, aha! Das setze ich mal voraus. Aber worauf würdest du noch achten?"

„Wovon sprichst du, Junge?"

„Ich meine ... wenn er einen Federhut trüge, würde das Eindruck schinden?"

„Zu meiner Zeit trugen nur eitle Pfauen Federhüte."

Paul seufzte leise. Vielleicht war es falsch gewesen, die gute Großmutter um Rat zu fragen. Da hätte sogar Trudi ihn besser beraten. Andererseits mochte er die Großmutter viel zu sehr, um sie vor den Kopf zu stoßen.

„Wie sagt man so schön, Großmutter? – Die Zeiten ändern sich."

„Wohl wahr."

„Aber vielleicht hast du recht. Ich lasse den Hut daheim."

„Wer ist denn deine Angebetete?"

„Die ältere Tochter des Alois Nopp."

„Redest du vom Wirt der ‚Kette'?"

Paul nickte.

„Ich höre dich nicht", sagte die Großmutter.

„Ja, die Tochter des Wirts."

„Oh!" Die Großmutter schwieg eine Weile. „Darüber wird dein Vater nicht besonders erfreut sein."

„Du kennst ihn ja."

„Er hätte nie Protestant werden sollen. Die Päpstlichen verstehen es besser, das Leben zu genießen. Nicht wahr?"

Paul grinste. „Sag mir die Wahrheit, Großmutter: Bist du im Herzen immer noch katholisch?"

„Siehst du hier etwa einen Rosenkranz?"

„Nein. Aber das bedeutet nichts. Du könntest ihn unter deinem Bett versteckt haben."

„Wir alle sind nur Spielbälle der Mächtigen."

„Wenn es nach mir ginge, könnten wir katholisch werden. Das würde vieles einfacher machen. Vor allem für Vater."

„Dein Vater nimmt seinen Glauben ernst, ebenso wie dein Onkel Johann. Daran können wir nichts ändern."

„Nein. Können wir nicht."

Johann war Vaters älterer Bruder, ebenfalls Goldschmied und noch viel eifriger, wenn es um den evangelischen Glauben ging. Paul wurde das Gespräch jedenfalls zu theologisch.

„Hast du eine Lieblingsfarbe, Großmutter?"

„Grün!"

„Grün?"

„Wie die Blätter eines Baumes."

„Warum nicht Rot?"

„Rot?" Die Großmutter schüttelte den Kopf. „Nein. Nur kein Rot. Rot ist die Farbe von Blut."

Paul wollte erneut seufzen, aber er verkniff es sich. „Ich gehe jetzt, Großmutter. Meine Freunde warten sicher schon."

„Viel Glück bei deiner Angebeteten."

„Danke. Das kann ich gut gebrauchen."

„Und denk daran", mit zittriger Hand tippte sie sich an die Stirn, „Klugheit ist wichtiger als schmuckes Aussehen."

„Beides ist wichtig, Großmutter."

„Betrink dich nicht in ihrer Gegenwart!"

Das war immerhin ein brauchbarer Ratschlag, obwohl er keineswegs vorhatte, sich zu betrinken. Er beugte sich über sie und küsste sie zum Abschied auf die Wange.

„Klugheit ist wichtiger!", sagte sie zu sich selbst, nachdem er gegangen war.

Noch herrschte reges Treiben in den Gassen der Innenstadt, wenn auch viele Werkstätten und Läden inzwischen schon geschlossen hatten. Paul schlenderte Richtung Stadtmitte und genoss die milde Luft. Eine arbeitsreiche Woche lag hinter ihm, und er war froh, dass er noch ein wenig die Abendsonne genießen durfte. Mit seinen beiden Freunden würde er sich ein kühles Bier schmecken lassen. Noch erfreulicher war freilich die Tatsache, dass er Magdalena wiedersehen würde.

In der Jakobsstraße, vor dem Weißfrauenkloster, stand Hiob, der selbst ernannte Prediger, und schrie seine düsteren Prophezeiungen in den Abend. Hiob hatte ein verwittertes, hohlwangiges Gesicht mit blutunterlaufenen Augen. Er störte sich nicht daran, dass sich keine Menschenseele um ihn scharte, um ihm zu lauschen. Hiob – diesen Namen hatten die Aachener für ihn ersonnen – war ein Verrückter, jedermann wusste das. Er verdingte sich als Knecht auf einem Hof bei Burtscheid, und sobald seine Arbeit es zuließ, eilte er in die Stadt, um dort zu predigen.

Vielen Stadtgeistlichen war er ein Dorn im Auge. Weil er aber keiner Fliege etwas zuleide tat und seinen Worten nichts wirklich Lästerliches anhaftete, ließ man ihn gewähren. Manchmal musste er von den Stadtknechten vor Toreschluss aus der Stadt getrieben werden, aber das war schon alles, was man gegen ihn unternahm.

„Ich sah ein Tier!“, rief Hiob, hob theatralisch die Hände und blickte zum Himmel. „Es glich einem Panther, seine Füße waren wie Tatzen eines Bären, sein Maul wie das eines Löwen!“

Paul blieb stehen. Er beschloss, Hiob eine Weile zuzuhören. Denn auf keinen Fall wollte er der erste Gast in der „Kette“ sein. Zwar hätte er dann vielleicht die günstige Gelegenheit bekommen, allein mit Magdalena zu sein, aber sie sollte ihn nicht für einen Müßiggänger halten, der seine Arbeit vernachlässigte. Ein weiterer Grund war seine Schüchternheit. Er war eben kein Draufgänger, und er hatte noch nicht darüber nachgedacht, was er ihr sagen sollte, wenn sie einmal unter sich waren. So etwas musste gründlich überlegt sein, sonst würde er alles vermasseln. Wenn es stimmte, was Großmutter behauptete, dass nämlich die Frauen an Männern vor allem Klugheit schätzten, dann konnte ein törichtes Wort womöglich das Ende seiner Liebesträume bedeuten.

„Zehn Hörner und sieben Köpfe hatte das Tier!“, schrie Hiob. „Und auf seinen Hörnern trug es zehn Diademe!“

„Huh“, machte jemand, der plötzlich neben den lauschenden Paul getreten war. „Sieben Köpfe, aber nur zehn Hörner! Wo sind denn die anderen vier geblieben? Hat die jemand abgesägt?“

Paul grinste. Sein Kumpan, der junge Schmiedemeister Joachim Schwartz, fand großen Gefallen daran, Hiobs Monolog zu unterbrechen.

Hiob ließ die Hände sinken und sah den Ankömmling entgeistert an. „Du wagst es?“, krächzte er.

„Du wagst es, du wagst es“, äffte Joachim ihn nach. „Ist das alles, was dir zu meiner Frage einfällt?“

„Das Tier öffnete sein Maul ...“

„Und du hältst dasselbe jetzt mal lieber, es sei denn, du beantwortest endlich meine Frage: Wieso, zum Teufel, hat ein Vieh mit sage und schreibe sieben Köpfen nur zehn Hörner? Da stimmt doch was nicht.“

„So steht es in der Schrift, du Hornochse!“

„Wie nennst du mich?“ Joachim gab sich empört und stemmte beide Arme in die Hüften. Wie jeder ordentliche Schmied besaß Joachim Oberarme wie Baumstämme, sein Kreuz war so breit, dass einer wie Hiob sich dreimal dahinter verstecken konnte. Verängstigt wich der Prediger zurück, bis die Mauern des hinter ihm liegenden Gebäudes ein weiteres Wegrücken unmöglich machten. Joachim zwinkerte seinem Freund Paul verschwörerisch zu. Dann baute er sich breitbeinig vor Hiob auf. „Also noch mal von vorn: *Wie* hast du mich vorhin genannt?“

„Das Tier, das Tier ...“, stotterte Hiob.

„Ja, ja, das Tier. Ich könnte schwören, du hättest mich einen Hornochsen genannt!“

Das bizarre Schauspiel hatte inzwischen einige Zuschauer angelockt, heimkehrende Handwerksgesellen, die sich köstlich amüsierten und mit Kommentaren nicht sparten.

„He, Schwartz! Frag ihn doch mal, warum er immer nur von verdammten Tieren spricht."

„Daheim bespringt er wahrscheinlich seine Kuh."

„Weil sie vier Hörner und drei Schwänze hat!"

Joachim grinste in sein Publikum und wandte sich erneut an den armen Hiob. „Tja, die Jungs machen sich eben auch ihre Gedanken. Warum garstige Tiere? Eine gute Frage, finde ich. Kannst du nicht mal was Schönes predigen?"

„Zum Beispiel die Geschichte mit den zwanzig Jungfrauen und den Lampen", rief einer der Gesellen. „Eine Geschichte, die nie und nimmer in Aachen stattgefunden haben kann."

Grölendes Gelächter.

Paul tat der Prediger zunehmend leid, und auf die Gefahr hin, dass man ihn zum Spielverderber erklärte, trat er auf Joachim zu und fasste ihn am Arm. „Warum lässt du ihn nicht in Frieden?"

„Er hat mich einen Hornochsen genannt."

„Na und? Er ist doch nicht ganz dicht im Oberstübchen. Komm, in der ‚Kette' wartet ein kühles Bier auf uns."

„Und eine knusprige Maid!"

Joachim sah ein, dass ein Kerlchen wie Hiob kein geeignetes Opfer für ihn war. „Nicht vergessen", riet er ihm mit erhobenem Zeigefinger, „beim nächsten Mal wollen wir eine lustige Predigt von dir hören! Nichts mit Bestien und albernen Viechern."

Er folgte dem vorangehenden Paul. Den Gesellen aber, die sich anschickten, weiter ihren Spott mit Hiob zu treiben, sagte er drohend: „Lasst ihn mal schön in Ruhe, verstanden? Selig sind nämlich die Schwachsinnigen."

Niemand wäre auf die Idee gekommen, sich mit Joachim anzulegen.

Auf dem Platz vor dem Rathaus gab es einen Menschenauflauf. „Heilige Dreifaltigkeit!“, murmelte Joachim, als er den Grund dafür sah.

„Ich fürchte, die Bestien verfolgen uns weiter, ob wir es wollen oder nicht“, bemerkte Paul dazu. Der größte Mann, den er je gesehen hatte, stand dort vor dem Brunnen und begegnete gleichmütig den gaffenden Blicken der Leute. Er trug einen weiten dunklen Mantel und einen langen Filzhut. Ein dunkler Bart verdeckte Kinn und Wangen. Im Hinblick auf seine Statur waren seine Schultern erstaunlich schmal.

Dem Hünen zur Seite saß ein riesiger schwarzer Hund mit spitzen Ohren. Seinem Herrn reichte er bis zur Hüfte und war somit groß wie ein Kalb. Die Zunge, die dem hechelnden Tier bis zur Brust hing, glich wahrhaft einem Fleischlappen, und in seinem geöffneten Maul blitzten hinter hängenden Lefzen Zähne wie Dolche.

Trotz des furchterregenden Anblicks machten weder Hund noch Riese die geringsten Anstalten, jemanden aus der Menge zu bedrohen. Einige Kinder kreischten um die Wette, andere hielten sich die Augen zu, aber auch das nahmen die beiden wunderlichen Gestalten eher irritiert zur Kenntnis. Endlich lupfte der Riese seinen Hut und legte ihn vor seine Füße. Womit deutlich wurde, dass er auf Almosen aus war. Tatsächlich traten nun die ersten Neugierigen nach vorn, um eine Münze in den Hut zu werfen und die Gelegenheit zu nutzen, den Riesen und seinen Höllenhund näher zu betrachten.

Joachim kratzte sich die Nase. „Jetzt gibt es neben unserem Hiob also auch einen Goliath in der Stadt. Das wird ja immer biblischer.“

„Nur will unseren Hiob keiner hören“, entgegnete Paul. „Aber der Hüne kriegt sogar Geld dafür, dass man ihn und seinen Hund nur anschauen darf.“

„Erinnerst du dich an den Bärenbändiger, der neulich in der Stadt war? Der alte Braunbär, den er bei sich führte, war ein Schoßhund, verglichen mit dem Köter."

„Nur dass der Bär immerhin in Ketten geführt werden musste und ziemlich kränklich wirkte. Trotzdem hätte er sich beinahe ein Kind geschnappt." Nicht umsonst hatte man den Bändiger mit seinem böswilligen Tier aus der Stadt gejagt.

Ein weiterer junger Mann trat zwischen die beiden Freunde. Er war schlank, flachsblond und besaß ein rosafarbenes, pausbäckiges Gesicht. Vermutlich um nicht allzu sehr wie ein Jüngling zu wirken, hatte er sich einen struppigen Kinnbart wachsen lassen. „Na? Was sagt ihr zu dem Riesen? Mit dem würdest selbst du dich nicht anlegen, stimmt's, Jo?"

Joachim winkte ab. „Als ob Größe etwas mit Körperkraft zu tun hätte. Dem trete ich einfach in die Kniekehlen, dann kippt er um wie ein gefällter Baum."

„Das würde dem Monsterkläffer aber bestimmt nicht gefallen."

„Mit dem werde ich auch noch fertig. Ein Tritt dorthin, wo's jedem Kerl wehtut, und schon liegt er winselnd im Staub."

„Klar doch. Was ist jetzt? Wollen wir Giganten gucken oder ins Gasthaus gehen? Auf, ich habe nicht viel Zeit! Muss heute Abend noch Wache schieben!" Hans Palmen ließ seine Augenbrauen tanzen. „Außerdem wartet bestimmt schon die schöne Magdalena auf uns, nicht wahr?"

„Auf *mich* wartet sie, nicht auf einen von euch Hänflingen", behauptete Joachim grinsend.

„Das werden wir noch sehen, Meister Amboss!"

Nur noch einen Katzensprung entfernt lag das Gasthaus „Kette", das sie bald darauf betraten.

3

Die drei Freunde stellten fest, dass sie die ersten Wirtshausbesucher waren. Was vielleicht daran lag, dass die anderen Stammgäste noch den Riesen und seinen Hund bestaunten, sie würden wohl bald eintrudeln. Alois Nopp, der Wirt – ein wortkarger Mann –, stand hinter dem Schanktisch und wies ihnen mit dem Kinn einen Tisch zu. Das Parlieren mit den Gästen, normalerweise Rüstzeug eines jeden Wirtes, überließ er am liebsten seiner Frau Hanna. Schon eilte diese herbei.

„Wollt ihr auch essen?“, fragte sie die drei beflissen. Hanna Nopp war für ihr Alter immer noch verdammt hübsch. Ähnlichkeiten mit ihrer ältesten Tochter Magdalena waren unverkennbar.

Sie bestellten ein Linsengericht mit Brot. Die Wirtin verschwand in der Küche, und Alois brachte ihnen drei Humpen Bier.

„Was denn? Geht Euer Töchterlein Euch heute nicht zur Hand?“, fragte Joachim.

„Katharina hilft ihrer Mutter in der Küche“, erklärte der Wirt. Für seine Verhältnisse war das schon geplaudert.

„Aber was ist mit der anderen, Magdalena?“, blieb Joachim beharrlich.

„Fühlt sich heute krank.“ Mit dieser Antwort kehrte er zu seinem Schanktisch zurück.

„Krank?“ Hans zog eine Grimasse. „So ein Pech. Hoffentlich nichts Ernstes.“

„Ach was“, winkte Joachim ab. „Die hält bestimmt nur einen Schönheitsschlaf. Auch wenn sie den gar nicht nötig hätte.“

„Du meinst, sie drückt sich vor der Arbeit?“, wollte Paul von ihm wissen.

„Na klar. Wozu sollte sie sich abrackern? Sie möchte ihre Schönheit noch einige Jährchen behalten. Recht hat sie. Wenn sie erst mal einen guten Mann geheiratet hat – mich zum Beispiel! –, dann ist es sowieso vorbei mit der Plackerei. Dann darf sie Kinder bekommen und die Dienerschaft beaufsichtigen."

Paul und Hans lachten. „Dienerschaft?" In gespielter Ehrfurcht neigte Hans den Kopf vor dem Schmied. „Wir wussten nicht, dass du zum Stadtadel zählst, Meister Amboss."

„Bei mir hätte sie es gut, die Magdalena. Was hätte sie als Frau eines Torwächters, der eine wahre Klette als Mutter hat, auch zu erwarten? Da müsste ich sie ja trösten kommen, wenn du nachts deinen Wachdienst versiehst. Ich meine natürlich die Frau, nicht die Mutter."

Hans rümpfte, gekränkt von den Worten des Freundes, die Nase. Er lebte unter einem Dach mit seiner verwitweten Mutter, und die hielt ihn immer noch für ihren kleinen Jungen. Paul bemühte sich, die Stimmung wieder aufzubessern.

„Die Weiber achten vor allem auf den Verstand, mein lieber Jo."

„Umso besser. Auch da sehe ich kein Problem."

„Vor allem mögen sie keine eingebildeten Muskelprotze", fügte Hans schmallippig hinzu.

„Ihr redet daher, als wüsstet ihr alles über die Weiber. Natürlich mögen sie Muskelprotze. Sie wollen schließlich etwas zum Anschmiegen haben. Mit einem roten Samtjäckchen schindet man da wenig Eindruck."

Paul und Hans starrten in ihre Krüge.

„Lasst euch doch nicht foppen", lachte Joachim und hob seinen Krug.

„Wenn einer Muskeln hat wie du", brummte Hans, „dann ist es leicht, seine Mitmenschen zu foppen.

Denn wenn sie's dir heimzahlen wollen, hast du immer schlagfertige Gegenargumente."

„Aber, aber! Klar, ich bin einer Prügelei weiß Gott nie abgeneigt, aber unter Freunden muss man sich alles sagen können. Weiber hin, Weiber her. Nehmt keine Rücksicht auf meinen Körperbau. Den habe ich schließlich von Gott und von Berufs wegen."

Hans machte die Probe aufs Exempel. „Wenn du so viel Verstand hättest wie Muskeln, dann wärst du klüger als der klügste Gelehrte. Bist du aber nicht. Im Gegenteil: Ich frage mich, ob Muskeln und Verstand sich nicht gegenseitig ausschließen."

Joachim dachte kurz darüber nach und nickte anerkennend. „Na also. Und jetzt: zum Wohle!"

Sie stießen an und tranken. Die Wirtsstube hatte sich zwischenzeitlich zunehmend gefüllt. Vorherrschendes Gesprächsthema war der Riese und sein vierbeiniger Begleiter.

„Sag mal, der da, der ist doch dein Oheim, nicht wahr?", fragte Hans den Paul, indem er mit dem Kinn auf einen rotgesichtigen Mann deutete, der mit zwei weiteren Zechern beim Würfelspiel an einem Nebentisch hockte.

Oh ja, das war Oheim Ulrich, ein Bruder seiner verstorbenen Mutter. Und er hatte gleich zwei Humpen vor sich stehen.

„Der sieht wirklich krank aus", stellte Hans leise fest.

Joachim pflichtete ihm bei. „Dem würde selbst ein Schönheitsschlaf nicht helfen. Was fehlt ihm denn, deinem Oheim?"

„Er trinkt zu viel, das sieht man doch." Paul war es unangenehm, über einen verwandten Säufer zu sprechen. Oheim Ulrich war schon mehrmals bei seinem Schwager Matthias vorstellig geworden, um sich Geld zu leihen. Geld, das er anschließend verspielt, versoffen und bis heute nicht zurückgezahlt hatte. Beim letzten Bittbesuch hatte Pauls Vater ihn schroff abgewiesen. „Deine Schwester dreht sich im Grab herum!“, hatte er dem Trunkenbold mit auf dem Weg gegeben. Kein Wunder, dass der Oheim Pauls Blick stets mied, wenn sie beide in der „Kette“ saßen. Die Beobachtung seiner Freunde Hans und Joachim entsprach der Wahrheit: Oheim Ulrich sah mit jedem Mal hinfälliger aus.

Katharina, die zweite Tochter der Wirtsleute, erschien am Tisch der drei Freunde und trug ihnen das Essen auf. Sie war etwas jünger und längst nicht so hübsch wie Magdalena, aber das konnte man auch schwerlich von einem Mädchen verlangen.

Magdalena war beispiellos, es gab wohl keinen Mann in Aachen, der sich nicht nach ihr umgedreht hätte, sofern er noch ganz bei Sinnen war. Als Schwester der Magdalena konnte man nur wie eine graue Maus daherkommen.

Ein etwa siebenjähriger Knabe mit hellem strubbeligem Haar folgte ihr im Schlepptau: Heinrich, genannt Heini, war der jüngere Bruder der beiden Schwestern. Er galt als kränklich; niemand hatte ihn je sprechen gehört, und manch einer dachte, er sei einfältig. Seine wachen Augen aber konnten ebenso gut das Gegenteil glauben lassen.

„Na, was hast du uns denn Leckeres gekocht, Kathrinchen?“, frohlockte Joachim.

„Linseneintopf! Den habt ihr doch bestellt, oder etwa nicht?“

„Hu, hu!“ Hans hob beide Hände. „Da hat aber jemand schlechte Laune.“

Der Schmied schüttelte theatralisch den Kopf. „Kein Wunder, wenn die Schwester einen allein schuften lässt. Was hat sie denn, die arme Magdalena?“

„Kopfweh! Was vorkommt, wenn man sich ständig die dummen Sprüche der Gäste anhören muss."

Die drei jungen Männer kicherten.

„Was kann ich sonst noch für euch tun?"

Paul wurde den Eindruck nicht los, dass sie vor allem ihn ansah, obwohl er bislang geschwiegen hatte. Verstohlen sah er zu ihr empor. Katharina hatte dunkles, lockiges Haar, das bis zu den Schultern reichte. Ihre Augen waren nicht so herrlich mandelförmig wie Magdalenas, ihr Blick weniger verheißungsvoll und die Nase ein wenig gebogen, aber es wäre weiß Gott nicht angemessen gewesen, sie als unansehnlich zu bezeichnen.

Ihr Pech war – sofern sie es überhaupt so empfand –, dass eine beispiellose Schönheit wie Magdalena ihre Schwester war.

„Was du noch für uns tun kannst?" Grinsend kratzte sich Joachim das Kinn und sah seine Kameraden an. „Nun ja, wenn uns deine Schwester diese Frage stellen würde, dann wüsste ich genau ..."

„Bitte bring uns noch drei Humpen, Katharina", schnitt Paul ihm das Wort ab.

Sie bedachte Joachim mit einem geringschätzigen Blick und verschwand wortlos. Heini folgte ihr wie ein treuer Hund.

„Kann man jetzt nicht mal einen kleinen Scherz machen?", fragte Joachim verwundert.

Hans grinste boshaft. „Da siehst du, was die Weiber von Muskelprotzen halten!"

„Als ob es mir etwas ausmachen würde, was die Katharina von mir denkt. Ihre Schwester dagegen ..."

„Hat Kopfweh! Weil sie viele dumme Sprüche hören musste. Das sollte dir zu denken geben, Jo."

Joachim winkte ab und packte den Löffel, um sich seinem Essen zu widmen. „Du hast ja keine Ahnung."

Sie aßen. Zwischendurch brachte Katharina frisches Bier. „Du scheinst ihr zu gefallen, Paul“, stellte Hans fest, nachdem sie wieder gegangen war.

„Was?“

„Sie schaut dich an, als warte sie auf den Kuss, den du ihr versprochen hast.“

„Blödsinn! Ich habe ihr keinen Kuss versprochen.“

„Mich hat sie jedenfalls nicht so schmachtend angeschaut. Und unseren starken Jo erst recht nicht, den hätte sie am liebsten gefressen.“

„Man kann sich die Weiber, die einen anschmachten, nicht aussuchen“, erklärte Joachim lehrerhaft.

Hans trank einen Schluck und dachte nach. „Die Katharina ist im Grunde kein hässlicher Vogel. Warum langst du nicht einfach zu, Paul?“

„Du redest schon wie meine kleine Schwester.“

„Im Ernst, ihr würdet ein nettes Paar abgeben.“

„Ha! Damit du bei Magdalena freie Bahn hast, wie? Das könnte dir so passen.“

„Ihr Hänflinge redet daher, als gäbe es mich gar nicht“, sagte Joachim fassungslos. „Das hat man nun davon, wenn man seinen Freunden verspricht, sie nicht zu verprügeln.“

Paul empfand seine Freunde heute als ziemlich anstrengend. Und da er Magdalena ohnehin nicht mehr zu sehen bekäme, würde er sich frühzeitig auf den Heimweg machen, selbst wenn es draußen noch hell war. Das würde auch den Vater besänftigen, obwohl Paul daran wenig lag. Der Alte musste endlich begreifen, dass sein Sohn kein Knabe mehr war.

An Oheim Ulrichs Tisch wurde es plötzlich laut.

„Das ist doch jedes Mal dasselbe mit dir! Verdammter Schmarotzer!“

Die Aufmerksamkeit der Gäste richtete sich auf die drei Zecher. Paul erkannte in dem empörten Rufer Gotthard Leffel, der Oheim Ulrich mit einer Faust drohte. Leffels geschwollenes Gesicht war rot wie ein Krebs, sodass zu befürchten stand, sein Kopf müsste jeden Augenblick zerbersten.

„Was regst du dich auf?“, erwiderte Oheim Ulrich, klang aber recht kleinlaut.

„Wie viele Taler schuldest du mir eigentlich inzwischen, he? Zehn?“

„Bekommst dein Geld schon noch.“

„Wann denn? Am Jüngsten Tag?“

Hanna, die Wirtin, eilte herbei, um den Streit zu schlichten. „Nur die Ruhe, Männer, nur die Ruhe. Worum geht's denn diesmal?“

„Um das Übliche“, giftete Leffel. „Aber diesmal lass ich mich von diesem Schelm nicht mehr vertrösten.“

Die Wirtin seufzte. „Ulrich! Hast du wieder beim Würfelspiel verloren?“

„Wenn's nur das wäre“, fuhr Leffel fort. „Nicht nur, dass er mir Geld schuldet, jetzt will er sich auch noch von mir aushalten lassen. Seine Zeche soll ich übernehmen. Aber diesmal hast du dich geschnitten, Ulrich. Einen Dreck werde ich blechen. Ins Loch werde ich dich werfen lassen, jawohl!“

Die Wirtin sah den dritten Zecher fragend an. Der hieß Sigmund und war, wie Leffel, ein Leineweber. Sigmund nickte knapp und hob bedauernd die Schultern, um kundzutun, dass er seinem Zunftgenossen recht geben musste.

„Es scheint, als könntest du deinen Oheim bald im Grashaus besuchen“, raunte Hans dem Paul zu.

Joachim ging etwas ganz anderes durch den Kopf. „Saufnase hin, Saufnase her – wieso gewinnt eigentlich immer der Leffel, wenn die Kerle würfeln?“

Abrupt stand er auf und zog, wie zweifellos von ihm gewünscht, die allgemeine Aufmerksamkeit auf sich.

„Würde gern mal einen Blick auf die Würfel werfen!", rief er. Seine Großschnäuzigkeit bedachten ein paar Gäste mit Applaus. Endlich gab es ein wenig Abwechslung.

Joachims Absicht schmälerte Gotthard Leffels Zorn verständlicherweise nicht im Geringsten. „Nennst du mich etwa einen Betrüger?", fragte er den jungen Schmied, der fordernd die Hand nach den Würfeln ausstreckte.

„Und wenn es so wäre, was könntest du schon dagegen unternehmen?" Diese Frage pflegte er jedem zu stellen, der ihm krumm kam. Und noch nie hatte ihm jemand eine Antwort darauf zu geben gewusst. So auch Leffel nicht.

Widerwillig reichte er ihm das Spielgerät. Joachim inspizierte es eingehend, jeden einzelnen Würfel wog er in den Handflächen, was recht ulkig aussah angesichts seiner an Schmiedehämmer gewohnten Pranken. Einen der Würfel nahm er zwischen die Zähne und nagte daran herum. Zuletzt ließ er sie alle mit einer erstaunlich gewandten Bewegung über den Tisch rollen und lauschte konzentriert dem Klang, den die Würfel verursachten.

„Und?", fragte die Wirtin.

Joachim schüttelte den Kopf. „Die sind echt, Frau Nopp. Da gibt es keine Winzigkeit Metall drin." Unter neuerlichem Applaus kehrte er zum Tisch seiner Freunde zurück.

„He, Joachim!", schrie einer. „Ich glaube, mein Weib frisst heimlich Geldmünzen. Kannst du ihr auch mal auf den Zahn fühlen?"

Das Gelächter übertönte die neu aufbrandenden Schimpftiraden des Gotthard Leffel. Paul bedauerte seinen Oheim, der mit gesenktem Kopf dasaß und auf seine zitternden Hände starrte.

„Tja, da war leider nichts zu machen“, murmelte Joachim, „ich hätte diesem wild gewordenen Kerl nur zu gern eins ausgewischt. Eine hoffnungslose Saufnase wie deinen Oheim zu schröpfen – das ist wirklich nicht die feine Art.“

„Da hast du wohl recht“, stimmte Paul ihm zu und fasste einen Entschluss. Nun war er es, der aufstand zum Tisch der Würfelspieler hinüberging. Augenblicklich wurde es wieder ruhig in der Stube.

„Frau Nopp“, sagte er zu der Wirtin, deren wortreiche Schlichtungsversuche nichts fruchteten, „ich möchte die Zeche für meinen Oheim übernehmen!“

„He, Kalkberner!“, rief der Spaßvogel mit dem Münzen verschlingenden Weib, „wusstest du eigentlich, dass du mein Neffe bist?“

Nachdem das darauffolgende Gelächter wieder abgeklungen war, zischte Leffel: „Und was ist mit den ganzen Schulden, die dein ehrenwerter Herr Oheim bei mir hat?“

Paul zückte seinen Geldbeutel, zählte einige Münzen ab und legte sie der Reihe nach vor Leffel auf den Tisch. „Reicht das fürs Erste?“, fragte er scharf.

Leffel wechselte einen Blick mit Sigmund, aber der tat, als ginge ihn das alles nichts an. Offenbar hatte Sigmund keine offenen Forderungen an den Gescholtenen.

„Na schön, vorläufig will ich's dabei bewenden lassen“, brummte Leffel und strich die Münzen ein, während Paul nun auch der Wirtin gab, was Oheim Ulrich und er selbst ihr schuldeten.

Ulrich sah blinzelnd zu seinem Neffen empor. *Danke, mein Junge!*, sagte sein Blick. Aus seiner knolligen Säufernase tropfte es.

„Komm, Oheim. Ich bringe dich nach Hause!“ Paul streckte ihm eine Hand entgegen.

Ulrich zögerte. „Aber ich …“

„Keine Widerrede! Wir gehen!“ Er hatte ihm aus der Klemme geholfen, da musste er es mit dem gebührenden Respekt nicht übergenau nehmen. Ulrich ergriff dann auch seine Hand und ließ sich aufhelfen. Paul war erschrocken, wie zerbrechlich er wirkte. Nur noch ein Schatten seiner selbst war der Oheim. Ach, die arme Tante Luise! Was musste sie nur ausstehen mit ihm.

Das Schauspiel war vorüber. Die Gäste widmeten ihr Interesse wieder anderen Dingen, und selbst der Spaßvogel ließ es gut sein. Paul hielt den Oheim, der jeden Moment zu stürzen drohte, fest am Arm, während er ihn Richtung Tür schob. Auch Hans eilte herbei.

„Warte, ich helfe dir!“ Da er in Kürze seinen Wachdienst am Jakobstor antreten müsse, erklärte er, könne er ohnehin nicht mehr bleiben. Paul war das recht, denn es war fraglich, ob Oheim Ulrich sich auf den Beinen halten konnte.

Zum Abschied nickten sie Joachim zu, der sich für den Rest des Abends andere Gesellschaft würde suchen müssen. Draußen, wo es inzwischen dämmerte, nahmen sie Ulrich, den herbe Weindünste umwehten, in ihre Mitte.

„Uff, da wird man ja vom Einatmen schon besoffen“, zischte Hans durch die Zähne. Noch hatten sie den Marktplatz nicht überquert, da vernahmen sie hinter sich Schritte: Katharina war ihnen gefolgt. Vielmehr war sie *Paul* gefolgt, denn an ihn allein richtete sie das Wort.

„Es war sehr edel, wie du vorhin gehandelt hast!“ Sie neigte den Kopf zur Seite, als sei sie sehr gespannt, was er ihr darauf zu erwidern hätte.

Paul wusste vor Verlegenheit gar nicht, wo er hinblicken sollte. „Er ist doch mein Verwandter, wie sollte ich ihm da nicht helfen?“

„Selbstverständlich ist das keineswegs“, behauptete Katharina.

„M... M... Mädchen, w... warum bringst du uns nich’ noch ’n Humpen?“, lallte Ulrich.

„Sei ruhig, Oheim!“

„Danke, dass ihr ihn nach Hause bringt!“ Zum ersten Mal lächelte Katharina. Dann machte sie kehrt und lief, ohne sich noch einmal umzusehen, zur „Kette“ zurück.

„Man könnte meinen, er sei *ihr* Oheim“, wunderte sich Paul.

„Wann kapierst du’s endlich? Sie hat eine Schwäche für dich.“

„Lieber wär’s mir, ihre Schwester hätte diese Schwäche.“

„Ja, ja. Und alle Ziegen wollen einen langen Schwanz haben. Unser Schmied hatte nicht ganz unrecht: Man kann’s sich nicht aussuchen, wer einen anschmachtet.“

„Vielleicht erzählt sie es ihr ja.“

„Was meinst du? Wer erzählt wem was?“

„Die Katharina ihrer Schwester: wie edel ich gehandelt habe!“

Hans lachte säuerlich. „Glaubst du, dass deine Chancen bei ihr dann steigen? Nimm die Katharina, hör auf mich!“

„Durst“, keuchte Ulrich. Was die Burschen jäh dazu brachte, ihren Weg fortzusetzen.

Ulrich wohnte am Büchel, dorthin gelangten sie nach kurzem Marsch. Paul klopfte an die Tür eines kleinen Fachwerkhauses. Seine Tante Luise öffnete und schaute, gelinde gesagt, ziemlich betreten drein, als sie ihres Gatten ansichtig wurde. Dann erkannte sie ihren Neffen.

„Paul? Um Himmels willen! Bis jetzt hat er wenigstens immer noch allein nach Haus gefunden.“

„Tja ... vielleicht solltet Ihr ihn künftig nicht mehr ziehen lassen, Tante. Er ist wirklich nicht gesund!"

„Ebenso gut könnte ich versuchen, die Jahreszeiten aufzuhalten. Aber danke, Jungs, dass ihr euch um ihn gekümmert habt."

„Sehr edel, nicht wahr?", grinste Hans und erhielt von seinem Freund einen Stoß in die Seite.

„Du ... du musst es ja nicht unbedingt deinem Vater erzählen", druckste Tante Luise herum, während ihr Gatte sich an sie klammerte.

„Ich schweige still, Tante", versicherte er ihr. Was wohl dummerweise nicht für jene galt, die vorhin Zeugen des Geschehens in der „Kette" geworden waren. Paul verabschiedete sich von der bedauernswerten Tante und wünschte ihr eine gute Nacht.

„Tja, die liebe Verwandtschaft", seufzte Hans.

Die beiden jungen Männer machten kehrt, überquerten abermals den Marktplatz und erreichten die Jakobsstraße.

„Verfluchte Nachtwache", klagte Hans, „ein lustiges Gelage wäre mir lieber."

„Wenn du willst, besuche ich dich später am Tor", schlug Paul seinem Freund vor, denn die Nacht war ja noch lang. Doch Hans wehrte ab.

„Bist du wahnsinnig? Was glaubst du, was Sartorius mit mir anstellt, wenn er herausfindet, dass ich nachts meine Freunde empfange? Er würde mich an den Eiern aufhängen lassen!"

„Hört sich nicht nach einer leichten Bestrafung an."

„Leichte Strafen? Kennt Sartorius nicht."

Sartorius war der Vorgesetzte aller Wächter, Stadtknechte und Büttel. Er war als harter Hund verschrien, seine Untergebenen hatten wenig mit ihm zu lachen. Sogar ein Luftikus wie Hans hütete sich, seinen Unmut zu erwecken.

„Na schön. Dann auf bald, Bewacher der Stadt!"

„Auf bald, Goldjunge!"

Sie stießen die Fäuste aneinander und trennten sich. Paul seufzte innerlich. Für ihn war der Sonnabend vorbei. Magdalena hatte er nicht gesehen, und vermutlich würde eine weitere Woche vergehen, bis er wieder die Gelegenheit bekam, das Wirtshaus aufzusuchen.

Traurig, aber wahr: Schon stand er wieder vor der Haustür. Einen Moment lang spielte er mit dem Gedanken, zur „Kette" zurückzukehren, nahm dann aber Abstand davon. Denn erstens litt Magdalena an Kopfweh, und zweitens hatte er für heute genug von Joachims Großspurigkeit.

Er blickte zum Himmel. Die mickrige Mondscheibe verhieß eine düstere Nacht. Leise schlich er ins Haus, wo bereits Ruhe herrschte. Später, als er schlaflos im Bett lag, steckte Trudi ihre Nase in seine Kammer.

„Und?", fragte sie den Bruder flüsternd.

„Was, und?"

„Hast du die Magdalena geküsst?"

„Wenn du nicht auf der Stelle in dein Bett zurück gehst, Kröte, dann stehe ich auf und gebe dir die verdiente Abreibung!"

Kichernd trollte sich die Kleine. Und Paul dachte sehnsuchtsvoll darüber nach, wie es sich wohl anfühlen müsste, die Magdalena zu küssen.

4

Gotthard Leffel war mit sich und der Welt hochzufrieden, als er eine Stunde vor Mitternacht die „Kette“ verließ. Sein Geldbeutel war prall gefüllt; was für ein Glück, dass Ulrichs Neffe, der junge Goldschmied Kalkberner, einen Teil der Spielschulden so bereitwillig übernommen hatte. Leffel war schon drauf und dran gewesen, sich für die Zukunft ein neues Opfer für seine Gaunerei zu suchen, denn Ulrich, den hoffnungslosen Säufer, schien man nicht weiter auspressen zu können. Dass der Schuhmacher Ulrich aber reiche Verwandte besaß, die ihn nicht hängen lassen wollten, hatte die Sache ein wenig geändert: Vielleicht würde der junge Kalkberner auch noch für den Rest der Schulden aufkommen, weil er die Ehre seiner Familie nicht beschmutzt sehen wollte. Den Kalkberner sah man neuerdings häufiger in der „Kette“, in der Regel am Sonnabend; allem Anschein nach gehörte auch er zum Heer der brünstigen Burschen, die ein Auge auf die ältere Tochter des Nopp geworfen hatten. Dieses Weib nämlich zog die jungen Männer an wie das Licht die Motten. Was durchaus verständlich war. Zwanzig Jahre früher, und Leffel wäre es nicht anders ergangen. Heute aber waren ihm die Freuden des Fleisches egal. Im Leben zählte nur Geld, das hatte er gelernt.

Dabei wäre er heute Abend um ein Haar beim Falschspiel ertappt worden. In weiser Voraussicht hatte er noch zur rechten Zeit die gezinkten Würfel gegen gewöhnliche ausgetauscht, bevor dieses Großmaul von Grobschmied zu ihnen an den Tisch gekommen war. Ja, da hatte er wirklich die richtige Nase gehabt. Es zahlte sich eben aus, wenn man ständig auf der Hut war.

Die Nacht war dunkel, der Mond nur eine schmale Sichel, vor die sich immer wieder Wolken schoben. Vom alten Nachtwächter Albrecht war nichts zu sehen, aber Leffel würde den Heimweg leicht im Dunkeln finden, auch wenn seine Sinne etwas benebelt waren. Normalerweise zog Leffel es vor, sich nicht gänzlich zu betrinken. Es war eben wichtig, seinen Opfern etwas voraus zu haben. Trotzdem verspürte er heute Schwindel und Übelkeit, aber man wurde schließlich auch nicht jünger.

Der Weg zum Büchel führte ein Stück hügelabwärts. Diesen Teil der Strecke schritt Leffel besonders vorsichtig. Wenn man hier stolperte, konnte man sich böse verletzen. Vorbei am Haus seines Opfers Ulrich – der Trunkenbold war sein Unglück wirklich selbst schuld! – ging er Richtung Kolbert. Hier sprudelten, mitten im Stadtgebiet, heiße Quellen schäumend und nach Schwefel riechend aus der Erde, vereinten sich in einem Pfuhl, um dann in unsichtbaren Tiefen wieder zu versickern. Tagsüber kamen viele Bürgerinnen hierher, um ihre Wäsche zu waschen. Mütter pflegten ihren ungehorsamen Kindern die Geschichte vom Bahkauv zu erzählen, einem fürchterlichen Ungeheuer, das in einer Höhle unter den Quellen hause. Jedes Kind in Aachen hatte großen Respekt vor dem Bahkauv. Das Bahkauv wisse durchaus, zwischen artigen und unartigen Kindern zu unterscheiden, versicherten die Mütter den Hosenscheißern, und manches der Unartigen habe bereits unliebsame Bekanntschaft mit dem Untier gemacht, behaupteten sie.

Gotthard Leffel schmunzelte, als er an seine eigene Kindheit dachte. Die Eltern hatten es nicht leicht mit ihm gehabt, er war ein echter Rüpel gewesen. Aber die Drohung mit dem Bahkauv, das ihn für seinen Ungehorsam eines Tages bitterböse bestrafen werde, indem es ihm auflauere und ihn windelweich prügele oder gar zu Tode erschrecke, diese Drohung hatte ihn damals keineswegs kalt gelassen. Bis er mit zunehmendem Alter begriffen hatte, dass alles nur ein Märchen war, mit dem die Erwachsenen ihre störrischen Kinder gefügig machten.

Längst waren seine armen Eltern tot. Das Märchen vom Bahkauv aber wurde immer noch erzählt. Auch seinem eigenen Sohn hatte Leffel einst mit dem Bahkauv gedroht. Leider war der arme Junge gestorben, bevor er der Wahrheit auf die Spur kommen konnte. Tja, so war das Leben nun mal. Aber Leffel wollte in dieser Nacht nicht an traurige Dinge denken. Er hatte allen Grund zur Zufriedenheit. Vergangenes sollte ihn heute nicht quälen.

Am Pfuhl blieb er stehen, um zu verschnaufen. Die Hitze des Wassers sorgte für eine drückende Schwüle. Dampfwolken waberten über der Oberfläche. Das Wasser gluckste und schmatzte, als sei es lebendig – ein Wesen, dessen Atem nach Schwefel stank.

Schon wollte sich Leffel wieder auf den Weg machen, als ein Geräusch ganz anderer Art ihn herumfahren ließ. Die Gestalt, die er sah, schien weder Mensch noch Tier zu sein, möglicherweise eine Mischung aus beidem, aber das war in der Dunkelheit nicht auszumachen. Jedenfalls ließ das Wesen, das mindestens zwei Köpfe größer war als er selbst, ein dumpfes Grollen vernehmen.

Im ersten Augenblick verspürte Leffel keine Furcht, nur Verwunderung darüber, dass er offenbar nicht allein unterwegs war. Das Grollen machte ihn stutzig. Als es lauter und bedrohlicher wurde, trat Leffel einen Schritt zurück und wäre beinahe in den Pfuhl gestürzt. Das Wesen kam näher. Spätestens jetzt war es vorbei mit Leffels Gelassenheit, denn zwei Arme oder Klauen oder Glieder erhoben sich drohend vor ihm. Das Wesen wollte ihm Böses, daran bestand nicht länger ein Zweifel, zumal das Grollen stetig lauter und somit zu einem markerweichenden Gebrüll anwuchs. Er sah in einen weiten roten Rachen, darin Zähne wie Dolche. Und er sah Augen, fürchterliche Augen, groß wie Dukaten.

Einen Fluchtweg gab es nicht, es sei denn, er stieg in den Pfuhl. Doch er war wasserscheu und hatte furchtbare Angst vor dem Ertrinken. Außerdem war es denkbar, dass das Wesen ihm dorthin folgte, womöglich war es der Tiefe sogar entstiegen, ein Ungeheuer, das in verborgenen Höhlen unter der Stadt lebte, eine Art Bahkauv, über das er vorhin noch wehmütig nachgesonnen hatte.

Instinktiv kauerte er sich nieder und warf die Arme über seinen Kopf, als würde es ihm etwas nützen, wenn er der Bedrohung nicht entgegensah. Er war wie gelähmt, selbst seine Atmung setzte aus.

Was folgte, würde ihm später in vielen Albträumen verfolgen. Das Wesen fiel über ihn her, packte ihn, rüttelte ihn, biss ihn, und Leffel schickte ein Stoßgebiet zum Himmel. Wenn er hier und jetzt starb, dann starb er als Sünder, immerhin diesen Gedanken vermochte er zu denken, er hätte öfter auf sein Weib hören und zur Beichte gehen sollen. „Sonst kommst du in die Hölle, wie die Evangelischen!“ Nicht nur einmal waren dies ihre Worte gewesen – sollte sie etwa recht behalten? Vor seinem inneren Auge spielte sich noch einmal sein ganzes Leben ab.

Die Vorstellung, in den Feuern der Hölle braten zu müssen, riss ihn aus seiner schicksalsergebenen Erstarrung. Das Wesen war zu stark für ihn, es war sinnlos, sich zur Wehr zu setzen. Deshalb begann er aus Leibeskräften, um Hilfe zu schreien.

Als jemand aus einem der nahen Häuser kam, um nach dem Grund für das Geschrei zu forschen, hatte das Wesen bereits von ihm abgelassen und war verschwunden, wohin auch immer. Zitternd und zusammengerollt wie ein Embryo lag Leffel vor der dampfenden Quelle. Er spürte jeden einzelnen seiner Knochen.

Der Mann, der nach dem Rechten sehen wollte, tappte durch die Dunkelheit. „Verflucht, wer schreit denn da die ganze Stadt aus dem Schlaf?"

„Ich bin hier", wisperte Leffel, froh über die menschliche Stimme.

Endlich beugte sich der Suchende über ihn. „Was ist mit dir? Bist du nicht Leffel, der Leineweber?"

„Ich wurde überfallen", kam es heiser aus Leffels Kehle.

„Wie viele waren es?"

„Oh, es ... es waren keine Menschen ..."

„Ach nein? Dann hat dich wohl eine Horde wilder Affen verprügelt, was?"

Leffel schluchzte und schlug sich die Hände vors Gesicht. Dann begann er bitterlich zu weinen, zum ersten Mal seit seiner Kindheit.

5

Aachens Kirchenglocken riefen die Gläubigen zur sonntäglichen Messfeier. Freilich waren damit nur die Katholischen gemeint, denn die Gebetshäuser der in der Stadt verbliebenen Lutheraner und Calvinisten waren vor sieben Jahren geschlossen worden. Auch war es ihnen verboten, protestantische Gottesdienste im Umland zu besuchen.

Für den Goldschmied Matthias Kalkberner war dies ein großer Kummer, sein Sohn Paul aber konnte gut damit leben, den Sonntagvormittag im Bett zu verbringen und über Magdalena, seine Angebetete, nachzudenken. Am Vorabend hatte er sie nicht zu Gesicht bekommen. Das war eine große Enttäuschung, nachdem er sich doch tagelang auf ihren bezaubernden Anblick gefreut hatte. Wie ein törichter Jüngling, der an Liebeskummer litt, kam er sich vor. Vielleicht war es ja tatsächlich Liebeskummer, der an ihm nagte!

Dass fast alle Junggesellen Aachens hinter ihr her waren, seine beiden besten Freunde eingeschlossen, machte die Sache nicht einfacher. Obwohl sich Magdalena bislang noch niemandem versprochen hatte, war allein der Gedanke quälend, dass ein anderer Mann sie in den Armen hielt.

Jemand steckte den Kopf in seine Kammer. Das war natürlich Trudi, die schon ihr Sonntagskleid übergestreift hatte. Auch ihre akkuraten Zöpfe ließen darauf schließen, dass sie schon länger auf den Beinen war.

„Willst du nicht endlich aufstehen, Faulpelz?"

„Nenne mir nur einen vernünftigen Grund, weshalb ich das tun sollte!"

„Das weißt du genau: Vater will aus der Heiligen Schrift lesen, und er will, dass wir ihm alle lauschen."

„Heute muss er ohne mich vorlieb nehmen. Er wird es schon verkraften. Ich muss nachdenken."

Trudi sah ihn aus schmalen Augenschlitzen an. „Er wird wütend sein, wenn du nicht kommst."

„Irgendwann muss er eben begreifen, dass ich erwachsen bin."

„Bist du das?"

„Du willst also unbedingt wieder vertrimmt werden?"

Sie trat näher und setzte sich zu ihm auf die Bettkante. „Schlecht gelaufen, gestern Abend, nicht wahr? Deine Laune sagt alles."

„Schlecht gelaufen, das ist die falsche Formulierung. Im Grunde ist *nichts* gelaufen."

„Weil?"

„Magdalena war nicht da!"

„Oh, wie schade. Also nicht mal ein Küsschen?"

„Sie hatte Kopfweh und hütete das Bett."

„Da hättest du ihr wohl gern Gesellschaft geleistet."

„He! Du weißt ja nicht, wovon du eigentlich sprichst, Kindchen."

„Wie du meinst. Und jetzt denkst du darüber nach, wie du sie für dich gewinnen könntest."

„Kluges Mädchen! Die Konkurrenz ist groß!"

„Ja, ich weiß." Das klang etwas abfällig, aber sie ging nicht weiter darauf ein.

Paul fragte sich, weshalb er seine kleine Schwester überhaupt einweihte, aber sie verstand es eben, ihn zu bezirzen.

„Nun, über eine Strategie kannst du später immer noch nachsinnen. Steh auf und komm mit zum Vater. Ich habe keine Lust, dass er seine schlechte Laune an mir auslässt, nur weil du ihm aus dem Weg gehst."

Paul seufzte. „Und was gibst du mir dafür, dass ich dir diesen Gefallen erweise?"

„Wenn ich dir dafür etwas schuldete, wäre es kein Gefallen."

„Frecher Wildfang, der du bist. Du musst mir schon etwas bieten, wenn ich auf dich hören soll." Er dachte, dass sie ihm etwas Leckeres backen könnte.

Auch Trudi war nun nachdenklich geworden. Dann sah sie ihn offen an und sagte entschlossen: „Also gut: Ich mache dir ein Angebot, dem du nicht widerstehen kannst."

„Rosinenkuchen?"

„Besser. Wenn du mit mir zum Vater kommst, sorge ich dafür, dass die Magdalena dir – und nur dir ganz allein! – ein Stelldichein gewährt. Dann kannst du ihr anvertrauen, was dir auf dem Herzen liegt."

Zunächst sah er sie nur verdutzt an, dann schüttelte er den Kopf und lachte rau.

„Du findest das lustig? Gut, dann lassen wir es eben bleiben." Trudi machte Anstalten, sich zu erheben, aber Paul hielt sie am Ärmel fest.

„Warte! Wie willst du das denn anstellen?"

„Das lass nur meine Sorge sein."

„Die Magdalena wird sich doch von einer Göre wie dir nicht sagen lassen, mit wem sie sich treffen soll."

„Wenn du's mir nicht zutraust – wozu soll ich noch mit dir reden?"

„Warte!" Wieder hielt er sie fest. Dass Trudi klug war, ließ sich nicht leugnen. Und seitdem sie öfter mit Michel, dem Nachbarsjungen verkehrte, war sie sogar noch gerissen dazu. Den Versuch war es immerhin wert, was konnte er schon verlieren? Trudi war eine Frau, wenn auch noch keine richtige, vielleicht wusste sie ja tatsächlich, worauf es bei dieser heiklen Geschichte ankam.

„Abgemacht, ich komme mit zu Vaters Bibelstunde. Aber wehe, du löst deine Schuld nicht ein!"

Trudis Grinsen wirkte fast verschlagen. „Keine Sorge, du bekommst schon, was ich dir versprochen habe."

Bald darauf lauschten sie andächtig einer nicht enden wollenden Lesung aus dem Römerbrief.

Schon tags darauf konnte Trudi dem Bruder die Nachricht überbringen, die er sich von ihr erhofft hatte. Trudi wartete bis zum späten Abend, dann schlich sie sich in Pauls Kammer. Paul hätte es nicht zugegeben, aber er wartete schon sehnsüchtig auf sie. Die Hände unter seinem Kopf verschränkt, lag er auf dem Bett. Durch die kleine Dachluke fiel das letzte Tageslicht.

„Jubiliere, Bruder: gute Neuigkeiten!"

Paul gab sich gleichgültig, obwohl er vor hoffnungsvoller Neugier fast platzte. „Nun, Kröte?"

„Magdalena ist bereit, sich mit dir zu treffen. Nur du und sie! An einem stillen Ort, wo ihr beide ganz für euch seid."

Sein Herz pochte so laut, dass er glaubte, Trudi müsse es hören. Er richtete sich auf. „Wann? Und wo?"

„Morgen, nachdem du Feierabend gemacht hast. Sie wartet am Lousberg auf dich, unten, wo der Weg sich gabelt."

„Wie hast du das fertiggebracht?"

Sie zuckte gleichmütig mit den Schultern. „Es war ganz einfach. Ich bin in die ‚Kette' gegangen und habe der Magdalena gesagt, dass du sie wundervoll findest."

„Wundervoll? Hast du wirklich *wundervoll* gesagt?"

„Wörtlich. War das falsch?"

Eigentlich nicht. „Und weiter! Was hat sie darauf gesagt?"

„Sie hat gesagt, dass sie dich auch ganz anziehend findet."

Das war ja zu schön, um wahr zu sein. „Und dann?"

„Nun ja, ich habe sie gefragt, warum ihr euch das eigentlich nicht selbst sagt. Dann haben wir uns einen Treffpunkt überlegt."

„Du bist wirklich schnurstracks in die Kette hineinspaziert und hast mit der Magdalena all dies besprochen?"

„Ich sagte dir doch, dass ich das bewerkstelligen werde. Versprochen ist versprochen."

Paul hätte am liebsten gesungen vor Glück. Trudi aber war mit ihren Gedanken schon wieder woanders.

„Weißt du schon, was man sich in der Stadt erzählt?"

Geistesabwesend schüttelte Paul den Kopf.

„Kennst du Gotthard Leffel, den Leineweber? In der Nacht zum Sonntag ist er am Kolbert überfallen worden. Er behauptet, es sei ein Ungeheuer gewesen, das ihm an der Quelle aufgelauert habe."

Das ließ Paul aufhorchen. Gotthard Leffel? Nacht zum Sonntag? Geschah dem schrägen Vogel nur recht, dass man ihm eine Lektion erteilt hatte. Der arme Oheim Ulrich ... – Paul stutzte. „Hast du gerade *Ungeheuer* gesagt?"

„Ganz Aachen spottet über den Leffel. Scherzbolde behaupten, dass das Bahkauv also doch existiert!"

„Ich habe mich schon köstlicher amüsiert. Was kann man von einem Trunkenbold wohl anderes erwarten als solche Geschichten?"

„Der Leineweber schwört Stein und Bein, dass er die Wahrheit sagt."

Mit seinen Gedanken war Paul längst wieder bei Magdalena und dem Treffen. Wie sollte er ihr begegnen? Was konnte er ihr sagen? Auf keinen Fall durfte er es vermasseln. Und wenn er ihr – einen Goldring schenkte? Trudi ahnte, was ihm durch den Kopf ging.

„Darf ich dir einen Rat geben, Paul?"

„Wie? Sicher, nur zu."

Unter halb gesenkten Lidern sah sie ihn an. „Mach ihr keine Geschenke! Noch nicht! Sie würde sich überfallen fühlen. So wie Leffel vom Bahkauv."

„Meinst du?"

„Glaub mir, du darfst auf keinen Fall etwas überstürzen. Sie würde dich für einen Prahlhans halten. So sind wir Frauen nun mal. Wir wollen *langsam* erobert werden, nicht mit kostbaren Geschenken."

Das war Paul zwar neu, aber wenn Trudi, der sie das Treffen immerhin zu verdanken hatte, das sagte, dann würde er in Erwägung ziehen, ihren Rat zu beherzigen. Nichts war schlimmer als die Vorstellung, morgen etwas falsch zu machen.

„Pflück ihr ein paar Blumen", schlug sie vor. „Blumen mag jede Frau!"

Er zog sie zu sich heran und küsste sie auf die Stirn. „Das werde ich tun. Danke, Kröte."

„Habe ich doch gern gemacht", entgegnete sie in seidigem Ton.

Trudi hatte ihrem Bruder nicht die volle Wahrheit gesagt. Zwar war sie tatsächlich zur „Kette" gegangen und dort mit Magdalena zusammengetroffen, doch mit keinem Wort hatte Magdalena behauptet, sie fände den Paul anziehend. Auch war das Gespräch mit ihr beileibe nicht so verlaufen, wie Trudi es geschildert hatte.

„Mein Bruder ist hoffnungslos verliebt in dich!" Trudi hatte nicht lange um den heißen Brei herumgeredet.

„Was du nicht sagst", lautete Magdalenas Antwort. Sie säuberte Krüge und blickte recht gelangweilt drein.

„Du solltest dich einmal mit ihm treffen. Er ist wirklich ein netter Bursche."

„Wenn ich mich mit jedem treffen müsste, der in mich verliebt ist“, entgegnete Magdalena, „dann käme ich zu nichts anderem mehr.“

Was für eine dumme Ziege, dachte Trudi.

„Du weißt, dass mein Bruder Goldschmied ist?“

Magdalena sah sie nur fragend an.

„Am liebsten fertigt er kostbare Schmuckstücke“, erklärte Trudi versonnen. „Ringe, Colliers, Armbänder – alles aus purem Gold.“

Magdalena schob das Kinn vor. „Warum erzählst du mir das?“, fragte sie lauernd.

Trudi gab sich zögernd, als denke sie darüber nach, ein Geheimnis auszuplappern. „Ich glaube ...“

„Was?“

„Er macht ein Collier für dich.“

„Ein Collier? Für mich?“

Trudi nickte und schaute betreten auf ihre Füße. „Ich finde, er hätte ein wenig mehr Aufmerksamkeit von dir verdient.“

Magdalena gab ihrem Bruder Heini, der auf dem Boden hockte und mit einem Holzesel spielte, einen sanften Tritt. „Na los, verschwinde! Ich habe hier etwas Wichtiges zu besprechen.“

Das schien Heini einzusehen. Zu widersprechen vermochte der stumme Knabe eh nicht, also trollte er sich davon, wenn auch mit hängender Unterlippe.

„Ein Collier also“, sagte Magdalena sichtlich entzückt.

„Ein Collier“, bestätigte Trudi ein weiteres Mal.

Die Wirtstochter schwieg eine Weile, während sie einem Krug fast den Henkel abpolierte. „Na schön“, verkündete sie endlich. „Wenn der Ärmste so sehr schmachtet, will ich kein Unmensch sein.“

Als Trudi das Wirtshaus wieder verlassen wollte, sah sie Magdalenas Schwester Katharina im Türrahmen zur Küche stehen. Sie wirkte blass und blickte etwas traurig drein. Trudi vermutete, dass sie Ohrenzeugin ihres Gesprächs geworden war. Bevor sie ging, zwinkerte sie Katharina zu. Ein Zwinkern, das so viel besagte wie: Zum Ziel muss man manchmal einen Umweg nehmen!

6

Nie hatte Paul dem Feierabend so aufgeregt entgegengesehen. Es war ihm schwer gefallen, sich auf seine Arbeit zu konzentrieren, aber letztlich gelang es ihm, das Collier, an dem er arbeitete, nicht zu ruinieren. Was wichtig war, denn der Ratsherr Klöcker gehörte zu ihren besten Kunden. Seine Frau schien unersättlich zu sein, was Schmuck anbelangte. Zum Glück gab es solche Leute.

Die Vesperglocken waren das übliche Signal. Paul legte den Feilnagel beiseite, atmete tief durch und erhob sich von seinem Stuhl. Da Frau Klöckers Collier nun vollendet war, würde sich Vaters Lamento in Grenzen halten.

„Scheinst es ja mal wieder eilig zu haben heute", brummte dieser.

„Das Collier ist fertig, Vater." Paul brachte es ihm. Matthias Kalkberner betrachtete es lange zwischen seinen Fingern und fand keinen Grund zur Beanstandung. Kommentarlos wollte er den Sohn dennoch nicht ziehen lassen.

„Du willst wieder zum Wirtshaus? Gütiger Jesus, es ist mitten in der Woche."

„Falls es dich beruhigt, Vater: Ich gehe nicht ins Wirtshaus." Er zögerte, fügte dann hinzu: „Ich treffe mich mit einem Mädchen."

Überraschung lag im Blick des Vaters. „Etwas Ernstes?"

„Das will ich hoffen."

„Wer ist sie?"

„Das erfährst du noch früh genug."

„Doch nicht die Wirtstochter?" Vaters Stirn umwölkte sich.

Paul bereute, nicht einfach den Mund gehalten zu haben. „Und wenn schon? Was geht's dich an?"

„Sie verdreht nicht nur dir den Kopf. Außerdem ist sie eine Katholische."

„Der Herr Klecker ist auch katholisch. Doch bei ihm stört's dich nicht."

„Das ist etwas völlig anderes."

„Wenn du meinst. Ich gehe jetzt. Vielleicht machst auch du bald Feierabend, Vater. Du arbeitest zu viel." Rasch verließ Paul die Werkstatt.

„Muss ich mir von meinen Bälgern auch noch sagen lassen, wann ich zu arbeiten habe?", rief ihm der Vater wütend hinterher.

Paul eilte in seine Kammer, um die Arbeitskleidung gegen etwas Ansehnliches auszutauschen. Die rote Samtjacke! Großmutter mochte sagen, was sie wollte, aber Magdalenas Lieblingsfarbe war nun einmal Rot, das hatte sie ihm selbst gesagt. Immerhin das wusste er, obwohl sie noch nicht sehr oft miteinander gesprochen hatten. Jedenfalls wenig, was über eine Bestellung im Wirtshaus hinausging.

„Hier, ich habe dir Blumen gepflückt!" Trudi stand im Türrahmen und hielt einen bunten Strauß in den Händen.

„Bist ein Engel!" Paul war froh, dass die Kleine für ihn mitdachte. Er hatte sich nur selten mit einem Mädchen getroffen. Genau genommen war es das erste Mal, denn die albernen Kindergeschichten zählten nicht mehr.

„Was sagst du zu meiner Jacke?"

„Sie ist wunderprächtig."

„Verspottest du mich?"

„Wie kommst du denn darauf?"

„Gut." Er betrachtete sich noch einen Augenblick lang im Spiegel. „Jetzt musst du mir nur noch die Daumen drücken, Kröte."

„Wenn du tust, was ich dir gesagt habe, mach ich mir keine Sorgen um dich."

„Großmutter sagt, dass Frauen kluge Männer mögen. Ist das wirklich so?"

Trudi zuckte mit den Achseln. Ob Magdalena einen klugen Mann zu schätzen wusste, bezweifelte sie im Stillen.

Sie übergab ihm den Strauß. „Die habe ich von der Gerichtswiese. Das musst du ihr ja nicht unbedingt verraten. Aber dort wachsen die schönsten, warum auch immer."

Auf gar keinen Fall würde er ihr das stecken. Auf der Gerichtswiese, draußen vor dem Königstor, befand sich die Hinrichtungsstätte. Erst im vergangenen Jahr war dort die junge Kroiseti verbrannt worden. Nein, so unromantisch war Paul selbstverständlich nicht, dass er Magdalena mit der Nase drauf stoßen würde.

Gerade wollte er an den Blumen riechen, als Trudi ihn am Arm packte. „Wichtige Regel: Männer sollten nicht an Blumen riechen. Frauen finden es albern, wenn sie das tun. Das wirkt nicht besonders männlich, verstehst du?"

„Wenn du das sagst, wird's wohl stimmen. Obwohl mir solches zum ersten Mal zu Ohren kommt."

„Dafür hat man eine Schwester."

Wieder gab er Trudi einen Kuss auf die Stirn. „Du kommst sicher in den Himmel."

„Wenn du mir statt eines Kusses jedes Mal einen Taler geben würdest, wäre ich reich."

„Wenn ich dir jedes Mal einen Taler geben müsste, würde ich dich seltener küssen."

„Und die Magdalena? Würdest zu zahlen, um sie küssen zu dürfen?"

Er kniff ihr in die Wange. „Ich hoffe doch sehr, dass sie mir für einen Kuss kein Geld abverlangt."

„Darauf würde ich nicht wetten“, flüsterte Trudi, nachdem er gegangen war.

Paul war so aufgeregt, dass er draußen beinahe ein altes Mütterchen umgerannt hätte. Gerade noch konnte er verhindern, dass sie zu Boden stürzte, zugleich gelang ihm dabei das Kunststück, seinen Blumenstrauß vor Schaden zu bewahren.

„Wo bist du junger Bursche bloß mit deinen Gedanken?“, murmelte das Mütterchen, als es sich von seinem Schrecken erholt hatte.

„Bei der Liebe meines Lebens, Großmütterchen“, entgegnete Paul, zupfte eine Margerite aus dem Strauß und reichte sie ihr zum Zeichen der Entschuldigung.

Um zum Lousberg zu gelangen, musste er die Stadt durchqueren, und er fragte sich, ob er den großen Marktplatz meiden sollte. Womöglich lief er dort Joachim oder Hans in die Arme. Er hatte keine Lust ihnen erklären zu müssen, dass er sich auf dem Weg zu einem Treffen mit Magdalena befand. Andererseits war ihm der schnellste Weg nicht schnell genug – also über den Markt.

Schon von Weitem sah er am Brunnen den Riesen mit seinem Höllenhund, umringt von Schaulustigen. Offenbar hatten sich die Leute immer noch nicht satt gesehen an den merkwürdigen Gestalten. Dabei taten weder Mensch noch Hund irgendetwas anderes, als dort zu verweilen und sich bestaunen zu lassen. Umso besser, niemand würde auf Paul achten und ihm die Frage stellen, weshalb er an einem gewöhnlichen Werktag in feierlicher Gewandung und mit einem prächtigen Blumenstrauß gewappnet durch die Stadt huschte.

An der Neupforte hätte es beinahe einen weiteren Zusammenstoß gegeben, der wohl weniger glimpflich verlaufen wäre: Ein ausgebüxter Esel, der des Müllers

Gottschalk nämlich, rannte unter ohrenbetäubendem Geschrei durch die Gassen. Müller Gottschalk, eine Rute schwingend, verfolgte ihn schnaufend und schimpfend. Paul entging einem Zusammenstoß nur deshalb, weil er sich geistesgegenwärtig in eine Mauernische neben der Pforte zwängte und Esel und Müller passieren ließ. Gottschalks Esel war stadtbekannt für solche Allüren. Doch offenbar hing der Müller zu sehr an dem Tier, um es durch ein anderes zu ersetzen. Müller und Esel waren sozusagen in einer Art Hassliebe verbunden. Selig die Verfolgten, dachte Paul.

Durch das Bergtor verließ er schließlich die Stadt. Der Wachhabende, einer von Hans' Kollegen, zog fragend die Brauen in die Höhe. Ob Magdalena das Tor schon durchschritten hatte? Vermutlich nicht, sonst hätte sich der Wächter einen Kommentar wohl kaum verkneifen können.

Der mit Bäumen bewachsene Hang des Lousbergs erhob sich vor ihm. In früheren Zeiten, als die Stadt belagert wurde, hatten Feinde ihre Geschütze auf der Kuppe in Stellung gebracht. Seit jeher war der Berg aber auch ein Treffpunkt für Liebespaare, denn wer ein stilles und lauschiges Plätzchen für die Zweisamkeit suchte, wurde in der umliegenden Landschaft fündig. Ein Netz von Pfaden umgab den Berg, und dort, wo sich der Weg, der aus der Stadt führte, erstmals gabelte, befand sich der vereinbarte Treffpunkt.

Wie vermutet, war Magdalena noch nicht eingetroffen. Also würde er warten. Das Tor ließ er nicht aus den Augen. Der Blumenstrauß verströmte einen betörenden Duft. Vögel besangen den Abend. Pauls Aufregung wuchs von Minute zu Minute. Noch einmal ging er im Geiste durch, was er ihr alles zu sagen gedachte.

Endlich sah er sie. Mit federnden Schritten und erhobenem Haupt trat sie durch das Tor. Sie trug ein helles Kleid, wallend fiel ihr das lange dunkle Haar über die Schultern. Selbst aus der Entfernung – noch trennten sie mehr als hundert Schritte – verströmte ihr Blick etwas Betörendes. Alles an ihr war geballte Sinnlichkeit!

So, wie sie daherschritt – stolz, einzigartig, begehrenswert – erschien sie Paul schöner und zugleich unnahbarer denn je. Fast sank ihm der Mut. Dieses Prachtstück von Weib wollte sich ausgerechnet mit *ihm* treffen? Einen Moment lang war er versucht, die Flucht zu ergreifen. Doch ihm war bewusst, dass er die törichtste, lächerlichste und unverzeihlichste Tat seines Lebens begehen würde, wenn er jetzt weglief. Hier bot sich ihm die einmalige Chance, Magdalena für sich ganz allein zu gewinnen. In Aachen gab es kaum einen Burschen, der für diese Gelegenheit nicht sein letztes Hemd hergegeben hätte.

„Sie hat zu Trudi gesagt, dass sie dich anziehend findet", sprach er sich selbst Mut zu.

Immer näher kam sie, immer hinreißender erschien sie ihm. Paul biss sich auf die Lippen. Sollte er ihr entgegengehen? Gemächlich, damit er nicht übereifrig wirkte? Oder eilig, wie ein schmachtender Liebhaber? Während er noch darüber nachdachte, stand sie auch schon vor ihm.

Sie lächelte. Es war kein überschwängliches Lächeln, keines, das sich in ihren wundervollen Augen widerspiegelte, eher ein höfliches, förmliches. Aber es war ein Lächeln. Ihr Haar verströmte den Duft von Rosen.

„Deine kleine Schwester sagte mir, dass du dich mit mir treffen willst", sagte sie, noch bevor Paul seine einstudierte Begrüßungsformel vortragen konnte. Das brachte ihn aus dem Konzept. Seine Lippen öffneten sich, brachten aber keinen Laut hervor. Sie reckte das Kinn in die Höhe und sah ihn fragend an.

Denk daran, sie findet dich anziehend!

„Die sind für dich, Magdalena!" Er verbeugte sich leicht, reichte ihr den Strauß. Immerhin, er hatte seine Sprachlosigkeit überwunden.

„Oh, danke!" Sie nahm die Blumen entgegen, ohne sie zu betrachten, denn ihr Blick blieb weiter auf ihn geheftet. Wie eine Aufforderung. Was erwartete sie von ihm? Es verwirrte Paul, dass sie nicht in scheuer Versonnenheit die Augen vor ihm niederschlug, wie sie es in seiner Vorstellung getan hatte. Überhaupt: In seiner Vorstellung war ihr Zusammentreffen irgendwie anders verlaufen.

„Wollen wir einen Spaziergang machen?" Der Kloß, der in seiner Kehle steckte, ließ seine Stimme rau und unartikuliert erscheinen, aber zum Glück verstand Magdalena ihn dennoch.

„Warum nicht?"

„Wir könnten den Lousberg hinaufgehen", schlug er vor. Von oben hatte man einen reizvollen Blick auf die Stadt. Und vielleicht könnten sie von dort aus später den Sonnenuntergang beobachten.

„Da hoch? Das ist mir zu anstrengend." Magdalena keuchte, als ließe sie schon der bloße Gedanke, dort hinzugehen, nach Atem ringen.

„Dann ...", Paul sah sich hilflos um, „... dann lass uns durch die Felder gehen."

„Na schön. Durch die Felder." Mit dem Kinn wies sie die Richtung.

Eine Weile gingen sie schweigend nebeneinander her. Weil Paul nicht wusste, wohin mit den Händen, verschränkte er sie hinter seinem Rücken. Magdalena trug den Strauß vor sich her. Paul, der sie aus den Augenwinkeln beobachtete, hätte schwören können, dass sie die Blumen noch nicht ein einziges Mal angeschaut hatte. Vielleicht hatte Trudi sich ja geirrt und es gab doch Frauen, die der Anblick von Blumen kalt ließ. Schade, aber noch war ja nicht aller Tage Abend.

Verdammt, du musst mit ihr sprechen!

Schweigend würde er sie wohl kaum erobern können.

„Bestimmt gibt es einen heißen Sommer“, sagte er.

„Wer weiß“, erwiderte sie.

Paul hatte alles vergessen, was er ihr sagen wollte. Hätte er doch nur ausgiebiger mit Trudi gesprochen, vielleicht hätte die kleine Kröte ihm weitere Ratschläge gegeben.

„Rot ist deine Lieblingsfarbe, nicht wahr?“, sagte er, weil es ihm gerade einfiel.

Sie dachte länger darüber nach. „Nein“, antwortete sie schließlich. „Grün!“

Auch das noch: Die Großmutter hatte recht behalten.

„Warum nicht Rot?“, wollte er von ihr wissen. „Hast du mir nicht einmal gesagt, dass Rot ...?“

„Rot ist widerlich. Die Farbe von Blut.“

„Aha.“

„Allerdings gibt es etwas, das ich mehr liebe als Grün.“ Sie blieb stehen und sah ihn aus ihren schmalen Mandelaugen an.

Sein Herz klopfte wieder schneller. Offenbar bekam ihr Gespräch jetzt Konturen. „Was liebst du mehr als Grün, Magdalena?“

„Gold!“ Ihre Stimme war fast ein Flüstern.

Er lächelte verlegen. „Als Goldschmied kann ich das nur zu gut verstehen.“

Sie hob die Brauen und sah ihn weiter an. Paul wurde im Wechsel heiß und kalt. Ob er ihr endlich seine Hand reichen sollte? Er wagte es. Und hätte vor Glückseligkeit am liebsten einen Freudenschrei ausgestoßen, als Magdalena sie ergriff. Hand in Hand flanierten sie weiter. Diesmal empfand Paul das beidseitige Schweigen nicht mehr als belastend. Grüne Hecken mit glänzendem Laub säumten ihren Weg, die Luft roch würzig. Die Schatten wurden länger, aber noch ging der Tag nicht zur Neige.

Was würden Hans und Joachim dazu sagen, wenn sie sähen, dass er und Magdalena wie ein Liebespaar durch die Gegend promenierten? Vermutlich würden sie vor Neid gelb werden.

Zu seiner Überraschung fragte sie ihn nach einer Weile: „Was wirst du deiner Frau eines Tages bieten können, Paul?"

„Wie meinst du das?"

„Die Frage war doch deutlich genug, findest du nicht?"

Bloß nichts Dummes antworten! Er unterdrückte den Impuls, sich am Kopf zu kratzen. „Selbstverständlich viel Liebe und ein trautes Heim."

„Wie du schon richtig sagtest, das ist selbstverständlich. Und weiter?"

„Weiter?"

Sie löste ihre Hand aus seiner und blieb abermals stehen. „Du bist ein junger Goldschmied, Paul. Kein Nichtsnutz. Liebe und ein trautes Heim sind das Mindeste, was eine Frau von ihrem Auserwählten erwarten kann! Selbst ein Zigeuner sieht zu, dass sein Weib nicht im Saustall nächtigen muss."

Warum war sie plötzlich so ungeduldig? Und warum musterte sie ihn, als würde er in seinen Hosentaschen etwas vor ihr verbergen? Was verlangte sie zu hören? Dass die Weiber in ihrem Wesen kompliziert waren, war allgemein bekannt und weiß Gott nichts Neues, aber musste sie schon heute damit anfangen, in Rätseln zu sprechen? Ihre Romanze hatte doch gerade erst begonnen.

„Reichtum ist für mich nicht wichtig“, entgegnete er verunsichert. Als Tochter eines Wirts lebte Magdalena schließlich auch nicht in Saus und Braus, also stand zu hoffen, dass seine Antwort ihr gefallen würde. „Wichtig sind die Schätze, die man im Herzen trägt“, fügte er hinzu, nachdem er überlegt hatte, was seiner Großmutter dazu eingefallen wäre.

Mit einem gedämpften Seufzen verdrehte Magdalena die Augen. Immerhin betrachtete sie dabei erstmals den Blumenstrauß in ihren Händen, führte ihn sogar bis zu ihrer hübschen Nase, um daran zu riechen.

„Habe ich etwas Falsches gesagt?“, traute sich Paul nun zu fragen.

„Etwas Falsches?“ Sie schob sich eine Haarsträhne aus dem Gesicht und sah zur Seite. „Ich muss jetzt heim“, verkündete sie dann gepresst.

Wollte sie nur überredet werden, noch zu bleiben? Selten war Paul so ratlos gewesen. Und enttäuscht obendrein. Das Stelldichein mit seiner Flamme drohte ein vollkommener Fehlschlag zu werden.

„Du musst schon heim? Aber warum, Magdalena? Noch ist es hell. Wir könnten ...“

„Bist du taub? Im Wirtshaus wartet viel Arbeit auf mich.“

Auf keinen Fall durfte er kampflos aufgeben. „Wollen wir uns morgen wieder treffen?“

„Morgen habe ich keine Zeit.“

„Ein anderes Mal?“

Magdalena betrachtete ihn mit kühlem Befremden. „Nun, wir werden sehen.“

Wenigstens musste er nicht alle Hoffnungen fahren lassen. Sie machte kehrt und schickte sich an zu gehen.

„So lass mich dich doch wenigstens begleiten“, flehte Paul. Er schloss zu ihr auf, während sie unbeirrt und ihn keines Blickes würdigend Richtung Bergtor stapfte.

Plötzlich blieb sie stehen und rieb sich heftig die Nase. Paul sah, dass ihr eine Träne über die Wange rollte. Dann musste sie mehrmals heftig niesen, was sehr bedrohlich drang.

„Was hast du denn?“, fragte er besorgt, schreckte aber davor zurück, sie zärtlich an der Schulter zu fassen. Zu Recht, wie ihre Reaktion zeigte.

„Das siehst du doch, verfluchter Mist“, näselte sie.

„Du ... scheinst krank zu werden.“

Magdalena nieste erneut. Sie starrte auf die Blumen, die sie hielt, ließ sie dann zu Boden fallen wie ein heißes Eisen. „Vorhin fühlte ich mich noch ganz gesund. Ich denke eher, dass es an diesen dämlichen Blumen liegt!“ Sie funkelte Paul wütend an und rannte los.

Paul sah ein, dass ihm nichts übrig blieb, als sie vorläufig in Ruhe zu lassen. Frustriert blickte er auf den Strauß zu seinen Füßen. Es mochte ja vorkommen, dass Blütenpollen die Nasen empfindlicher Menschen reizten, aber musste sie deshalb so einen Wirbel veranstalten? – Weiber!

Das Treffen war ein Misserfolg, daran ließ sich nichts schönreden. Aber keineswegs würde er die Flinte ins Korn werfen. Er begehrte Magdalena nach wie vor, vielleicht sogar noch mehr als vorher. Er hatte es nicht geschafft, sie zu erobern, und womöglich hatte sie es ihm mit voller Absicht so schwer gemacht. Frauen wollten *langsam* erobert werden. Und dass sie ihn anziehend fand, waren immerhin bezeugte Worte aus ihrem wundervollen Mund, daran würden auch ein paar blöde Blumen nichts ändern.

Wenn nur Hans und Joachim keinen Wind von diesem Treffen bekämen. Sie würden aus dem Spotten gar nicht mehr herauskommen.

Paul atmete tief und stieß den Atem langsam aus, bevor auch er sich auf den Heimweg machte.

7

Michel war der Name eines zwölfjährigen Bengels, der als Sohn eines Apothekers in der Nachbarschaft der Kalkberners lebte. Er hatte rotes strubbeliges Haar, eine überbordende Fantasie und war schlau wie ein Fuchs. Außerdem war er Trudis bester Freund.

Matthias Kalkberner sah die Freundschaft zwischen Michel und seiner Tochter mit gemischten Gefühlen. Gewiss, er mochte den Jungen, auch wenn er erwiesenermaßen ein Lausbub war. Wenn Michel Streiche ausheckte, waren diese aber nie von böswilliger Natur und hatten selbst dem bitterernsten Goldschmied schon manches Lächeln entlockt.

Das Problem war demnach nicht, dass Matthias Kalkberner für den Jungen nichts übrig gehabt hätte. Es lag vielmehr darin, dass Michel aus einer katholischen Familie stammte. Wenn Trudi einmal ins heiratsfähige Alter kam und dann immer noch so sehr an dem Jungen hing, würde es Schwierigkeiten geben. Denn Matthias konnte sich beim besten Willen nicht vorstellen, seine Tochter einem Katholischen anzuvertrauen, zumal Trudi dann gezwungen wäre, diesen Glauben selbst anzunehmen. Nein, so weit durfte es nicht kommen. Am einfachsten wäre es gewesen, jeden Kontakt zwischen den beiden Halbwüchsigen schon jetzt zu unterbinden. Mehrmals hatte Matthias diese Möglichkeit ernsthaft erwogen, es aber letztlich nicht übers Herz gebracht: Trudi hätte ihm das sehr übel genommen. Sie war sein Sonnenschein, es durfte keinen Schatten zwischen ihnen geben.

Eine halbe Stunde, nachdem Paul seinen Feierabend verkündet hatte, betrat Michel die Werkstatt der Kalkberners. Matthias saß immer noch an seiner Arbeit.

„Gott zum Gruße, Herr Kalkberner!“ Der Junge deutete eine Verneigung an.

„Was willst du, Bengel? Schon wieder meine Tochter entführen?“

„Nur wenn Ihr nichts dagegen habt!“

„Deinetwegen wird sie eines Tages noch in große Schwierigkeiten geraten, fürchte ich.“

„Ihr solltet besser von mir denken.“

„Es ist schon spät am Tag. Was hast du vor mit ihr?“

„Nichts Besonderes. Ich will ihr nur ein Untier zeigen. Es wird nicht lange dauern.“

„Ah, ein Untier, gewiss. Hört sich ja an, als müsste ich mir keine Sorgen machen.“

„Nicht die geringste.“

Matthias schmunzelte, er konnte nicht anders. „Du findest sie in der Stube. Wenn sie bei Sonnenuntergang nicht zurück ist, dann könnt ihr beide was erleben.“

„Danke, Herr Kalkberner.“

„Nun verschwinde schon. Wie du siehst, gibt es auch noch Leute, die arbeiten müssen.“

In der Stube nähte Trudi an einem Kittel. Michel sah ihr über die Schulter. „Du nähst?“, wunderte er sich.

„Ich bin die Herrin des Hauses“, erwiderte sie vollmundig und grinste bis über beide Ohren.

„Na schön, du Herrin des Hauses, für heute bist du fertig. Dein Vater hat mir erlaubt, dich für ein Weilchen zu entführen.“

Freudig legte sie die Nähsachen beiseite. „Wohin gehen wir?“

„Das ist eine Überraschung.“

„Deine Überraschungen lassen mich manchmal mit den Ohren schlackern.“

„Gewiss doch, sonst wären es ja keine Überraschungen. Hat eigentlich die Medizin, die du von mir haben wolltest, ihren Dienst erfüllt?“

„Du meinst das Juckpulver? Das erfahre ich erst, wenn ich meinen Bruder wiedersehe."

„Juckpulver ist es nur dann, wenn man es nicht für seinen eigentlichen Zweck verwendet, Trudi: nässende Hautgeschwüre."

„Wenn man so will, ist es tatsächlich ein Geschwür, das es zu beseitigen gilt."

Blinzelnd sah er ihr in die Augen. „Trudchen, Trudchen, ich ahne Arges. Du wirst doch hoffentlich nicht zur Ränkeschmiedin werden?"

„Im Gegenteil, ich will für meinen großen Bruder nur das Beste. Leider ist er selbst nicht imstande zu erkennen, was das Beste für ihn ist."

„Aber du, als Herrin des Hauses, die bis vor Kurzem noch mit Puppen spielte, du bist dazu imstande."

„Genauso ist es."

„Gut. Dann lass uns gehen. Wir haben nicht den ganzen Abend Zeit. Dein Vater zieht mir das Fell vom Leib, wenn du zu spät nach Hause kommst."

Durch die Jakobsstraße flanierten sie in Richtung Markt. Es war ein herrlicher Frühsommerabend. In den Gassen waren noch zahlreiche Menschen unterwegs.

„He, Michel. Sag deinem Vater, dass ich neue Rheumasalbe brauche!"

„Gewiss, Meister Gronsfeldt. Ich werde es ausrichten."

Trudi war daran gewöhnt, dass die Leute den Apothekersohn auf der Straße ansprachen.

„Sag ihm", fuhr Meister Gronsfeldt fort, „dass ich morgen Abend vorbeikomme, um die Salbe abzuholen."

„Bei der Gelegenheit könntet Ihr vielleicht Eure letzte Rechnung begleichen", schlug Michel keck vor, was bei Meister Gronsfeldt augenblicklich ein langes Gesicht und einen Fluchtinstinkt hervorrief.

„Hast ihn ganz schön blamiert“, beschied Trudi ihrem Freund.

„Selber schuld. Manche Leute glauben nämlich, ein Apotheker lebt allein von ihrem Dank und von der Luft, die er atmet.“

„Wenn die Leute aber arm und krank sind ...“

„Gronsfeldt ist nicht arm, du Neunmalkluge. Arme Leute behandelt mein Vater manchmal umsonst. Aber was ist mit deinem Vater? Schmiedet er den Armen etwa goldene Armbänder?“

Sie knuffte ihn in die Seite. „Erzähl mir lieber, was du mir zeigen möchtest.“

„Einen Riesen und sein Ungeheuer!“

„Du meinst den großen Fremden, der vor Kurzem mit seinem Hund in die Stadt kam?“

„Einen Hund nennst du das Viech? Ich würde ihn eher als Monstrum bezeichnen. Sie stehen dort hinten am Marktbrunnen und lassen sich bestaunen. Da dachte ich mir, das könnten wir uns doch auch mal anschauen.“

Ein altes Mütterchen, das sich jammernd die Nase kratzte, kreuzte ihren Weg.

„Gute Frau, was fehlt Euch?“, fragte Michel.

Trotz ihrer milchig-trüben Augen erkannte sie den Sohn des Apothekers. Sie krächzte einige schwer verständliche Worte. Mit etwas Mühe ließ sich aus ihnen schließen, dass sie an einer Margerite geschnuppert hatte, die ein junger Mann ihr schenkte.

„Oh“, machte Trudi. Michel sah sie mit runden Augen an, aber sie zuckte nur mit den Achseln und schaute auf ihre Füße.

„Nehmt ein Tuch, tränkt es mit Essigwasser und tupft es auf Eure Nase.“ Niemand sollte ihm nachsagen, er habe als Sohn seines Vaters keine Ratschläge parat.

„Ich werde das Gefühl nicht los, dass du da irgendwelche Zusammenhänge siehst“, raunte er Trudi zu, nachdem die Alte ihnen den Rücken gekehrt hatte.

„Noch kann man nichts wissen“, wehrte sie kryptisch ab. „Komm jetzt, der Riese und sein Hund erwarten uns. Weißt du was, vielleicht war er es ja, der den Leffel neulich überfallen hat?“

„Leffel war sturzbetrunken. Der ist nicht der Erste, der solche Ammenmärchen von sich gibt. Vermutlich brauchte er eine Ausrede für seine Alte.“

Am Markt angelangt, hatten sie eine Wand aus Menschen vor sich. Trotzdem ragte der Riese über allen hervor, sodass Trudi staunend eine Hand auf ihren Mund presste. Michel wollte ihn und das Ungetüm von Hund trotzdem gern ganz aus der Nähe sehen. Mit der Menschenmenge hatte er freilich gerechnet, also zog er eine kleine Phiole aus seiner Hosentasche, öffnete den Verschluss und benetzte seinen Zeigefinger mit einer zähen roten Flüssigkeit.

„Halt mal still!“, forderte er Trudi auf. Sein gefärbter Finger zeichnete Punkte auf Stirn, Wangen und Kinn der Freundin.

„Was soll das bitte schön werden?“

Zufrieden betrachtete er sein Werk. „Jetzt siehst du richtig krank aus.“

„Verstehe.“

„Leute, macht Platz für ein krankes Kind!“, rief Michel. Erschrocken machte man ihnen eine Gasse frei.

„Kind?“, flüsterte Trudi empört. „Du bist nicht einmal größer als ich.“

„Sei still und mach ein elendes Gesicht.“

Sie gelangten in die vorderste Reihe.

„Bei allen Teufeln“, stammelte Michel, der sonst nur schwer zu beeindrucken war. „Die kommen bestimmt geradewegs aus der Hölle.“

Auch Trudi verspürte bei deren Anblick aus nächster Nähe Unbehagen, doch irgendwie fühlte sie sich verpflichtet, für sie einzutreten. „Wieso? Sie stehen doch bloß da und lassen sich begaffen. Niemand kommt durch sie zu Schaden.“

„Wohl wahr. Zumindest niemand, von dem man wüsste.“

Das bärtige Antlitz des Riesen blieb im Schatten seiner Filzhutkrempe weitgehend verborgen, doch ab und an kamen seine Augen kurz zum Vorschein. Sie waren groß und rund und wirkten eher traurig. Da war sein Hund, der neben ihm saß, schon Angst einflößender, obwohl auch er keinerlei Anstalten machte, jemanden zu bedrohen. Allein sein bloßer Anblick mochte bei furchtsamen Gemütern spätere Albträume hervorbringen. Hin und wieder wagte es jemand aus dem Publikum, das Wort an den Riesen zu richten. Mal war es Spott, dann Neugier, ein anderes Mal reine Ehrfurcht, die die Leute bewogen, ihn anzusprechen.

„Bist du etwa schon als Riese auf die Welt gekommen?“

„Wie viel musst du essen, um satt zu werden?“

„Hast du den Köter dem Satan abgeluchst?“

Die Antworten des Riesen bestanden darin, entweder ein Nicken oder ein Kopfschütteln anzudeuten, niemals aber drang ein Wort aus seiner Kehle, und bei allzu albernen oder unverschämten Fragen zeigte er keine Reaktion.

„Wo schläfst du?“, fragte ihn ein kleines Mädchen, das sich hinter dem Rock seiner Mutter verschanzt hielt.

„Vermutlich im Paunellenturm“, lautete die Antwort eines Witzboldes aus der Menge. „Dort schläft er im Stehen.“ Gelächter. Der Paunellenturm war der höchste Turm der Stadt.

„Eine gute Frage", raunte Michel, „der Kerl ist seit Tagen in der Stadt. Wo ist er eigentlich einquartiert?"

„Ist das wichtig?"

„Nein, aber ich wüsste es trotzdem gern. Hat er Verwandte hier? Wohin geht es des Abends? Verlässt er die Stadt?"

Trudi musterte ihn mit zusammengekniffenen Augen. „Du willst es herausfinden, nicht wahr?"

„Begleitest du mich?"

„Wie willst du es anstellen?"

„Ganz einfach: Wenn er hier weggeht, folgen wir ihm im sicheren Abstand."

„Wie kann man bloß so neugierig sein?"

„Fürchtest du dich?"

„Ja. Vor einem Donnerwetter meines Vaters, wenn ich nicht pünktlich heimkehre. Und auch du solltest dich davor fürchten."

Das sah Michel ein. „Ich weiß: Er zerlegt mich in alle Einzelteile." Vor allem aber wollte er seiner Freundin auf keinen Fall Ärger einhandeln. „Na schön, ich gehe alleine. Aber zuerst bringe ich dich nach Hause."

„Kommt nicht infrage."

„Du willst nicht, dass ich dich nach Hause bringe?"

„Ich komme mit dir."

„Aber ..."

„Keine Sorge, meinen Vater weiß ich schon zu besänftigen."

„Sicher?"

„Sicher!" Sie grinsten sich an. Schließlich war dies nicht ihr erstes gemeinsames Abenteuer. Und gewiss auch nicht das letzte. Jetzt mussten sie nur noch warten, bis die Vorführung vorüber war.

Dämmerung lag über der Stadt, als der Riese und sein Hund ihr Quartier erreichten. Im Süden der Stadt gab es innerhalb der Stadtmauer einige verwahrloste Weingärten, deren Besitzer seit Langem tot war. Der Sohn des Verstorbenen hatte es offenbar nicht eilig, sein Erbe anzutreten. Aus diesem Grund war der einst so gepflegte Wingert zu einer kleinen Wildnis verkommen, und da es in unmittelbarer Nähe keine Wohnhäuser gab, wirkte der Ort wie verwunschen. Tagsüber suchten hier manchmal alte Weiber nach Kräutern, aber im Allgemeinen bemühten sich selten Menschen hierher, nur streunende Katzen und Hunde gab es zuhauf an diesem Ort. Am Rand des verwilderten Grundstücks stand eine halb verfallene Gärtnerhütte. Diese diente dem Riesen als Unterschlupf. Als er sie an diesem Abend betrat, stieß er einen lauten Seufzer aus. Ein Seufzer, der sich anhörte, als käme er gleich aus *zwei* Kehlen.

Und so war es auch!

Der Riese öffnete seinen Mantel, ließ ihn zu Boden gleiten. Zum Vorschein kam eine hoch gewachsene Frau mit einem knochigen, blatternarbigen Gesicht. Sie war allenfalls dreißig und wirkte zäh wie ein Söldnerführer. Auf ihren Schultern saß ein Mann, dessen Antlitz die Aachener mittlerweile als das des Riesen kannten. Es fehlten ihm beide Beine, nur zwei von narbigen Wülsten bedeckte Stümpfe, die jeweils eine Handbreit über den Knien endeten, waren ihm geblieben.

Die Frau ging zu dem Strohlager, das in einer Ecke bereitet war. Dort ging sie in die Hocke, damit der Krüppel sich niedersinken lassen konnte. Die Dogge war ihnen gefolgt und legte sich wie eine Sphinx vor das Lager, die gewaltigen Vorderpfoten ausgestreckt und die Ohren aufmerksam gespitzt.

„Wie viel musst du essen, um satt zu werden?“, ächzte der Krüppel. „Ich kann diese dämlichen Fragen einfach nicht mehr hören!“ Seine Stimme war so dun-

kel wie sein Bart. Mit schmerzverzerrtem Mund massierte er seine Stümpfe.

„Dämliche Fragen gehören zu unserem Broterwerb!“, sagte die Frau. Auch sie hatte auf dem Strohhaufen Platz genommen und zählte die Geldstücke in ihrer Hand. „Wenigstens sind diese Aachener nicht so geizig wie die Kölner. Hier können wir gut noch eine Woche bleiben.“

„Meine Knie schmerzen wieder fürchterlich. Als wären sie noch dran.“

„Sei froh, dass du lebst. Kaum einer übersteht solche Verwundungen.“

„Drauf geschissen. Bis zum Ende meines verfluchten Lebens ...“

„... bist und bleibst du ein Krüppel, ich weiß. Daran ändert sich nichts, auch wenn du es Tag für Tag wiederholst.“

Er senkte die Stimme. „Tot zu sein wäre besser.“

Seufzend fasste sie ihn unter sein Kinn und zwang ihn, sie anzusehen. „Und wenn du tot wärst, was würde dann aus mir? Kannst du mir das vieleicht mal verraten?“

„Du bist auch früher ohne mich zurechtgekommen.“

„Du würdest es gutheißen, wenn ich wieder meinem früheren Broterwerb nachginge?“

Er presste den Mund zu einem Strich und schüttelte langsam den Kopf. „Nein. Natürlich nicht, Liebes“, erwiderte er kleinlaut.

„Manchmal war es die Hölle, Josef, auch wenn euch Kerlen das offenbar nicht in den Kopf gehen will.“

„Es tut mir ja leid, Anna. Lass es jetzt gut sein. Du bist ein guter Grund, nicht tot zu sein.“

Sie lächelte. „Dann küss mich“, forderte sie ihn auf.

Ihr Gefährte beugte sich vor und nahm ihren Kopf zwischen seine Hände. „Ganz wie du willst!“

Josef Wiffler, ehemaliger Landsknecht im Dienste Karls von Lothringen, und seine Frau Anna, gewesene Kriegsdirne, küssten sich mit großer Leidenschaft. Da vergaß Josef auch gern die Schmerzen in seinen nicht mehr existenten Beinen. Aus dem Kuss wäre sicherlich mehr geworden, wenn der Hund nicht plötzlich grimmig geknurrt hätte. Was aus seiner Kehle wie ein Donnergrollen klang.

Josef war verärgert. „Zum Teufel, was hast du denn, Spanier?"

„Er hat etwas gehört, sonst würde er ja Ruhe geben." Besorgt stierte Anna in das Halbdunkel der Hütte. Draußen veranstalteten hundert zirpende Grillen ein Konzert.

„Wird wohl eine verdammte Katze sein. Oder eine Ratte. Es wimmelt doch hier nur so von diesen Biestern. Also, Spanier, sei bloß still!" Die letzten Worte waren mit viel Strenge gesprochen. Worauf das Grollen der Dogge zu einem Winseln wurde.

„Siehst du, Liebes, er war bloß eifersüchtig. Wo waren wir stehen geblieben?"

Aber Anna war die Lust vergangen. „Auch ich habe da vorhin was gehört", flüsterte sie.

Josef seufzte bitter. Nein, er konnte nichts mehr von ihr erwarten. Für heute war alles gelaufen, das war so sicher wie das Amen in der Kirche. „Glaub mir, da ist nichts. Und weißt du was? Ich bin müde und will jetzt schlafen."

Eingeschnappt rollte er sich zur Seite. Anna lauschte noch eine Weile in die Dunkelheit. Weil sie aber nichts Verdächtiges mehr hörte und auch der Hund ruhig blieb, löste sich ihre Anspannung. Sie schmiegte sich an ihren Liebsten.

8

Paul benötigte einige Tage, um das Geschehene zu verdauen. Was war eigentlich schief gelaufen bei jenem Treffen mit Magdalena? Offenbar hatte sie etwas von ihm erwartet. Aber was? Im Nachhinein versuchte er sich jedes Wort, das zwischen ihnen gefallen war, wieder ins Gedächtnis zu rufen. Das war schwierig genug, aber letztlich hätte er schwören können, dass Magdalena erst seltsam geworden war, nachdem er ihr seine Einstellung zum Reichtum offenbart hatte. Dabei hatte er sich doch nur an Trudis Ratschläge gehalten.

Frauen wollen langsam erobert werden, nicht mit kostbaren Geschenken!

Womöglich zählte Magdalena nicht zu dieser Sorte. Hätte er ihr für den Anfang doch etwas geschenkt. Nichts besonders Wertvolles, vielleicht ein versilbertes Armband, irgendetwas, das jeder Frau Freude bereitete. Ein solches Geschenk hätte ihr Herz womöglich für ihn geöffnet, denn es hätte ihr bewiesen, wie ernst es ihm war. Trudi hatte ihn schlecht beraten. Überhaupt, die Kröte hätte er sich am liebsten einmal vorgeknöpft. Sie hätte ihm keine Blumen besorgen sollen, die auf einer blutgetränkten Wiese wuchsen. Seit Jahrhunderten fanden dort die Hinrichtungen statt. Kein Wunder, dass die Blumen nichts taugten. Arme Magdalena! Hoffentlich waren die Beschwerden rasch wieder vergangen, sonst würde sie ihn immerzu verfluchen, sooft sie sich kratzte.

Tja, Trudi: Sie war eben doch noch ein einfältiges Kind, auch wenn sie sich selbst inzwischen als Frau betrachtete. Sie hatte vom Leben noch keine Ahnung, und es wäre nicht fair gewesen, ihr die Schuld für das Desaster in die Schuhe zu schieben. Immerhin verdankte er ihr ja die Vermittlung des Treffens; dass er es verbockt hatte, musste er sich letztlich selbst zuschreiben. Er hätte mehr auf seine eigenen Instinkte hören sollen. Frauen liebten Schmuck, Punktum. Beim nächsten Mal würde er es klüger anstellen.

Ein weiterer Grund, Trudi keine Vorhaltungen zu machen, war, dass sie ohnehin bestraft worden war – vom Vater. Weil sie vor Tagen erst lange nach Einbruch der Dunkelheit nach Hause gekommen war, hatte er ihr Stubenarrest verordnet. Für die lebhafte Trudi eine äußerst harte Strafe. Da hatte Paul es als Kind einfacher gehabt. Ihm hatte der Vater stets eine Tracht Prügel verpasst, sobald er etwas ausgefressen hatte, aber damit war es dann auch genug gewesen. Gegen seinen Augenstern Trudi hätte der Vater niemals die Hand erhoben. Deshalb durfte die Ärmste nun das Haus nicht verlassen. Dem Michel aber, der versprochen hatte, sie rechtzeitig heimzubringen, dem hatte Vater einen zünftigen Stockhieb auf den Hintern verpasst. Michel hatte es tapfer und klaglos hingenommen.

Darüber hinaus kreisten Pauls Gedanken um die Frage, ob er morgen, am Samstag, in die „Kette" gehen sollte, um mit Hans und Joachim die Woche zu ersäufen. Er wusste nicht, wie sich Magdalena verhalten würde, und möglicherweise drohte ihm eine Blamage der peinlichsten Art. Die drohte ihm freilich auch in Abwesenheit, denn es war ja möglich, dass Magdalena über ihre Begegnung frei und munter plaudern würde. Besser also, er ging dorthin, dann konnte er wenigstens Stellung beziehen. Außerdem sehnte er sich danach, Magdalena wiederzusehen, daran hatte sich trotz allem nichts geändert. Ein wirklich Verliebter ließ sich durch eine Stimmungsschwankung seiner Angebeteten nicht vergraulen. Da konnte er ja noch hundert Jahre suchen, wenn er eine Frau ohne Launen haben wollte. So waren die Weibsbilder eben. Vielleicht bereute Magdalena ihr barsches Benehmen inzwischen sogar und war deshalb umso liebenswürdiger zu ihm.

Ja, er würde zur „Kette" gehen! Und diesmal würde er gänzlich darauf verzichten, Ratschläge einzuholen, weder von Trudi noch von der Großmutter, noch von irgendwem. Als ob er nicht selbst alt genug wäre, um zu wissen, was zu tun sei.

Hans und Joachim saßen bereits hinter einem Humpen, als Paul in die gut gefüllte Wirtsstube eintrat. Er gesellte sich zu ihnen und blickte in zwei grinsende Gesichter.

„Was ist? Sind mir Eselsohren gewachsen?"

„Eher Hörner, würde ich sagen." Joachim und Hans blinzelten sich zu.

Zur Antwort zeigte Paul ihnen einen Vogel, aber die beiden ließen nicht locker. „Wie war denn deine Verabredung?"

Paul stellte sich unwissend. „Welche Verabredung?"

„Die am Lousberg natürlich!" Hans spreizte die Hände, als wüsste inzwischen die ganze Welt darüber Bescheid.

Der Wächter vom Bergtor! Verflucht, an den hatte Paul nicht mehr gedacht. Na klar, der Kerl hatte natürlich eins und eins zusammengezählt. Und weil er einer von Hans' Kollegen war, hatte sich die Nachricht unter den Wächtern und Bütteln rasend schnell verbreitet.

„Was pfeifen denn die Spatzen?", fragte Paul geradeheraus.

„Dass du am vergangenen Dienstag mit einem satten Blumenstrauß die Stadt verlassen hast", gluckste Hans. „Und dass kurz darauf auch die Magdalena Richtung Lousberg unterwegs war – und nach nicht allzu langer Zeit sichtlich wütend zurückkehrte."

„Wirklich? Was fehlte ihr denn?"
„Wir dachten, du könntest uns mehr sagen."
„Ich? Leider bin ich ihr nicht begegnet."
„Und die Blumen?"
„Die habe ich zur Kapelle auf den Lousberg gebracht. Meine Großmutter hatte mich mit dem Strauß losgeschickt. Damit sich die Muttergottes daran erfreuen kann."
„Ich dachte, ihr seid verdammte Protestanten?"
„Im Herzen ist meine Großmutter immer noch katholisch, fürchte ich."
Logisch, sie glaubten ihm kein einziges Wort. Aber wenigstens hielten sie nun die Klappe und bohrten nicht weiter in der Sache herum, wenngleich der Hohn nicht aus ihren Gesichtern wich. Paul sah sich verlegen um. Magdalena war nirgends zu entdecken. Alois Nopp und seine Frau Hanna waren damit beschäftigt, die Gäste zu bewirten, und Katharina schleppte fleißig Krüge durch die Stube. Bald stand sie auch schon an ihrem Tisch. „Einen Humpen Bier, nehme ich an", begrüßte sie Paul mit einem Lächeln.
Er nickte verunsichert. Ob die Magdalena ihr wohl von dem vermasselten Treffen erzählt hatte? Er wusste nicht, wie nah sich die Schwestern standen, wie weit sie sich gegenseitig ihre kleinen Geheimnisse anvertrauten. Jedenfalls wäre es ihm peinlich gewesen, wenn Katharina in ihm einen Tölpel sah. Doch nichts in ihrem Verhalten ließ darauf schließen, dass sie ihn für einen solchen hielt. Im Gegenteil: Sie wirkte so freundlich wie zuletzt, als sie ihm hinterhergeeilt war, um ihm zu sagen, wie edel sie sein Verhalten fand. Apropos: Auch Oheim Ulrich war heute wieder zugegen, er saß an einem der hinteren Tische – allein!
„Hat deine Schwester etwa wieder Kopfweh?", fragte Joachim.

„Und wenn es so wäre?“, entgegnete Katharina gedehnt.

„Dann würde ich gehen, um ihr mitleidig die Hand zu halten!“

Wortlos wandte sich Katharina wieder ab, als sei jeder weitere Kommentar dazu nicht den Atem wert.

„Man kann es nicht oft genug wiederholen“, sagte Hans, mit dem Zeigefinger wedelnd, „die Katharina hat ein Auge auf unseren Paul geworfen. Vielleicht hättest du *ihr* die Blumen bringen sollen, Goldschmied!“

„Vielleicht sollte ich dir ein Veilchen schlagen, Torwächter.“

„Frieden auf Erden, Jungs, Frieden!“, sagte Joachim sanft. Man hätte denken können, er sei der friedfertigste Mensch der Stadt.

Der Abend floss dahin, ohne dass Magdalena aufgetaucht wäre. Was vor allem Hans schade fand, denn er musste auch heute wieder seinen Nachtdienst am Jakobstor antreten. „Ich bin eindeutig im Nachteil“, merkte er klagend an, als seine Stunde gekommen war. „Wie soll ich jemals Magdalenas Aufmerksamkeit gewinnen, wenn ich immerzu Dienst schieben muss?“

„Hättest halt ein Schmied werden sollen“, antwortete Joachim mitleidlos, „aber auch das hätte dir nicht geholfen: Hänfling bleibt Hänfling! Magdalena braucht einen richtigen Mann!“

Hans und Paul stöhnten im Gleichtakt. „Bitte, Jo! Wir können's wirklich nicht mehr hören!“ Hans erhob sich, um zu gehen.

Joachim hob grinsend eine Hand. „Grüß das Bahkauv von mir, wenn du's siehst!“ Noch immer war die abstruse Geschichte des Gotthard Leffel ein gängiges Gesprächsthema unter den Wirtshausbesuchern. Was wohl auch der Grund dafür war, dass der Verspottete sich seitdem nicht mehr hier blicken ließ. Vielleicht trieb er sich aber auch in anderen Wirtshäusern herum.

„Sehr witzig!“ Ein letztes Mal ließ Hans – in der Hoffnung, Magdalena doch noch ansichtig zu werden – den Blick schweifen. Vergeblich. „Ich wünsche euch den fürchterlichsten Kater, den man sich vorstellen kann“, verabschiedete er sich von seinen Freunden, ging zum Wirt und zahlte seine Zeche.

Joachim stützte nachdenklich sein Kinn. „Er ist in letzter Zeit sehr dünnhäutig, findest du nicht?“

„Man muss das verstehen“, fand Paul. „Wenn man wie er bei seiner alten Mutter lebt, die in ihm noch einen Hosenscheißer sieht, den sie umsorgen muss, dann fördert das nicht eben die gute Laune. Vor allem, wenn man nicht mehr zum Poussieren kommt.“

„Unter uns, was ist passiert?“

„Hä?“

„Am Dienstag!“

„Du musst nicht alles wissen, Meister Amboss!“

„Bitte sehr, wie du meinst. Ich möchte ja nur helfen.“

„Blödsinn! Frohlocken willst du.“

„Ich kann auch gönnen.“

„Nicht, wenn's um die Magdalena geht, mach mir nichts vor.“

Joachim starrte in den Krug, den er hielt, und ließ das Bier darin kreisen. „Schon manche Männerfreundschaft ist wegen eines Weibes zerbrochen“, philosophierte er. „Bei uns soll das nicht so sein. Magdalena hat dir einen Korb gegeben, nicht wahr?“

„Du kennst doch die Geschichte von David: Auch er war am Ende siegreich, obwohl er eigentlich keine Chance hatte.“

„Hör mir auf mit deinen Bibelgeschichten, du Ketzer. Ich meine es ernst: Warum konzentrierst du dich nicht auf Magdalenas niedliche kleine Schwester? Die würde dich auf der Stelle heiraten, wenn du sie fragen würdest."

„Ich frage sie aber nicht."

„Bist ein hoffnungsloser Fall."

„Wir werden sehen." Paul hatte keine Lust, das Thema zu vertiefen. Joachims Worte steigerten nur seine Verunsicherung. Aber er hatte sich geschworen, nicht aufzugeben, daran würde er sich halten. Demonstrativ blickte er in eine andere Richtung, damit Joachim endlich die Klappe hielt.

Oheim Ulrich, nach wie vor allein an seinem Tisch, wirkte heute lebendiger als zuletzt. Auch schien er weniger zu trinken, vielleicht hatte die Tante ihm ja gehörig den Kopf gewaschen. Vor allem aber gab er sich nicht dem Laster des Würfelspiels hin, ein Hinweis, dass er wohl Besserung gelobt hatte. Verlegen hob Oheim Ulrich eine Hand zum Gruß, als er dem Blick des Schwestersohnes begegnete.

An einem anderen Tisch gerieten zwei Zecher in Streit; laut beschimpften sie einander, bevor sie sich letztlich an die Hälse gingen und aufeinander einprügelten. Paul erkannte in ihnen zwei Tischlergesellen, die für ihre Rauflust bekannt waren. Wofür ausgerechnet Joachim wenig Verständnis zeigte.

„Was benehmt ihr euch wie schwachsinnige Fuhrkutscher?", rief er den Streithähnen zu. „Hört auf der Stelle auf damit, sonst könnt ihr was erleben!"

Paul sah nun den Grund, warum sich Joachim so aufplusterte: An der Tür zur Küche stand Magdalena und beobachtete interessiert das Treiben in der Stube. Ihre Arme hatte sie vor der Brust verschränkt, ans Arbeiten schien sie nicht zu denken.

Die Tischlergesellen aber setzten ihr Kämpfchen unverdrossen fort. Sie hatten zu viel getrunken, um sich Joachims Warnung zu Herzen zu nehmen, denn mit dem Schmied legte sich für gewöhnlich niemand an. Joachim kam ihre Ignoranz nur recht, denn endlich konnte er wieder einmal zeigen, wer der stärkste Mann in Aachen war. Er stand auf, reckte sich schnaufend, sodass er noch größer und noch kräftiger wirkte, und schritt den Kontrahenten langsam entgegen.

Wenig später war der Spuk vorüber. Die beiden Tischler lagen jammernd am Boden und hielten sich die Schädel. Zuerst hatte Joachim sie mit den Köpfen zusammengestoßen, dann jeden Einzelnen von ihnen mit gestreckten Armen wie eine Trophäe emporgehoben. Und obwohl die Tischler keineswegs von schmächtiger Gestalt waren, hatte es ausgesehen, als seien sie willenlose Spielzeuge in den Pranken des Schmieds. Letztendlich hatte er sie wie unnütze Säcke zu Boden fallen lassen.

Alle Gäste klatschten Joachim Beifall, und Alois Nopp eilte eigens herbei, um ihm lobend auf die Schulter zu klopfen, weil nichts zu Bruch gegangen war.

Joachim winkte jovial ab – das war doch bloß ein Kinderspiel für ihn gewesen. Die Tischler wurden vor die Tür gesetzt, und in der Wirtsstube kehrte wieder Normalität ein. Paul war nicht entgangen, dass Magdalena das Geschehen gänzlich verfolgt hatte. In ihren schönen Augen war Faszination aufgeblitzt, als Joachim den Muskelprotz mimte. Doch nach Beendigung des Schauspiels war sie gleich wieder verschwunden.

Joachim kehrte zurück zum Tisch des Freundes. „Wir wollen uns doch von diesen ungehobelten Eseln den Sonnabend nicht verderben lassen, was?", sagte er, verstohlen zur Küchentür blinzelnd.

„Keine Sorge, sie hat deine Heldentat beobachtet", beschied ihm Paul.

„Wer?"

„Magdalena!"

„Sie war hier?“

„Du hast sie gesehen, warum machst du mir etwas vor?“

„Na gut. Ich will nur nicht, dass du dich wie ein Würstchen fühlen musst.“

„Zwar kann ich keine zwei Tischler zugleich vertrimmen, aber deshalb fühle ich mich nicht wie ein Würstchen, Jo.“

„Musst du auch nicht.“

„Am Ende wird sich schon zeigen, was Magdalena an einem Mann am meisten ...“

Erschrocken hielt er inne, denn mit einem Mal stand die Besagte zwischen ihm und Joachim. Sein Herz begann wie verrückt zu pochen, aber Magdalenas Aufmerksamkeit gehörte allein dem Schmied.

„Heute kein Kopfweh, du Schönste aller Schönen?“ Das musste man Joachim lassen, man erlebte ihn selten sprachlos.

„Welche Frau will schon Kopfweh leiden in der Nähe eines starken Mannes?“, entgegnete sie.

Paul hätte sich fast an seinem Bier verschluckt.

„Frauen mögen starke Männer“, fügte sie überflüssigerweise hinzu.

Joachim strahlte sie an. „Und wo kann man solche Frauen treffen, die starke Männer mögen?“

„Beispielsweise am Lousberg. Morgen, nach dem Drei-Uhr-Läuten.“

Obwohl sie flüsterte, waren ihre Worte auch für Pauls Ohren bestimmt. Womit sich die Frage, ob sie ihr Betragen von Dienstag bereute, spätestens jetzt erübrigte. Schon war sie wieder davongehuscht in Richtung Küche. Joachim blickte noch eine Weile auf die Stelle, wo sie soeben verschwunden war.

„Meinen Glückwunsch“, sagte Paul nicht ohne Zerknirschung.

„Ach, komm schon, nimm's gelassen, mein Freund. Ich habe dir und dem anderen Adonis ja immer gesagt, dass die Magdalena eine Schwäche für mich hat."

„Schenk ihr bloß keine Blumen", empfahl ihm Paul, bereute diesen uneigennützigen Rat aber schon im nächsten Augenblick, denn weshalb sollte das Großmaul von Schmied von seinen Erfahrungen profitieren? „Schenk ihr überhaupt nichts, sag ich dir. Frauen wollen langsam erobert werden."

Aber Joachim hörte ihm gar nicht erst zu. Zu Recht, dachte Paul bitter. Als Ratgeber in Liebesdingen würde Joachim ihn künftig noch weniger ernst nehmen als zuvor.

„Darf ich dich mit einem hübschen Schmuckstück beauftragen, mein Freund?", fragte er dann auch mit wenig Einfühlungskraft.

„Tu mir einen Gefallen, Jo: Frag einen anderen. Ich bin nicht der einzige Goldschmied in der Stadt."

„Mach ich, Junge, mach ich." In Gedanken schien Joachim schon Hand in Hand mit Magdalena um den Lousberg zu flanieren.

Was soll's, dann besauf ich mich eben!, beschloss Paul im Stillen. Und als hätte Katharina seine Gedanken gehört, erschien sie am Tisch, einmal mehr begleitet von ihrem kleinen Bruder Heini. Paul strich ihm über den Strubbelkopf. Irgendwie mochte er den Knaben, über dessen Geisteszustand die Meinungen auseinander gingen. Aber selbst einfältige Menschen wollten ja geliebt sein, Worte des Herrn!

Magdalena fragte die beiden Freunde nach ihren Wünschen. Paul vermied es, sie anzusehen, als er nach dem stärksten Schnaps verlangte, den sie zu bieten habe. Joachim verbrachte den Rest des Abends damit, ihm die Ohren vollzusülzen, erzählte von seinem künftigen Leben mit der schönsten Frau der Welt an seiner

Seite. Paul trank immerfort, hoffend, dass der Rausch alles erträglicher machte.

Gütiger Jesus, dieser Schnaps sorgte dafür, dass sich seine Eingeweide aufzulösen begannen ...

„Findest du nicht, dass du genug getrunken hast?" – Katharinas Stimme! Was mit der Gestalt übereinstimmte, die er verschwommen wahrnahm.

„Nein. Ich finde nicht, dass ich schon genug getrunken habe, meine Süße", hörte er sich mit leiernder Stimme antworten.

„Muss halt manchmal sein, Kathrinchen", mischte sich Joachim ein.

„Nur der Tod muss sein, sonst nichts!", lautete ihre kühle Antwort.

Joachim und Katharina tauschten weitere Argumente aus, aber Paul hörte nicht mehr hin, sondern bettete seinen Kopf auf die Tischplatte und nickte ein. Er hatte keinen Schimmer, wie viel Zeit vergangen war, als Joachim ihn wachrüttelte, aber weil das Wirtshaus dem Geräuschpegel nach zu urteilen immer noch gut gefüllt war, konnte es noch nicht allzu spät sein.

„Auf, Goldjunge. Ich begleite dich heimwärts. Hab's dem Kathrinchen versprechen müssen. Ist immerhin meine künftige Schwägerin, da kann man nicht Nein sagen."

Da sich herausstellte, dass Paul viel zu betrunken war, um selbst zu laufen, schulterte Joachim ihn wie einen Mehlsack. Das Letzte, was Paul in der Wirtstube noch wahrzunehmen glaubte, war der kleine Heini an der Hand der kopfschüttelnden Katharina, die sich angeblich so große Sorgen um sein Wohlbefinden machte.

9

Der Vater war unterwegs. Irgendwo in der Stadt – wo genau, das hatte er nicht gesagt, aber Paul vermutete, dass er im Haus seines Bruders Johann war –, irgendwo feierten ein paar unerschrockene Protestanten heimlich Gottesdienst. Da durfte sein strenggläubiger Vater natürlich nicht fehlen, selbst wenn ihn das in Teufels Küche brachte, wenn die Versammlung aufflog: Protestanten waren in der Stadt nur geduldet, solange sie ihren Glauben nicht praktizierten und verbreiteten. Aber Vaters Glaube war größer als seine Angst. Insgeheim rang Paul das auch Bewunderung ab.

Jedenfalls war Vater nun unterwegs, und Paul war allein in der Werkstatt. Sein Blick fiel auf die prachtvolle Perlenkette, die der Vater angefertigt hatte. Einmal mehr war der Ratsherr Klöcker Auftraggeber. Seine Frau schien förmlich süchtig zu sein nach neuem Schmuck.

Diese Kette dort auf dem Arbeitstisch des Vaters war vermutlich nicht allein der Traum verwöhnter Ratsherrenfrauen. Paul stellte sich vor, wie der Schmuck an Magdalenas Hals aussähe. Der Gedanke, wie die Kette ihr Dekolleté ausfüllte, trieb ihm heißen Schweiß auf die Stirn. Bestimmt würde Magdalena damit noch schöner aussehen, auch wenn das schwer vorstellbar schien. Diese Kette würde ihm helfen, endlich ihre Gunst zu erlangen. Was konnte Joachim schon dagegenhalten, außer Muskeln und seichten Sprüchen? Es mochte ja sein, dass Magdalena starke Männer anziehend fand. Aber schon bald würde ein Prahlhans wie Joachim ihr den letzten Nerv rauben, davon war Paul überzeugt.

Seine rechte Hand, die nach der Kette langte, begann zu zittern. Er hielt inne. Was er vorhatte, war unverzeihlich. So sehr er mit dem Vater auch über Kreuz lag – durfte er ihm das antun? Dann war er im Grunde nichts anderes als ein gemeiner Dieb unter väterlichem Dach. Andererseits war er noch jung genug, um alles wiedergutzumachen. Es war doch nur eine verdammte Kette. Und er war hoffnungslos verliebt. Waren es nicht sogar Vaters eigene Worte, dass die inneren Werte mehr zählten als die äußeren?

Er nahm die Kette an sich. Ein kleines Vermögen war sie wert. Zwar zitterte seine Hand noch immer, aber das würde schon wieder aufhören. Jetzt musste er nur noch dafür sorgen, dass der Verdacht nicht auf ihn selbst fiel. Er würde behaupten, ein Räuber sei gewaltsam in die Werkstatt gedrungen, habe ihn niedergestreckt und die Kette an sich gerissen. Wer konnte schon das Gegenteil behaupten? Perlenketten gab es mehr als diese eine. Er konnte wenig verlieren und alles gewinnen, nämlich Magdalena!

Behutsam steckte er die Kette in seine Hosentasche. Er würde eine Dose aus Ebenholz, nein aus Elfenbein, kaufen, die Kette hineinlegen und sie der Geliebten feierlich überreichen. Joachim hatte schon verloren.

Eine Sorge blieb ihm: Das gewaltsame Eindringen eines Räubers musste Spuren hinterlassen. Kurzerhand sorgte er dafür, dass die Eingangstür zur Werkstatt entsprechende Spuren aufwies. Die Reparatur würde kosten, aber darauf kam es jetzt auch nicht mehr an. Er stieß Vaters Arbeitstisch um, verstreute das Werkzeug über den Boden. Zu guter Letzt dachte sich Paul, dass ein paar Schrammen in seinem Gesicht ihn über jeden Zweifel erhaben machten. Deshalb begann er, sich unablässig zu ohrfeigen, erst zaghaft zurückhaltend, dann mutiger, fester, denn es mussten ja erkennbare Spuren zurückbleiben, die von der Brutalität des Räubers kündeten.

Seltsamerweise spürte er weitere Backpfeifen auf sich einprasseln, als er längst schon damit aufgehört hatte.

„Wach auf, Junge! Bei allen Aposteln, du stinkst wie eine Schnapsdrossel! Aufwachen, mach schon!"

Mit klopfendem Herzen schlug Paul die Augen auf. Das einfallende Licht blendete ihn fürchterlich, und sein Schädel drohte zu zerbersten.

„So weit ist es also gekommen! Aus meinem Sohn ist ein Trunkenbold geworden. Dabei habe ich dich stets gewarnt vor diesem Sündenpfuhl."

Herrje, der Vater! Bestimmt hatte er die verwüstete Werkstatt entdeckt. Und festgestellt, dass die Perlenkette verschwunden war ...

Das schlechte Gewissen, das ihn überkam, war nun schlimmer als die Kopfschmerzen. Bis ihm allmählich klar wurde, dass er alles nur geträumt hatte. Frau Klöckers Kette lag dort, wo sie auch gestern noch gelegen hatte, die Werkstatt war unversehrt und aufgeräumt. Noch war er nicht zum Dieb geworden. Das war einerseits erleichternd, doch die Frage, wie er Magdalena für sich gewinnen konnte, blieb weiterhin offen.

Noch eine Maulschelle des Vaters ...

„Schon gut, ich bin ja wach", stöhnte Paul und richtete sich mühsam auf. „Was um alles in der Welt ist denn los?"

„Steh auf und zieh dir etwas an. Deine Tante Luise ist da!"

„Tante Luise?"

„Mach schon! Sie sitzt da unten in der Stube und will mit dir sprechen!"

Matthias Kalkberner verließ die Kammer. Paul blieb noch ein paar Augenblicke auf der Bettkante sitzen, den Kopf in die Hände gestützt. Er fühlte sich wie ausgekotzt. Gestern Abend war er in der „Kette" gewesen, das wusste er noch genau. Magdalena hatte dem Joachim schöne Augen gemacht. Daraufhin hatte er sich gründlich betrunken. Aber in seiner Erinnerung klafften Lücken. Wie war er ins Bett gekommen? Das Letzte, woran er sich erinnerte, war seltsamerweise Katharinas Lockenkopf.

Er stieg in seine Kleidung und hatte ziemliche Mühe, sein Gleichgewicht zu halten. Vermutlich war es schon Mittag, jedenfalls strömte hellstes Tageslicht durch die Dachluke.

„Du warst ganz schön besoffen!“ Trudi lehnte amüsiert am Türrahmen und sah ihm bei seinen unkoordinierten Ankleidebemühungen zu.

„Hast du nicht Stubenarrest?“, fragte er sie schlecht gelaunt. „Dazu zählt auch, dass man seinem großen Bruder nicht auf die Nerven fällt.“

„Ist die Magdalena der Grund für deinen Rausch?“

Scharfsinnig war die Kleine, das musste man ihr lassen. Ihre Frage beantwortete er mit Schweigen. Für Trudi eine Bestätigung ihrer Vermutung.

„Oh, wie bedauerlich“, sagte sie mit übertriebener Anteilnahme.

„Weißt du etwas darüber, wie ich nach Hause gekommen bin?“

„Der starke Joachim war's, der dich herbrachte. Das war vielleicht ein Anblick.“ Kichernd schlug sie sich eine Hand vor den Mund.

„Sehr witzig.“

Was für eine Demütigung! Mehr denn je würde der Vater ihn von nun an wie einen Tunichtgut behandeln. „Da du offenbar allwissend bist: Was hat es mit Tante Luises Besuch auf sich? Wozu will sie mit mir sprechen?“

Mit einem Mal wirkte Trudi ernster. „Das hörst du dir besser selbst an.“

Genau das würde er tun, was blieb ihm auch übrig. Also machte er sich auf den Weg ins Untergeschoss, wobei es ihm mit Mühe und Not gelang, nicht die Treppenstiegen herabzupurzeln. Als er die Stube betrat, saß Tante Trudi in einem Sessel und rieb sich mit einem Tuch die Tränen aus ihren tief umrandeten Augen. Gegenüber hatte der Vater Platz genommen, offenbar auf Abstand bedacht. Matthias Kalkberner hatte den Kontakt zur Familie seiner verstorbenen Frau so gut es ging gemieden. Was in erster Line daran lag, dass diese immer noch dem katholischen Glauben anhing.

„Junge“, schniefte Tante Trudi, die sich bei seinem Anblick erhob, „wie gut, dass du da bist.“

„Was ist geschehen, Tante?“, fragte Paul, hoffend, dass ihm die Übelkeit, die ihn überkam, nicht weiter auf den Magen schlagen würde.

„Ach, es ist wegen ... nun, dein Oheim, er –“ Sie presste die Lippen aufeinander, als wüsste sie nicht, wo sie beginnen sollte. „Du weißt ja, wie er ist, mein Junge, und gestern Abend ...“

Den gestrigen Abend hätte Paul am liebsten aus seinem Leben gestrichen, aber das konnte er an dieser Stelle schlecht anbringen.

„Gestern Abend ist ihm etwas Seltsames widerfahren“, fuhr Tante Luise nach einer Weile fort. „Du warst doch auch in der ‚Kette‘, nicht wahr? Sag mir, mein Junge, wie viel hat dein Oheim getrunken?“

Was sollte er ihr sagen? Er war sternhagelvoll gewesen und deshalb kaum die richtige Person, ihr diese Frage zu beantworten. Immerhin glaubte er sich zu erinnern, dass Oheim Ulrich für seine Verhältnisse eine erstaunliche Zurückhaltung an den Tag gelegt hatte.

„Er trank weniger als sonst, Tante. Zumindest hatte ich diesen Eindruck.“ Wegen ihm sollte der Oheim keinen zusätzlichen Ärger kriegen.

„Das hatte er mir auch hoch und heilig versprechen müssen, weißt du. Und als er nach Hause kam, schien er mir tatsächlich nüchtern zu sein. Deshalb kann ich die Geschichte, die er mir erzählte, kaum als Hirngespinst abtun."

„Was denn für eine Geschichte?", fragte Paul mit erwachender Neugier.

Die Tante atmete tief durch und ließ sich wieder in den Sessel sinken.

„Starkes Getränk macht wild, wer davon taumelt, wird niemals weise", zitierte Matthias einen der Sprüche Salomos.

„Vater, bitte!" Paul rieb sich die Schläfen und hätte Geld dafür bezahlt, damit der Vater den Mund hielt.

„Er sagt, ein Ungeheuer habe ihn angefallen", murmelte Luise so leise, dass Paul noch einmal nachfragen musste.

„Sagtest du: *ein Ungeheuer?*"

Sie nickte betreten.

Paul blähte die Wangen auf. Schon wieder eine solche Geschichte. „Tja ..., hat das ... *Ungeheuer* ihn denn verletzt?"

„Nur ein paar Kratzer hat er abbekommen, eigentlich nicht der Rede wert. Aber seitdem ist er völlig verstört. Liegt in seinem Bett, will nicht aufstehen und starrt mit weiten Augen zur Decke." Die eigenen Worte ließen Tante Luise frösteln.

„Er ist weiß Gott nicht der erste Betrunkene, der Schreckgespenster sieht", warf Matthias abfällig ein.

„Wie du ja gehört hast, war der Oheim nicht bezecht." Auf nichts hatte Paul weniger Lust, als auf die moralisierenden Reden des Vaters. „Wo hat der Angriff stattgefunden?", fragte er die Tante.

„Ich weiß es nicht, aber es kann nicht weit von daheim gewesen sein. Jedes Wort musste ich ihm mühsam aus der Nase ziehen, er war völlig verstört. Seit dem frühen Morgen schweigt er ganz, starrt nur noch in die Luft. Nicht einmal zur Sonntagsmesse konnte ich ihn bewegen."

Matthias machte ein grunzendes Geräusch. „Warum rufst du nicht einen Arzt?", verlangte er dann von ihr zu wissen.

Tante Luise schlug die Augen nieder. „Man würde ihn sicher zum Irren erklären", erwiderte sie zögernd, aber Paul vermutete, dass es ihr schlicht am nötigen Geld für eine Arztvisite fehlte. Ob die Tante deswegen zu ihm gekommen war? Freilich würde sie kaum in der Gegenwart ihres griesgrämigen Schwagers darauf zu sprechen kommen. Während Paul noch darüber nachsann, wie er der Tante und dem Oheim helfen konnte, schickte sie sich an, die Katze aus dem Sack zu lassen.

„Ulrich hält so große Stücke auf dich, Paul!"

Gewiss, dachte Paul bei sich, immerhin hatte er neulich Zeche und Spielschulden des Oheims übernommen.

„Dein Name war das einzige Wort, das ihm heute Morgen von den Lippen kam", fuhr die Tante fort, „ich glaube, er will dich sehen, mein Junge."

„Mich?"

Die Tante nickte knapp. Paul sehnte sich in sein Bett zurück, aber natürlich würde er sich ihrem Ansinnen nicht verweigern können.

Wenig später verließ er an der Seite der Tante das Haus und erwartete, dass sie nunmehr aufs Geld zu sprechen käme. Stattdessen aber rätselte sie weiter über das Ungeheuer. Beim Überqueren des Marktes erblickte Paul den Riesen und seinen Hund vor dem Brunnen, wie üblich belagert von Schaulustigen.

Ihr Anblick brachte ihn auf einen Gedanken: Angenommen, Gotthard Leffel und sein Oheim hätten die

Wahrheit berichtet, wäre es da nicht möglich, ja nahe liegend, dass eben jener Fremde und seine Bestie dahinter steckten?

Tante Luise hatte eine ganz andere Vermutung. „Ob mein Ulrich von einem Dämon besessen ist?“, sprach sie schaudernd und ohne die gigantischen Gestalten wahrzunehmen. „Wenn es nun ein böser Geist ist, der ihn quält?“

Paul dachte über ihre Worte nach. „Ihr könntet Euch an die Jesuiten wenden, Tante“, schlug er vorsichtig vor. Den Jesuiten sagten die Katholischen nach, sie könnten Dämonen austreiben. So hatte einer ihrer Padres im vergangenen Jahr angeblich die junge Hexe Kroiseti bekehrt, bevor ihre Richter sie vor dem Königstor dem Scheiterhaufen übergaben. Ja, warum hatte die Tante sich nicht gleich an einen Jesuiten gewandt, anstatt *ihn* damit zu behelligen? Zumal sein Kopf einfach nicht aufhören wollte wehzutun. Spontan beschloss er, sich nie wieder zu betrinken.

„Jesuiten?“ Tante Luise schüttelte ratlos den Kopf. „Ich will keine schlafenden Hunde wecken, Junge. Vielleicht wird er ja bald wieder ganz normal sein, mein Ulrich. Er nannte *deinen* Namen, Paul ...“

„Ich weiß, Tante.“ Im Stillen schämte sich Paul, weil er sich nur zu gern verdrückt hätte.

Bevor sie das kleine Fachwerkhaus am Büchel erreichten, wo der Oheim und die Tante zu Hause waren, legte Luise ihren Neffen eine Hand auf den Arm und sah ihn aus feuchten Augen an. „Mein Ulrich ist eine gute Seele, Paul. Wenn er seine Trunksucht einmal überwunden hat, wird alles gut. Ich weiß, dass er Schulden bei dir hat. Er wird sie dir zurückzahlen.“

Dass die Tante den barmherzigen Samariter in ihm sah, machte Paul verlegen. „Darüber müssen wir nicht heute sprechen, Tante.“

Sie führte ihn ins Haus. „Er liegt auf der Bank in der Stube“, erklärte sie flüsternd. Vermutlich hatte Ulrich es in seinem Zustand nicht die Stiegen hinauf bis ins Schlafgemach geschafft.

Durch die Butzenscheibe eines kleinen Fensters fiel etwas Licht in den Raum. Stickige Luft empfing die Eintretenden, sodass Paul erneut gegen die auflodernde Übelkeit ankämpfen musste. Oheim Ulrich lag lang ausgestreckt auf einer Holzbank neben dem Ofen.

„Aufwachen, Ulrich!“, rief seine Gemahlin energisch. „Dein Neffe ist hier, der Paul! Den wolltest du doch sprechen, nicht wahr?“

Ulrich antwortete nicht. Reglos blieb er liegen.

„Nun wach schon auf!“, forderte Tante Luise ungeduldig.

Schlief der Oheim überhaupt? Wohl kaum, denn seine Augen standen offen wie Scheunentore. Als sähe er an der Balkendecke die Boten der Apokalypse.

Paul schwante nichts Gutes. Auch Tante Luise stutzte und rührte sich nicht mehr. Paul sah, dass sie zitterte. Langsam schritt er auf den Oheim zu und beugte sich über ihn.

„Oheim?“

Er erwartete nicht wirklich eine Antwort von ihm, denn sein Antlitz war das eines Toten.

Oheim Ulrich *war* tot. Mausetot.

Paul wagte es kaum, die Tante anzusehen. Als er es schließlich mit großem Unbehagen tat und ihrem furchtsamen Blick begegnete, schlug sie sich eine Hand vor den Mund.

„Tante, ich ... ich glaube, er ist ...“

Der Verzweiflungsschrei, den sie ausstieß, entband ihn davon, die traurige Wahrheit auszusprechen.

10

Oheim Ulrichs Tod sprach sich schnell herum. Was vor allem daran lag, dass sich Tante Luise in trauriger Verzweiflung ihrer Nachbarin Nellie Kaußen anvertraute. Was zwar verständlich war, doch angesichts der Schwatzhaftigkeit Nellies nicht gerade klug. Wie ein Lauffeuer sprach es sich deshalb herum: Ulrich Maubach, Schuhmacher und Trunkenbold, sei des Nachts dem Bahkauv begegnet. Das Untier habe ihn angefallen; mit letzter Mühe sei Ulrich der Bestie entkommen und in sein Haus geflüchtet. Doch das namenlose Entsetzen, das ihn beim Anblick des Bahkauvs gepackt hätte, habe ihn noch in derselben Nacht sterben lassen.

Wäre Ulrich Maubach nicht gestorben, so hätte man seine Begegnung mit dem Untier – sofern überhaupt jemand davon erfahren hätte – vermutlich als Kopfgeburt eines Betrunkenen abgetan. Dem Leineweber Gotthard Leffel war es ja neulich ebenso ergangen, niemand hatte seine Geschichte ernst genommen. Nun aber sah die Sache anders aus.

Welches Wesen auch immer hinter jenem seltsamen Untier steckte, es war offenbar in der Lage, seinen Opfern den Tod zu bringen. Nicht, indem es sie bestialisch zerfleischte und ihnen die Bäuche aufriss. Vielmehr schien sein Anblick so grauenhaft zu sein, dass es das Leben seiner Opfer förmlich aus ihren Körpern saugte. Denn auch Leffel, so erzählte man sich, sei seit der angeblichen Begegnung nicht mehr er selbst, sondern ein zutiefst verstörtes Nervenbündel.

Nellie Kaußens Schwatzsucht führte dazu, dass in der Stadt bald die wildesten Gerüchte wucherten. Nicht lange, und drei weitere Nachtwandler meldeten sich zu Wort, die das Bahkauv am Kolbert gesehen haben wollten. Wobei die Beschreibungen, die sie gaben, keineswegs übereinstimmten. In den alten Sagen war das Bahkauv wie ein großes Kalb mit schuppiger Haut und scharfen Zähnen beschrieben worden; nun aber berichteten die vorgeblichen Augenzeugen von einer gigantischen Echse, einem Wolf mit gelben Augen oder einem geflügelten Ochsen. Was sich schwerlich mit einem einzigen Wesen in Einklang bringen ließ und mindestens zwei der Zeugen zu mutmaßlichen Aufschneidern machte. Es sei denn, es waren gleich mehrere dämonische Wesen, die sich nachts in der Stadt herumtrieben – auch diese Variante fand Anhänger.

Für den Prediger Hiob war die Geschichte um Ulrich Maubachs Tod wie Wasser auf seine Mühlen. Mit den schrecklichen Tieren der Apokalypse kannte er sich schließlich bestens aus. Nunmehr sah er sich darin bestätigt, dass das Ende der Welt mit großen Schritten näher kam. Dass man ihn diesmal jedoch nicht länger gewähren ließ, sondern ihn kurzerhand aus der Stadt prügelte, zeugte von der Nervosität, die sich in Aachen ausgebreitet hatte.

Oheim Ulrichs merkwürdiger Tod hatte Paul sehr betroffen gemacht. So betroffen, dass er kaum noch an Magdalena dachte. Inzwischen hatte sie sich wohl mit Joachim am Lousberg getroffen. Nun ja, er würde schon noch früh genug erfahren, ob der Schmied mehr Glück bei ihr gehabt hatte.

Am Abend, nachdem der Onkel zu Grabe getragen worden war, lag Paul nachsinnend auf seiner Bettstatt. Die Welt kam ihm zunehmend merkwürdig vor. Nichts ergab mehr einen Sinn. Wenn wenigstens Trudi käme, um ihn aufzuheitern. Aber die Schwester verhielt sich neuerdings ziemlich still, obwohl der Vater ihren Stubenarrest inzwischen aufgehoben hatte.

Wenn Trudi nicht zu ihm kam, dachte sich Paul, könnte er ja diesmal *sie* aufsuchen. Kurz entschlossen stand er auf und schlich sich in ihre Kammer. Trotz der Dunkelheit wusste Paul sofort, dass sie noch wach lag, er konnte ihren fragenden Blick geradezu spüren. Wortlos setzte er sich zu ihr aufs Bett.

„Früher hast du mir oft Geschichten erzählt", brach Trudi schließlich mit gedämpfter Stimme ihr Schweigen.

„Inzwischen bist du erwachsen, wie du ja selbst stets betonst. Es wäre albern, einer Erwachsenen eine Geschichte zu erzählen, findest du nicht?"

„So richtig erwachsen bin ich ja doch noch nicht", räumte Trudi nach einer Weile ein. „Sonst würde Vater mir keinen Stubenarrest aufbrummen."

„Also doch eine Geschichte?"

„Bin ganz Ohr."

„Mh, mal überlegen. Vielleicht die Sage von König Pippin und dem Bahkauv?"

Trudi gab keine Antwort.

„An einem kalten Wintermorgen badete König Pippin, der Vater Karls des Großen, in einer heißen Quelle", begann Paul in leicht gedehntem Tonfall seine Erzählung, die keinem Aachener fremd war. „Das war genau dort, wo heute der Kolbert ist. Da stieg das Bahkauv aus dem Wasser, ein fürchterliches Untier, um den König zu verschlingen. Der Knappe Pippins aber war seinem Herrn gefolgt und warf ihm ein Schwert zu ..."

„Hör auf! Das ist nicht witzig!"

Ihr Protest überraschte Paul, denn eigentlich war Trudi keine ängstliche Natur. Andererseits bestätigte ihre Reaktion seine stille Vermutung, dass Trudis Verschlossenheit etwas mit den Geschehnissen um Oheim Ulrich zu tun haben könnte.

„Du meinst wegen Oheim Ulrich? Aber Trudchen, es sind doch bloß Schwachköpfe, die behaupten, er habe das Bahkauv gesehen. Oheim Ulrich war ein Trinker, das ist leider nicht zu leugnen."

„Du hast ja keine Ahnung", kam es eher widerwillig aus ihr heraus.

„Keine Ahnung? Wovon sprichst du, Kröte?"

Sie schwieg erneut, aber Paul ließ nicht locker.

„Raus mit der Sprache: Was geht dir durch den Kopf?"

„Du weißt, warum der Vater mich mit Hausarrest bestrafte, nicht wahr?"

„Weil du mit dem Michel unterwegs warst und nicht rechtzeitig heimgekehrt bist. Wie unartig von dir."

„Eben drum. Aber der Vater weiß nicht, was wir an jenem Abend gesehen haben. Niemand weiß es. Michel und ich haben beschlossen, es für uns zu behalten."

„Offenbar hast du es dir nun anders überlegt. Herrgott im Himmel, mach's nicht so spannend. *Was* habt ihr gesehen?"

„Du musst versprechen, es ebenfalls für dich zu behalten."

„Na schön, ich versprech's. Nun?"

Trudi atmete einmal tief durch. „Wir sind diesem Riesen und seinem Höllenhund heimlich gefolgt, denn der Michel wollte unbedingt wissen, wo sie hausen."

„Und wo ...?"

„Würdest du mich freundlicherweise nicht ständig unterbrechen? Bist ja schlimmer als ein hosenscheißender Knirps."

Normalerweise wäre hierfür eine Retourkutsche fällig gewesen, aber wenn er ihr Geheimnis erfahren wollte, musste er den Rüffel wegstecken.

„Kennst du den verwilderten Weingarten hinter dem Kapuzinergraben? Dort hausen sie in einer verfallenen

Hütte. Wir sind ihnen so weit gefolgt, dass wir sie von außen durch ein Astloch beobachten konnten."

Einmal mehr staunte Paul über ihren Mut. Nicht jedes Mädchen hätte sich bereit erklärt, einem Riesen nachzustellen, der zudem begleitet wurde von einem – Bahkauv! Jedenfalls von einem Tier, das durchaus als Ungeheuer durchgehen konnte. Paul ahnte: Genau das war der Grund für Trudis Verwirrung.

Ihre Stimme wurde noch leiser, dass er die Ohren spitzen musste, um sie zu verstehen. „Der Riese, er ... er ist in Wahrheit gar kein Riese."

„Wie? Bedeutet das, dass wir alle einer Augentäuschung unterliegen?"

„Hör mir doch zu! Er ist kein Riese, weil ... na ja, unter seinem langen Mantel stecken *zwei* Menschen. Eine Frau und ein Mann. Dem Mann fehlen die Beine, deshalb sitzt er auf den Schultern der Frau."

„Kröte, wenn du mich veräppeln willst ..." Er biss sich auf die Lippen. Im Grunde kannte er sie gut genug, um zu wissen, dass sie ihn in diesem ernsten Augenblick nicht belog. Selbst Trudi wäre zu einer solchen Schauspielerleistung kaum fähig gewesen. „Na schön. Eine Frau und ein Krüppel also. Der Köter ist aber echt, oder?"

„Allem Anschein nach, ja. Sie nennen ihn *Spanier.*"

„Und was bezwecken sie mit dieser albernen Maskerade?"

„Was schon? Sie verdienen damit ihren Lebensunterhalt."

„Sie betrügen die Menschen."

„Blödsinn. Sie sind Gaukler."

„Trudi! Wie kannst du dir sicher sein, dass sie nichts Übles planen? Sie führen die Menschen hinters Licht, sonst würden sie ja zugeben, dass die Riesengestalt nur ein Trick ist. Und vor allem: Ein Untier hat zwei Menschen überfallen, einer davon ist tot! Der Riese wird begleitet von einem Hund, den nicht einmal ein Albtraum gebären kann. Soll man hier an einen Zufall denken?"

Trudi seufzte leise, was bewies, dass auch sie sich all diese Fragen bereits gestellt hatte. „Aber sie wirken überhaupt nicht wie Halunken, die beiden", erwiderte sie gequält, „sie heißen Anna und Josef, und ich glaube, sie lieben sich sogar."

„Wie rührig. Aber nur weil sie sich lieben, bedeutet das nicht, dass sie nicht zu Gaunereien fähig sind. Und wenn jemand dabei sein Leben verliert, wie der arme Oheim Ulrich, dann hört der Spaß endgültig auf."

„Du hättest sie reden hören sollen, Paul. Ich glaube, Anna und Paul sind sehr liebenswerte Menschen. Es ist nichts Verwegenes an ihnen."

„Sie lassen uns glauben, sie wären ein Riese – ist das etwa nicht verwegen? Du hättest mir früher davon erzählen müssen, Trudi. Wir müssen das melden, verstehst du?"

Sie packte ihn am Handgelenk. „Du hast mir versprochen ..."

„Ich weiß, was ich dir versprochen habe. Aber hier geht es auch um Menschenleben. Wenn die beiden mitsamt ihrem Höllenhund wirklich hinter der Sache stecken, dann wird man es herausfinden." Paul war sich ziemlich sicher, das Rätsel um das Bahkauv gelöst zu haben. Wenn die Aachener erfuhren, dass der Riese sie mit seiner wahren Identität hinters Licht geführt hatte, würden sie kaum etwas anderes vermuten. Irgendetwas verbargen die beiden doch. Paul empfand es als seine Bürgerpflicht, die Sache aufzuklären. Auch Tante Luise war er das schuldig.

„Trudi!" Mit zwei Fingern streichelte er sanft ihre Wange. „Die Menschen sind selten das, was sie zu sein scheinen. Es ist nichts Schlimmes, wenn man sich in einem Menschen täuscht. Das wird dir im Leben noch häufiger passieren. Aber Aufklärung, Recht und Gerechtigkeit müssen Vorrang haben. Diese Anna und ... wie hieß der Krüppel doch gleich?"

„Josef."

„Sie müssen befragt werden, denn in Aachen spukt es. Die Leute fürchten sich. Sie wollen wissen, was es mit dem Bahkauv auf sich hat. Das musst du einsehen."

Sie begann zu schluchzen. „Man wird sie foltern und ihnen schrecklich wehtun."

„Wenn sie unschuldig sind, wird man es herausfinden." Im Stillen musste sich Paul eingestehen, dass er selbst als Unschuldiger höchst ungern in die Krallen der Kerkerknechte gelangt wäre, die im Grashaus für Zucht und Ordnung sorgten.

Trudi widersprach nicht länger, schluchzte aber verdrossen weiter.

„Niemand soll dir einen Vorwurf machen, dass du bis jetzt geschwiegen hast, Trudi. Ich werde sagen, dass du deine Beobachtung erst gestern hemacht hast. Ach was, wir lassen dich und den Michel ganz aus dem Spiel. Ich werde einfach behaupten, ich hätte das alles *selbst* gesehen. Sei also unbesorgt, mit Gottes Hilfe wird sich alles fügen."

„Wenn du das sagst, Frömmling, dann muss es ja wohl stimmen", erwiderte sie nicht ohne Spott.

Gleich morgen früh, so beschloss Paul, würde er sich mit Hans Palmen in Verbindung setzen, der ihm sicher sagen konnte, wie in dieser Angelegenheit am besten vorzugehen sei. – Doch nein, den Freund ließ er besser außen vor, vermutlich war es besser, sich unverzüglich an dessen Vorgesetzten, den berüchtigten Adolphus Sartorius zu wenden. Zwar war der Gedanke, ihm ge-

genübertreten zu müssen, nicht gerade erquickend – Hans hatte schon manches Klagelied über ihn gesungen! –, aber was konnte das hochmütige Haupt aller Stadtknechte und Wächter ihm, dem Sohn eines geachteten Goldschmieds, schon anhaben? Letztlich würden Sartorius und die ganze Stadt ihm sogar danken müssen, wenn der Spuk um das verfluchte Bahkauv endlich ein Ende fand.

„Schlaf jetzt, Kröte, und mach dir keine Gedanken. Alles wird gut, ich versprech's."

Sein Trost erreichte sie nicht. „Mit deinen Versprechen solltest du künftig sparsamer sein, Bruder."

Die Kleine würde sich schon wieder beruhigen, sobald sie erkannt hatte, dass sein Handeln nur rechtens war.

Bis weit nach Mitternacht blieb Paul schlaflos, weil er sich gedanklich auf das Treffen mit Sartorius vorbereitete.

11

Aus schmalen kalten Augen musterte Adolphus Sartorius den jungen Goldschmied, der so beharrlich um eine Audienz nachgesucht hatte. Der Bursche war der Sohn des Matthias Kalkberner, der wiederum der jüngere Bruder des Johann Kalkberner war, beide unverbesserliche Lutheraner. Sartorius konnte die Evangelischen nicht ausstehen, sie waren selbstgerecht und glaubten sich dem Himmel näher als die Päpstlichen, wie sie die Katholiken verächtlich nannten. Wäre es nach ihm gegangen, so hätte man die noch in der Stadt verbliebenen Lutheraner und Calvinisten zum Teufel jagen können. Er, Sartorius, würde sich nicht zweimal bitten lassen, trüge man ihm das Kommando für eine solche Säuberung an. Doch Paul Kalkberner war gerade dabei, ihm etwas mitzuteilen, was er unmöglich ignorieren konnte.

In der Dienststube war es stickig und heiß. Wie ein nervöser Pennäler stand der junge Goldschmied vor Sartorius' Pult. Auch schien die Schwüle des Tages ihn durstig gemacht zu haben, denn immer wieder fiel sein Blick sehnsuchtsvoll auf den Becher, den der oberste Büttel mit beiden Händen umklammert hielt. Aber Sartorius dachte nicht daran, ihm etwas anzubieten. Statt dessen nippte er in regelmäßigen Abständen an seinem Becher, kaute genüsslich auf der Flüssigkeit herum, als habe er in ein leckeres Törtchen gebissen, und hörte sich an, was Paul Kalkberner ihm mitteilte. Nicht eine Sekunde ließ er diesen aus den Augen, wissend, wie sehr er Menschen damit verunsichern konnte.

Immerhin, der junge Kalkberner geriet nur selten ins Stottern. Offenbar war er felsenfest davon überzeugt, dass seine Meldung für das allgemeine Wohl der Stadt von größtem Nutzen sei. Nachdem er seinen Bericht beendet hatte, ließ Sartorius eine Weile Stille walten, aber nicht einmal jetzt nahm er seinen durchdringenden Blick von ihm.

„Du schnüffelst fremden Leuten hinterher!" Mit dieser Feststellung brach Sartorius sein Schweigen.

„Der Riese kam mir verdächtig vor." Der Bursche gab sich uneingeschüchtert.

„Hast du dich nicht vor seinem Hund gefürchtet? Er hätte dich zerfleischen können."

„Da habt Ihr wohl recht. Rückblickend erscheint es mir selbst tollkühn, ihnen nachzuspionieren. Aber es hat sich gelohnt, findet Ihr nicht?"

„Das wird sich zeigen. Ihre Verkleidung ist kein guter Grund, sie festzunehmen, sonst wäre das Grashaus voller Gaukler und Verrückter. Hast du vielleicht einen Beweis dafür, dass der Köter und ..., hm, das *Bahkauv* identisch sind?"

„Mit Verlaub, es ist nicht meine Aufgabe, das herauszufinden, Herr Sartorius. Ich betrachte es lediglich als meine Bürgerpflicht zu melden, was ich gestern beobachtete. Der Riese ist keiner – weitere Rückschlüsse müssen andere ziehen."

Was erlaubte sich dieser verdammte Protestant, so mit ihm zu sprechen? „Willst du mich etwa belehren?", fragte Sartorius lauernd.

„Nein, Herr Sartorius. Das läge mir fern."

„Wie gut!" Sartorius trank seinen Becher in einem Zug leer und stellte ihn polternd auf dem Tisch ab. „Du kannst jetzt gehen, Kalkberner."

Nachdem der junge Goldschmied die Dienststube verlassen hatte, starrte Sartorius grübelnd auf sein Pult und strich sich den Spitzbart. Er war ein Mann jenseits der vierzig, mit feinen Gesichtszügen, so fein, dass sie kaum zu seinem Ruf passten, nämlich ein harter Hund zu sein. Von seiner Statur her war er eher gedrungen, was ihm selbst am meisten missfiel. Wenn in seiner Gegenwart auch nie jemand über seine Gestalt zu spotten gewagt hätte, so wusste er genau, dass man es hinter seinem Rücken tat.

Was der junge Kalkberner ihm berichtet hatte, war keine Sensation, den Gauklern fiel schließlich ständig etwas Neues ein. Doch die Rückschlüsse, die man aus seiner Beobachtung ziehen konnte, lagen durchaus nahe. Erst seit der Anwesenheit des vermeintlichen Riesen war es in der Stadt zu jenen nächtlichen Überfällen gekommen, wovon der zweite gar ein Todesopfer gefordert hatte. Beide Opfer hatten etwas von einem Untier gefaselt – was lag näher, als dabei an den riesigen Köter zu denken? Dass sich der Riese, vielmehr die beiden Mimen, einen verwegenen Unterschlupf am Rand der Stadt gesucht hatten, mochte bedeuten, dass sie noch mehr zu verbergen hatten als nur ihre Identität.

Sartorius wog sorgfältig für sich ab, wie nun vorzugehen sei. Mit einer Schar Bewaffneter konnte er am Abend das Quartier des Riesen aufsuchen und die Mimen festnehmen. Besser wäre es freilich, dies bei Tageslicht zu tun, denn wer konnte schon wissen, ob in dem verwilderten Weingarten nicht noch weitere Gefahren lauerten. Stellte er den Riesen allerdings auf dem Marktplatz, würde halb Aachen Zeuge seiner Verhaftung. Dann durfte nicht das Geringste schief laufen, sonst wäre er, Sartorius, der Blamierte. Und es gab weiß Gott genug Menschen, die ihm den Misserfolg gönnten, die förmlich darauf warteten, dass er sich lächerlich machte.

Aber diesen Gefallen würde er ihnen nicht erweisen!

Den Neid der Leute muss man sich erst verdienen!, hatte ihm sein Vater früher eingebläut. Im Laufe der Jahre war es Sartorius tatsächlich gelungen, sich bei vielen unbeliebt zu machen. Doch innerhalb des Stadtrats hielt man ihn für unentbehrlich. Was daran lag, dass er seine Arbeit mit größter Sorgfalt erledigte. Die Sicherheit der Stadt lag bei ihm in den besten Händen. Da würde er seinen Ruf nicht wegen zweier Gaukler aufs Spiel setzen. Ihre Festnahme musste gut durchdacht sein.

Immerhin war es möglich, wenn auch wenig wahrscheinlich, dass Kalkberner ihm einen Bären aufgebunden hatte. Wohl keiner würde so etwas wagen. Vielleicht war Kalkbrenner selbst hinters Licht geführt worden oder einer Täuschung aufgesessen. Jedenfalls wäre es eine Blamage ohnegleichen, wenn Sartorius mit einem Verhaftungskommando am Marktplatz erschiene und sich herausstellte, dass der Riese ein *echter* Riese war. Die Enttarnung erforderte Umsicht und Klugheit, sonst würde er, die Respektperson, im Handumdrehen zum Gespött der Leute.

Adolphus Sartorius war erfahren genug, um sich gegen mögliche Eventualitäten abzusichern. Schon nahm sein Plan Gestalt an. „Benno!“, schrie er, und augenblicklich trat einer seiner Büttel herein.

„Herr Sartorius?“

„Stell unverzüglich einen Trupp aus sechs Männern zusammen, aber keinen von den Hornochsen! Doch der schwatzhafte Kerl, der früher angeblich wilde Stiere gejagt hat – wie heißt er doch gleich?“

„Melchior.“

„Er soll auf jeden Fall mitkommen und ein paar Helfer mitbringen. Bewaffnung wie bei einer Festnahme der ersten Stufe, Waffen verbergen, lange Umhänge! Zwei Büchsenträger sollen mit Abstand folgen! In einer halben Stunde will ich die Männer abmarschbereit auf dem Hof sehen.“

„Jawohl, Herr Sartorius.“

„Noch etwas! Bring auch dieses Weibsbild vom Schänzchen her! Du weißt schon, unsere reizende Diebin!" Die konnte ihm heute nützlich sein, denn sie war ihm noch etwas schuldig. Als man sie nämlich unlängst eines Diebstahls verdächtigt hatte, war es Sartorius gewesen, der sie wieder laufen ließ. Natürlich machte er das nur äußerst selten, aber bei schönen Frauen konnte man einmal fünf gerade sein lassen. Und heute zeigte sich, wofür das gut sein konnte.

Das Weibsbild vom Schänzchen? Dem Büttel stand die Frage ins Gesicht geschrieben, aber er war klug genug, den Mund zu halten, nickte stattdessen beflissen und verschwand so rasch, wie er gekommen war.

„Dann wollen wir mal einen Riesen jagen", sprach Sartorius leise zu sich selbst.

Josef spürte genau: Irgendetwas stimmte nicht. Zwar mangelte es auch heute nicht an Zuschauern, die mit staunender Ehrfurcht ihre Blicke auf den Riesen und seinen Hund hefteten; auch drangen wie jeden Tag die dümmlichsten Sprüche zu ihm empor. Und doch, etwas war anders. Aber was?

Josef fragte sich, ob auch Anna etwas merkte. Durch ein winziges Loch im Mantel konnte sie in die Menge blicken. „Was zum Teufel ist hier los?", flüsterte Josef ihr zu.

„Das Weib in der ersten Reihe", hörte er sie antworten.

Ja, die war ihm auch schon aufgefallen. Eine Haube umrahmte ein recht hübsches Gesicht, aber sie schien sehr angespannt und voller Furcht zu sein. Was die Frage aufwarf, weshalb sie dann eigentlich blieb. Warum in Gottes Namen ersparte sie sich nicht den Anblick eines Riesen, der einen Höllenhund mit sich führte, wenn ihr dabei nicht wohl war?

„Fünf, sechs Männer mit braunen Umhängen", vernahm er von Neuem die Stimme der Gefährtin. „Das sind Büttel, darauf würde ich wetten."

Richtig, sie standen verteilt in der Menge. Eigentlich gab es keinen Grund, ihre Anwesenheit mit Argwohn zu betrachten, schließlich hatten sie nichts verbrochen. Andererseits war es verdächtig, dass die mutmaßlichen Büttel einen auffallend gleichmäßigen Abstand zueinander hielten. Und der Kerl dort hinten, vor dem Gebäude der Bockzunft: Er zeigte das typische Landsknechtsgebaren. Zweifellos ein Büchsenträger, die hielten sich immer für etwas Besonderes. Überheblich sah er zu ihnen herüber. Auch er trug einen braunen Umhang.

Noch ehe Josef darüber nachdenken konnte, was das alles zu bedeuten hatte, stürmte die junge furchtsame Frau nach vorn, krallte ihre Hände in seinen Mantel und riss mit aller Gewalt daran.

Anna wankte, und Josef flog der Filzhut vom Kopf. Dann ging alles blitzschnell, sodass später in der Stadt gleich mehre Versionen der nachfolgenden Ereignisse kursierten.

In Wahrheit aber trug es sich so zu: Die kecke Tat der Frau führte dazu, dass die doppelte Natur des Riesen allen offenbart wurde. Für die Dauer von zwei, drei Herzschlägen breitete sich überraschtes Schweigen aus; dann wandelte sich die Stille in Heidenlärm, weil jeder zu brüllen begann, was ihm gerade durch den Kopf ging.

Für die Männer des Sartorius war der enttarnte Riese das Signal zum Losschlagen. Wäre unter dem Mantel ein echter Riese zum Vorschein gekommen, so hätten die Männer das Vorhaben stillschweigend abgeblasen, das war die Anweisung gewesen. Blamiert hätte sich in diesem Fall allein die Diebin, nicht aber Sartorius, der das Geschehen verborgen von einem Fenster der „Kette“ aus verfolgt hatte und erst zum Schauplatz schritt, als seine Männer den Riesen bereits umringten. Erwartungsgemäß hatte der Höllenhund Schwierigkeiten gemacht, nachdem sein Gebieter, naja, seine *beiden* Gebieter von der jungen Frau bedrängt worden waren. Spanier setzte bereits zum Sprung auf sie an, als urplötzlich – wie aus dem Nichts – ein gewaltiges Netz über ihn fiel, in das er sich hoffnungslos verfing: Melchior, gewesener Jäger und angeblich Bezwinger des letzten Auerochsen, wusste eben immer noch, wie man große Tiere außer Gefecht setzte.

Trotz des Tohuwabohus, das auf dem Marktplatz herrschte, entging den Leuten nicht, dass sich Adolphus Sartorius mit für einen Mann seiner Größe erstaunlich weiten Schritten und gewohnt eisiger Miene dem Schauplatz näherte. Rasch machte man ihm eine Gasse frei. Einen Bengel, der das Feld nicht rechtzeitig räumte, stieß er unsanft beiseite. Drei Schritte vor dem Riesen, der nunmehr aus einem Krüppel und einer immerhin stattlichen Frau bestand, die Ersteren auf ihren Schultern trug, blieb er stehen, um sie ausgiebig zu mustern. Dabei zuckten seine Mundwinkel, als sei der Anblick des merkwürdigen Paares das Lächerlichste, was ihm jemals vor die Augen gekommen war.

Schließlich richtete er seine Aufmerksamkeit auf den im Netz zappelnden, winselnden Hund, der plötzlich nichts Furchterregendes mehr an sich hatte. Beinahe musste man Mitleid mit dem Tier haben, dessen Unterfangen, seine Gebieter zu beschützen, kläglich gescheitert war: Ein Schoßhündchen hätte nicht weniger ausrichten können. Melchior sorgte mit einer Handvoll Männer dafür, dass dies so blieb, indem sie heftig an den Seilen zerrten, die mit dem Netz verbunden waren.

„Kriegen wir jetzt unseren Mantel wieder?“, fragte der Krüppel, der sich offenbar für witzig hielt.

Sartorius bleckte grinsend die Zähne. „In dem Loch, wo ihr bald schmachten werdet, braucht ihr keinen Mantel mehr.“

12

Joachim Schwartz erfuhr von einem seiner Kunden, was morgens auf dem Markt vor sich gegangen war. Die Glocken der nahen Sankt-Adalberts-Kirche läuteten schon zum Angelus, als Alfons Wagenbach, der Metzger, die Werkstatt betrat, um den Satz Fleischerhaken abzuholen, den er bei demm jungen Schmied bestellt hatte.

Wie es sich für einen ordentlichen Metzger gehörte, war Alfons wohlgenährt und korpulent, darüber hinaus zeigt er sich schwatzhaft wie ein Waschweib. Ohne Luft zu holen – und sein rundes Gesicht nahm dabei eine besorgniserregende Rötung an – berichtete er von der Enttarnung des Riesen durch Sartorius und seine Männer.

In seiner Version waren es gleich drei Weiber, die sich auf den Riesen warfen und ihm die Kleider vom Leib rissen. Ein Weib sei von dem wütenden Höllenhund in den Allerwertesten gebissen worden, doch bevor noch mehr Blut fließen konnte, sei der Großwildjäger Melchior in Erscheinung getreten! Übrigens stünde es nunmehr außer Zweifel, dass der Hund das spukende Untier sei: Noch an Ort und Stelle wären der Krüppel und sein Weib geständig gewesen.

Was Alfons ihm da erzählte, war in der Tat spektakulärer als der übliche Stadtklatsch; darüber würde man sicher auch noch in einigen Jahren sprechen. Dennoch war Joachim mit seinen Gedanken nicht ganz bei der Sache. Was kümmerten ihn zwei Gaukler, die so dumm waren, sich enttarnen zu lassen? Und das Schicksal des Köters war ihm erst recht schnuppe. Nein, der Klatsch war ihm heute gleichgültiger denn je. Denn Joachim war verliebt.

Zuerst war es nur Jagdfieber gewesen, das er bei Magdalenas Anblick verspürte. Das überkam bekanntlich jeden Burschen, der sie anschaute. Als sie ihm endlich ein Treffen gewährte, war das wie ein Triumph gewesen – wie wenn man einen ebenbürtigen Gegner im Armdrücken besiegt. Doch am Lousberg war etwas mit ihm geschehen: Sein Herz hatte Feuer gefangen!

Wie strahlend sie ihn angesehen hatte, als er ihr den Armreif aus Messing übereichte. „Für den Anfang", hatte er zu ihr gesagt, verwundert über seine eigene Verlegenheit.

Später hatte sie es sogar zugelassen, dass er sie küsste. Ihre Lippen waren weich, und ihr Haar duftete nach Rosen. Beim nächsten Stelldichein, nur drei Tage später, erschien sie in einem eng geschnürten Mieder, das ihre nach oben gepressten Brüste betonte. Joachim fühlte sich ermutigt, ihr seine Hände nicht nur auf die Hüften zu legen. Auch diesmal sträubte sie sich nicht.

Ja, Magdalena war die Frau, die er heiraten wollte, das wusste er jetzt genau.

„Wo bist du mit deinen Gedanken?", riss Alfons ihn aus seinen Träumen. Zum Glück war der Metzger zwei Köpfe kleiner, sonst hätte seine feuchte Aussprache ihm feuchte Wangen beschert.

„Beim Bahkauv natürlich!"

Joachim wünschte sich, der Metzger würde sich endlich mit seinen Fleischerhaken vom Acker machen. Was dieser aber erst tat, nachdem er noch ein paar Überlegungen darüber angestellt hatte, auf welchen Wegen das Untier den Tiefen der Hölle entsprungen sein mochte.

„Mein Liebling, wach auf!"

Hans Palmen hoffte, dass diese Stimme nur zu seinem Traum gehörte. Es war ein schöner Traum. An der

Seite seiner Angebeteten saß er Händchen haltend unter einer alten Eiche, und sie blickten verträumt in den Nachthimmel.

„Aufwachen, Liebling!“

Nein, diese Stimme gehörte auf gar keinen Fall zu seinem Traum. Er merkte es daran, dass die Mutter unentwegt an seiner Schulter rüttelte.

„Mutter! Ich hatte Wachdienst, die ganze Nacht. Warum lässt du mich nicht weiterschlafen?“, protestierte er, sich mit den Fäusten die Augen reibend.

„Hörst du es nicht? Die Mittagsglocken!“

Was wohl bedeuten sollte, dass das Essen bereits auf dem Tisch stand. Ob jemals der Tag käme, an dem nicht seine alte Mutter, sondern seine Angebetete für ihn kochte?

Hans liebte seine Mutter. Sehr sogar. Wenn sie nur nicht immer wie eine Klette an ihm hängen würde. Aber die Witwe hatte ja sonst keinen mehr. Ach, würde doch der Vater noch leben, dann ließe sie ihn vielleicht in Ruhe. Doch leider war dieser einst an einem gottverdammten Hühnerknochen erstickt. Da war Hans noch ein Knirps gewesen.

„Du wirst nicht glauben, was heute Morgen am Markt geschehen ist, mein Liebling!“ Um jeden Preis wollte sie seine Aufmerksamkeit erhaschen.

Seufzend setzte er sich aufrecht und sah die Mutter an. Er wusste, früher war sie wunderschön gewesen. Vielleicht sogar so schön wie Magdalena. Kaum vorstellbar, dass auch Magdalena eines Tages Runzeln haben würde. Trotzdem, ein letzter Rest ihrer verblühten Schönheit schimmerte immer noch in Mutters Augen. Nicht umsonst sagte man seinem verstorbenem Vater nach, er sei eifersüchtig wie ein vernachlässigtes Hündchen gewesen. Nun ja, und reichlich gebechert hatte er auch gern.

„Sie haben den Riesen festgenommen“, erzählte die Mutter aufgeregt. „Und stell dir vor, es waren zwei.“

„Wie? Zwei Riesen?“

„Zwei Personen. Ein Weib und ein Krüppel ohne Beine, den sie Huckepack trug.“

„Mutter, du willst mich doch nicht etwa ...“

„Ich war dort und hab's mit eigenen Augen gesehen, mein Liebling. Dein Dienstherr, Sartorius, kam mit einer ganzen Armee. Sie kämpften mit dem Riesen auf Leben und Tod, und am Ende hatten sie ihn überwältigt. Aber das ist noch nicht alles. Auch die Dogge haben sie außer Gefecht gesetzt ...“

„Moment mal, der Giftzwerg hat den Riesen festgenommen, sagest du?“

„Ja, das hat er getan. Obwohl er ja letztlich doch kein Riese war. Und nenn' den Herrn Sartorius um Himmels Willen nicht Giftzwerg.“

Es war ordentlich was los gewesen in der Stadt, und er, Hans, hatte alles verschlafen. Das hatte man davon, wenn man treu und gewissenhaft seinen Dienst leistete.

„Der Riese ist nichts anderes als ein übler Schurke! Nun ja, ein krüppliger Schurke eben und ein verwegenes Weib dazu. Ein Halunkenpaar! Alle Welt glaubt inzwischen, dass der Hund hinter dem Untier steckt. Der Spuk hat ein Ende, verstehst du?“

Hans horchte auf. „Soll das ein Witz sein?“

„Wenn du eine bessere Erklärung hast, kannst du sie ja dem Herrn Sartorius mitteilen.“

„Den Teufel werde ich tun“, brummte Hans.

Die Mutter sah ihn ängstlich an. „Bitte, leg dich nie mit dem Herrn Sartorius an, mein Liebling. Wovon sollten wir leben, wenn er dich rausschmeißt?“

Hans rang sich ein Lächeln ab. „Bin ja nicht lebensmüde.“ Tröstend drückte er ihre Hand.

Lisbeth war der Name der Köchin, die täglich ins Haus der Kalkberners kam. Obwohl nicht mehr die Jüngste, war sie noch sehr rüstig. Und redselig obendrein. So redselig, dass Matthias Kalkberner sich mitunter am liebsten nach einer schweigsameren Köchin umgesehen hätte. Aber Trudi und Paul bestanden darauf, sie zu behalten. Sie mochten Lisbeth nämlich gut leiden, nicht nur, weil sie vortrefflich kochte.

Zu dritt saßen die Kalkberners am Mittagstisch. Die Großmutter hingegen pflegte stets in ihrer Kammer zu speisen. „Ich will es niemandem zumuten, mich ständig die Stiegen hinabzutragen", lautete ihre Begründung dafür. Was Trudi und Paul schade fanden, denn die Gegenwart des bitterernsten Vaters war oft bedrückend. Und heute schien er besonders bitterernst zu sein.

Während Lisbeth die Speisen auftrug, wusste sie die neuesten Nachrichten aus der Stadt zu berichten. Der ominöse Riese sei am Morgen entlarvt worden, verkündete sie. Et cetera, et cetera. Niemand bemerkte die Blicke, die Paul und Trudi ständig miteinander wechselten.

In Lisbeths Version war es Sartorius höchstselbst, der dem Riesen den Mantel vom Leib riss.

„Können wir jetzt das Tischgebet sprechen?", unterbrach Matthias sie missfällig.

Nach dem Gebet fuhr Lisbeth unverdrossen fort. „Und das Bahkauv, das haben sie hinterher in einen Käfig gesteckt."

„Bahkauv?" Über diesen Blödsinn konnte Matthias nur den Kopf schütteln. Dann aß er schweigend sein Kohlgemüse.

„Ihr könnt Euch das Untier ansehen, Herr Kalkberner, sofern Ihr es noch nicht zu Gesicht bekommen habt. Den Käfig haben sie zum Katschhof gekarrt, damit sich jeder davon überzeugen kann, dass das Viech keinen weiteren Schaden anrichten wird."

„Ich habe weiß Gott Besseres zu tun, als mir Tiere hinter Gittern anzusehen, Lisbeth!"

„Müsst Ihr ja auch nicht", gestand sie ihm großherzig zu.

Paul und Trudi aber verstanden sich blind. Bei nächster Gelegenheit würden sie zum Katschhof gehen.

Ein Büttel mit einer Hellebarde stand neben dem mannshohen Käfig und gab acht, dass niemand das Untier reizte. Vor allem für die Kinder war die Verlockung groß, die nunmehr wehrlose Dogge mit Steinen oder Unrat zu bewerfen. Aber auch neugierige Erwachsene standen vor dem Käfig. Nach wie vor zog das gigantische Untier die Menschen in seinen Bann, obgleich es gar nicht mehr so Furcht einflößend wirkte, im Gegenteil, nun schien es selbst ängstlich und verwirrt zu sein. Seinen riesigen Schädel hatte es auf seine Vorderpranken gebettet, und unter seinen hängenden Unterlidern schimmerte es blutrot.

„Schau nicht so traurig drein, Trudchen." Paul legte einen Arm um ihre Schultern. „Es *musste* sein! Du brauchst dir nichts vorzuwerfen."

„Sieh doch nur, wie traurig er dreinschaut."

Paul verschluckte ein Seufzen.

„Was für ein Elend!", sagte eine Stimme hinter ihnen.

Katharina! Sie trug einen Korb am Arm, darin Brote und Früchte, die sie eingekauft hatte.

„Hast du etwa Mitleid mit diesem Viech?", verlangte Paul von ihr zu wissen.

„Warum nicht? Es ist doch nur eine arme Kreatur."

„Die arme Kreatur hat meinen Oheim auf dem Gewissen, Katharina."

Sie hob die Brauen und sah ihm tief in die Augen. „Warst du denn dabei?"

„Nein", gab er zu. „Aber es deutet doch alles darauf hin, dass ..." Er stockte, denn ihr Blick verwirrte ihn. Wie schon neulich, als sie ihm hinterhergelaufen war.

„*Dass?*", half sie ihm wieder auf die Sprünge.

„Alles deutet darauf hin, dass dieses Ungetüm von Hund das Bahkauv ist. Oder wie immer man ihn auch nennen mag."

Sie betrachtete die anderen Schaulustigen. „Alle scheinen das zu denken. Vermutlich wird man am Ende nicht nur dem vermeintlichen Riesen, sondern auch dem Hund den Prozess machen."

Trudi war entsetzt. „Du meinst, selbst der Hund muss an den Galgen?"

„Wäre nicht das erste Mal, Trudchen. In Köln, so erzählt man sich, haben sie im vergangenen Jahr gleich die Katze einer Hexe mit verbrannt."

Paul hätte das Gespräch gern auf angenehmere Dinge gelenkt. Trudi spürte , dass er an Magdalena dachte und kurz davor stand, Katharina nach ihr zu fragen. Deshalb stieß sie ihm verstohlen den Ellenbogen in die Rippen. Paul tat ihr den Gefallen und hielt den Mund.

„Bestimmt hat der Hund großen Hunger", vermutete Katharina und brach ein Stück von einem der Laibe ab. Dabei fiel ihr ein Apfel aus dem Korb. Erneut stieß Trudi ihren Bruder an. Paul war zunächst etwas begriffsstutzig, kapierte aber dann, was sie von ihm wollte, bückte sich nach dem Apfel und legte ihn in den Korb zurück.

„Ich würde dem Hund gern etwas Brot geben", sagte Katharina, „aber offen gestanden traue ich mich nicht so nah an ihn heran."

Paul nickte. „Bestie bleibt Bestie, auch wenn sie in einem Käfig sitzt."

„Aber auch Bestien sind Gottes Geschöpfe."

Dagegen ließ sich schwerlich argumentieren. „Tja – wenn du möchtest, erledige ich das mit der Fütterung für dich", schlug Paul vor.

Lächelnd reichte sie ihm das Brotstückchen. „Bitte."

Paul hätte lügen müssen, wenn er behauptete, die Nähe des Untieres bereite ihm keine Beklommenheit. Aber was konnte es ihm schon anhaben? Die Gitterstäbe waren dick wie Galgenstränge.

„Was machst du denn da?", herrschte ihn der Büttel an. „Geh weg von dem Käfig!"

„Halt die Luft an, ich gebe ihm nur eine Kleinigkeit zu fressen", erwiderte Paul und warf dem Hund das Brot aus kürzester Entfernung zwischen die Pfoten. Dabei konnte er seinen fauligen Atem riechen. Der Hund schlang den Brocken auf der Stelle herunter. Fast hätte man denken können, dass er Paul dabei dankbar ansah.

„Ha! Denkst du vielleicht, das Bahkauv braucht einen Samariter?", rief jemand aus der Menge.

Paul machte eine abwinkende Geste und kehrte zu Trudi und Katharina zurück. Ein bisschen schlotterten ihm noch die Knie, aber das fiel bestimmt niemandem auf.

„Danke", sagte Katharina.

„Gern geschehen", antwortete Trudi anstelle des Bruders.

Katharina hielt ihren nachdenklichen Blick noch eine Weile auf die Dogge gerichtet. „Tja, ich muss jetzt gehen", sagte sie dann. „Kommst du am Sonnabend in die ‚Kette', Paul?"

„Mal sehen", gab sich dieser unverbindlich.

Nachdem sie gegangen war, sagte Trudi zu ihrem Bruder: „Sie holt wirklich nur das Beste aus dir hervor."

„Wer?“

„Na, Katharina natürlich. Die Magdalena bestimmt nicht.“

„Was ist denn das Beste in mir?“

„Denk doch selbst mal darüber nach.“

„Ja, wenn ich Zeit dafür habe, Klugscheißerin. Jetzt muss ich erst mal wieder in die Werkstatt, sonst kriegt Vater einen Tobsuchtsanfall.“

Das sah auch Trudi ein. Als sie sich umwandten, lief ihnen Michel in die Arme.

„Was sagt man dazu?“, fragte der Nachbarsjunge, mit dem Kinn auf den Käfig deutend. „So kann es gehen. Aufregender Tag, findet ihr nicht? Nichts ist, wie es schien!“ Er zwinkerte seiner Freundin zu. Was wohl so viel bedeuten sollte wie: *Wir waren immerhin die Ersten, die von der wahren Natur des Riesen wussten! Aber das bleibt unser kleines Geheimnis, nicht wahr?*

„Wüsste nur zu gern, welche begnadete Spürnase da zuerst die Wahrheit gewittert hat!“, fügte er schelmisch hinzu. Dann wurde er ernster. „Und dabei fand ich den Riesen eigentlich ganz nett, nicht wahr? Und seinen Hund ebenfalls. Ein Jammer, dass man sie für Übeltäter hält.“

„Ähm, Michel? Ich muss dir etwas gestehen“, seufzte Trudi.

Diesmal stieß Paul *ihr* in die Seite. „Still“, zischte er.

Aber Trudi schüttelte so heftig den Kopf, dass die Zöpfe ihr um die Wangen flogen. „Michel ist mein Freund. Ich habe keine Geheimnisse vor ihm. Er soll alles wissen.“

„Auch das noch“, brummte Paul.

Michel wunderte sich. „Aber was ist denn? *Was* soll ich wissen?“

„Du weißt, dass auch ich den Riesen für nett hielt. Nun ja, ich meine natürlich: Josef und Anna. Aber manchmal täuscht man sich eben in den Menschen, weißt du?"

„Bedeutet das ...?"

„Das bedeutet", warf Paul mit drohend erhobenem Zeigefinger ein, „dass ihr beiden Strolche nichts gesehen habt. *Ich* war es, der den Riesen zu seinem Quartier folgte. *Ihr* wart nirgendwo, kapiert?" Er blickte in alle Richtungen, um sich zu vergewissern, dass niemand lauschte. „Der Köter ist eine mordende Bestie, und seine Besitzer sind Halunken der übelsten Sorte. Sie haben genug Schrecken verbreitet. Leider wird das dem guten Oheim Ulrich nichts mehr nützen."

Michel schluckte. „Aha. Wenn das so ist ..."

„So und nicht anders. Also, haltet schön die Klappe, verstanden? Dient nur eurem eigenen Schutz. Die Verantwortung trage ich." Mit diesen Worten stapfte er davon.

„Das ist aber gütig von ihm, die Verantwortung zu tragen", raunte Michel. „Sag mal, Trudi, denkst du wirklich, dass der Riese und sein Hund ..."

„Ach Michel, ich weiß selbst nicht mehr, was ich denken soll!" Ratlos zuckte sie mit den Schultern.

13

Der junge Jesuitenpater Cornelius besaß besondere seelsorgerische Fähigkeiten. Seine Ordensoberen pflegten *ihn* zu schicken, wenn sie ins Grashaus gebeten wurden, um einem Gefangenen geistlichen Beistand zu leisten. Im vergangenen Jahr war er der Beichtvater der Hexe Maroy Kroiseti gewesen. Obwohl er trotz seiner jungen Jahre schon manches Elend gesehen und viele traurige Schicksale erlebt hatte, war ihm der Fall der Kroiseti heftig an die Nieren gegangen.

Anfangs hatte sich die Zigeunerin widerspenstig und unverfroren gebärdet, sodass er beinahe die Geduld mit ihr verlor. Doch je näher er sie kennenlernte, umso mehr bewunderte er sie für die Tapferkeit, die sie angesichts der schwerwiegenden Klage an den Tag legte, selbst nachdem sie zum ersten Mal auf der Streckbank gelegen hatte. Maroy Kroiseti war ein stolzes, eigensinniges Weib – aber machte sie das zu einer Hexe? Der Schadenszauber, den man ihr nachsagte, war so immens, dass man sie, wäre alles wahr gewesen, getrost als die gefährlichste Hexe unter dem Himmel hätte bezeichnen können. Genau daran hatte Cornelius zunehmend gezweifelt. Den Teufel fürchtete die Kroiseti nicht weniger als jeder andere Mensch. Cornelius fand keine Hinweise, dass sie jemals mit dem Leibhaftigen in persönlichen Kontakt, geschweige denn im Bunde gestanden hätte.

Der Folterknecht freilich war imstande, ihr diese Hinweise zu entlocken. Irgendwann brach ihr Widerstand. Mit Schaudern erinnerte sich Cornelius an den Tag, als sie ihre Hexereien gestanden hatte. Endlose Stunden war der Keller erfüllt gewesen von ihrem Wimmern und Schreien. Wohl jeder Mensch, auch der willensstärkste, hätte unter solchen Qualen gestanden, was immer man von ihm zu hören verlangte. Maroys Richter und die Schöffen hatten der Marterung beigewohnt und sich dabei köstlichen spanischen Wein munden lassen.

Nach ihrem Geständnis wurde aus der temperamentvollen Maroy Kroiseti ein Lamm. Sie wusste, dass ihr Schicksal besiegelt war und wehrte sich nicht länger dagegen. Dem jungen Jesuiten zeigte sie sich nun aufgeschlossen, er nahm ihr die Beichte ab, und sie beteten viel gemeinsam. Am Morgen ihrer Hinrichtung bedankte sie sich für seinen Beistand und küsste seine Hände.

Cornelius saß neben ihr, als sie auf einem hohen Karren beim trüben Klang der Armsünderglocke zum Richtplatz gebracht wurde. Er selbst kämpfte mit den Tränen, aber Maroy Kroiseti, die mit sich im Reinen war, flüsterte ihm tröstende Worte zu, die er nie im Leben vergessen würde: „Grämt Euch nicht! Im Himmel sehen wir uns wieder."

Keinem der Zuschauenden entging ihre Gelassenheit, als sie zum Scheiterhaufen geführt wurde. Cornelius blieb bei ihr, bis der Scharfrichter ihn bitten musste, die Stätte zu verlassen, damit das Urteil vollstreckt werden könne.

Es war furchtbar, ihren Körper in den Flammen zu sehen. Wenigstens hatte man ihr einen Sack mit Pulver um den Hals gehängt, was ihren Feuertod gnädig verkürzte. Er glaubte fest an ihre Unschuld, aber seine Meinung war unmaßgeblich. Was alles nur noch trauriger machte. Es blieb ihm nichts weiter übrig, als auf Gottes Weisheit zu vertrauen. Selbst diese Tragödie musste einen tieferen Sinn haben.

Abermals befand sich Cornelius jetzt auf dem Weg ins Grashaus, wo das Halunkenpaar – bis vor Kurzem noch als der Riese Goliath bekannt – einsaß. Die Nachricht von ihrer spektakulären Festnahme war natürlich längst auch ins Jesuitenkloster gedrungen. Heute war ihnen die Bitte angetragen worden, die Inhaftieren aufzusuchen. Das war ein ganz normales Vorgehen. Auch die größten Sünder hatten ein Anrecht auf geistlichen Beistand. Häufig war der Ruf nach den Jesuiten allerdings ein Hinweis darauf, dass ein Unglückseliger peinlich befragt werden sollte. Daran mochte Cornelius gar nicht denken.

Unterwegs stellte er fest, dass der Riese und sein Untier nach wie vor in aller Mund waren. Auf dem Fischmarkt stellte eine Gauklertruppe unter dem Gelächter ihrer Zuschauer detailgetreu die Szene nach, wie Goliath demaskiert worden war. Ein als Mannweib hergerichteter Kerl trug dabei einen Zwergwüchsigen auf seiner Schulter, dem eine Steckrübe als Nase diente. Ein weiterer Witzbold stellte den Hund dar, beschränkte sich aber darauf, den Sartorius – sinnigerweise dargestellt durch einen kleinen Dicken – anzuknurren und dabei fortwährend das Hinterbein zu heben, als würde er den lieben langen Tag lang nichts anderes tun als pissen.

Cornelius verweilte kurz, um sich die Posse anzusehen, auch wenn ihm beileibe nicht nach Lachen zumute war.

„In Deckung!“, riefen plötzlich aufgeregte Stimmen, die eindeutig nicht zum Schauspiel gehörten. Der Pulk der Zuschauer geriet in Bewegung, Gebrüll war zu vernehmen. Im nächsten Moment erschien Müller Gottschalks wild gewordener Esel, und die Leute stoben schimpfend auseinander.

„Gottschalk! Eines Tages prügle ich dein dämliches Mistvieh tot, das schwöre ich dir!“, schrie ein Bursche, dem der Esel übel auf den Fuß gestiegen war.

Mit hochrotem Kopf und völlig außer Atem war auch Müller Gottschalk am Schauplatz erschienen, die obligatorische Rute schwingend. „Warum sollte dir gelingen, was mir seit Jahren nicht gelingt?“, begegnete er dem Vorwurf keuchend.

Cornelius verfolgte die Jagd nach dem störrischen Esel nicht weiter. Er hatte ein mulmiges Gefühl, fast wie damals, als er die Kroiseti zum ersten Mal aufgesucht hatte.

Im Grashaus empfing ihn der diensthabende Büttel. „Das Halunkenpärchen wartet schon sehnsüchtig auf Euch, Pater.“ Der Bursche hieß Martin, aber alle nannten ihn nur Luther, weil Sartorius, der das offenbar originell fand, ihn so getauft hatte. Luther ging voran und ließ den Schlüsselbund in seinen Händen klirren. Über enge, klamme Treppenstufen gelangen sie ins Kellergeschoss. Hier war es feuchter als auf einer Wiese im Herbstregen, es stank fürchterlich nach Moder und Fäkalien. Vor der letzten Zellentür blieb Luther stehen.

„Wir haben die beiden nicht getrennt“, erklärte er dem jungen Jesuiten, „weil der Krüppel sich kaum selbst helfen kann. Seine Alte hilft ihm bei allem, dann müssen wir es nicht tun. Aber seid unbesorgt, ich habe sie an die Wand gekettet. Kommt ihnen besser nicht zu nahe.“

Cornelius nickte knapp. „Sie warten auf mich, sagtest du?“

„Sie bestanden förmlich auf einen Pfaffen ... verzeiht, auf einen Priester.“

Immerhin, es war ein gutes Zeichen, wenn die Häftlinge einen Geistlichen zu sehen wünschten. Meistens deutete das auf ihren guten Willen zur Läuterung hin.

Luther öffnete die Pforte. „Heda, ihr Schreckgespenster! Euer Seelentröster ist da!“

Cornelius betrat das Verlies. Im Halbdunkel sah er zwei Gestalten mit rücklings gefesselten Händen vor der Wand sitzen. Entschlossen trat er näher, bis er in ihre Gesichter schauen konnte.

„Jesus, Maria und Josef, der mein Namenspatron ist!“, sagte die heisere Stimme des Mannes. „Ich hatte gehofft, sie schicken uns einen richtigen Priester. Sieh dir den da mal an, Anna: Der Bursche hat ja nicht einmal einen Bart.“

„Darauf kommt es wohl kaum an“, meinte sie, aber auch in ihrer Stimme schwang deutlich vernehmbar Enttäuschung mit.

„Wenn ihr es wünscht, schicke ich einen meiner älteren Mitbrüder vorbei“, schlug Cornelius vor. Für ihn war es nichts Neues, dass sich die Leute einen Jesuitenpater für gewöhnlich älter vorstellten.

„Ja, bitte, tut das!“, seufzte Josef.

„Unsinn“, widersprach Anna. „Wenn er ein geweihter Mann ist, soll's uns recht sein.“

„Möchtet Ihr mir Eure Sünden beichten?“, fragte Cornelius sanft.

„Sünden beichten? Ja, das wäre keine schlechte Idee“, ätzte Josef.

Cornelius musste sich vergewissern. „Ihr seid doch katholisch?“

„Das Glück war uns hold, dass wir so geboren wurden!“ Auch das sagte Josef nicht ohne Spott.

„Der Wächter behauptete, Ihr hättet nach einem Priester verlangt. Ihr könnt offen mit mir sprechen. Ich bin Pater Cornelius.“

„Pater? Herr im Himmel, er könnte mein Sohn sein.“

„Hör jetzt endlich auf, ihn zu beleidigen“, zischte Anna durch die Zähne.

„Beleidigen? Du denkst also, es sei eine Beleidigung, wenn jemand mein Sohn sein könnte?“

Anna stieß einen Seufzer aus. „Nehmt es ihm nicht übel, Pater. Er hat wieder starke Schmerzen in seinen Beinen, dann wird er immer garstig."

Cornelius runzelte die Stirn.

„Das muss Euch nicht verwirren", beeilte sich Anna zu sagen, „er glaubt den Schmerz genau dort zu verspüren, wo früher seine Beine waren."

Josef war immer noch nicht willens, sich wieder einzukriegen. „Nie von diesem Kuriosum, gehört, *Pater?* Na, das wundert mich nicht, Ihr seid ja noch jung. Kennt Ihr übrigens ein Gebet, das meine Beine wieder wachsen lässt?"

„Ein solches Gebet gibt es nicht", antwortete Cornelius geduldig.

„Gut. Ihr seid der Erste, der das endlich einmal deutlich sagt. Andere Pfaffen fangen an dieser Stelle damit an, etwas über Gottes unergründliche Wege zu erzählen."

„Dann wisst Ihr ja bereits genug darüber."

„Wir haben schon lange nicht mehr gebeichtet", warf Anna ein, um weitere Tiraden ihres Gefährten zu unterbinden, „und es gibt sicher genug, was wir seitdem auf dem Kerbholz haben."

„Wohl wahr", pflichtete Josef ihr bei, „aber zunächst sollt Ihr wissen, junger Pater, dass wir uns in dieser Stadt nichts zuschulden kommen ließen."

„Nein?" Cornelius bemühte sich, seine Stimme unbefangen klingen zu lassen. Was ihm offenbar nicht ganz gelang.

„Grundgütiger! Vielleicht solltet Ihr doch einen Eurer Mitbrüder schicken."

Anna sprach ein Machtwort. „Er bleibt! Was denkst du denn, wie oft sich der Ärmste die Unschuldsbeteuerungen von Galgenvögeln anhören muss?" Sie wandte sich wieder an Cornelius. „Nun ja, es wäre natürlich nützlich zu wissen, wessen wir eigentlich bezichtigt werden."

Darüber wusste Cornelius auch nicht mehr zu sagen als das, was in der Stadt erzählt wurde. Nicht als Ermittler oder Richter war er hier erschienen. „Es gab nächtliche Überfälle auf zwei Männer. Einer starb am darauffolgenden Tag. Euer Hund soll die Opfer angegriffen haben ..."

„Wisst Ihr, ob sie unseren Spanier am Leben gelassen haben?" Angst schimmerte in Josefs Augen.

„Spanier?"

„Die Dogge!"

„Ah. Sie haben ihn in einen Käfig gesteckt. Auf dem Katschhof hinter dem Dom können die Leute ihn ... bestaunen."

Josef hätte sich am liebsten die Hände vors Gesicht geschlagen, aber das ging ja nicht. „Heiliger Franziskus! Das arme Tier."

„Spanier ist daran gewöhnt, dass man ihn begafft", versuchte Anna ihn zu beruhigen.

„Ja. Aber nicht hinter Gittern."

Cornelius hegte die stille Befürchtung, dass man die beiden der Hexerei anklagen würde, dann wäre ihr Leben vermutlich keinen Pfifferling mehr wert. Hexen und Zauberer waren schließlich dafür bekannt, dass sie sich seltsame Tiere hielten. So hatte beispielsweise damals jemand behauptet, die Kroiseti mit einer höllenschwarzen Ratte auf ihrer Schulter gesehen zu haben.

„Verfluchte Beine!" Josefs Schmerzen waren in diesem Drecksloch besonders arg.

„Wie habt ihr sie eigentlich verloren?", fragte Cornelius betreten.

„Was vermutet ihr denn, junger Pater?"

„Es wird wohl im Krieg gewesen sein."

„Na also, Ihr seid ja doch scharfsinnig. Aber das sagt man Euch Jesuiten ja nach. Die Evangelischen hassen Euch wie die Hölle."

„Josef war Landsknecht im Dienste Karls von Lothringen", erklärte Anna, bevor sich der Gefährte über Gott und die Welt auslassen konnte. Aber Josef nahm den Faden sogleich auf.

„Der Lothringer wurde zum Bischof von Straßburg ernannt. Dumm nur, dass die Evangelischen etwas gegen ihn hatten und ihren eigenen Bischof wählten."

Es folgte eine Schilderung jahrelanger Kämpfe und Scharmützel, an deren Ende die Katholischen sich behauptet hatten.

„Bevor es im vergangenen Jahr zu einem Friedensschluss kam, machte ich noch Bekanntschaft mit einer Kanonenkugel, die eine hässliche Schneise in unsere Reihen schlug. Seitdem ist es vorbei mit Marschieren. Dass ich noch lebe, verdanke ich nicht den nichtsnutzigen Feldschergen, sondern meiner geliebten Anna, die mich aufopfernd pflegte."

Cornelius hatte eine leise Ahnung, dass Anna wohl eine der Trossdirnen gewesen war. Und Anna sah ihm seine Ahnung an.

„Wie schon erwähnt, Pater Cornelius", merkte sie nicht ohne Verlegenheit an, „wir sind weiß Gott nicht ohne Sünde. Wir sind Gaukler, von irgendwas müssen wir leben. Ob die Leute denken, wir seien einer oder zwei – wer trägt einen Schaden davon, wenn er uns für einen Riesen hält? Und unser Hund tut niemandem etwas zuleide."

Cornelius war geneigt, ihnen jedes Wort zu glauben. Und doch konnte er nichts anderes tun, als ihnen die Sakramente zu spenden.

Der frühere Landsknecht war inzwischen bereit, auf jeden Spott zu verzichten. „Glaubt mir, Pater, nie wäre ich in die Dienste eines Protestanten getreten. Ihr wisst, dass die wenigsten Söldner so denken. Ich war immer ein treuer Katholik. Für unseren Glauben wurde ich zum Krüppel, wenn ich auch alles andere als ein Märtyrer bin. Findet Ihr nicht, dass die Kirche mir und meinem Weib trotzdem etwas schuldig ist?"

Cornelius biss sich gedankenvoll auf die Unterlippe. „Ihr überschätzt meine Möglichkeiten", erwiderte er leise. „Es wird Untersuchungen geben. Es wird sich herausstellen, dass Ihr frei von Schuld seid."

„Glaubt Ihr das wirklich, Pater?" Josef sah ihm tief in die Augen. „Habt Ihr nie jemandem beistehen müssen, an dessen Unschuld Ihr geglaubt habt?"

Cornelius schluckte und war froh, dass der andere nicht wirklich eine Antwort darauf zu hören verlangte.

„Bitte betet mit uns, Pater", sagte Anna.

Er nickte. „Dazu bin ich gekommen."

Zwei Seelen, die nach Freiheit und Gerechtigkeit lechzten. Sie waren fremd, wie auch die Zigeunerin Maroy Kroiseti eine Fremde gewesen war. Josef und Anna hatten wahrlich allen Grund der Welt, um ihr Leben zu bangen.

Cornelius wusste nicht, was mit ihnen geschehen würde. Später, am Abend, betete er auch für sich selbst: dass Gott ihm mehr Courage schenken möge!

14

Als anderentags die Sonne über der Stadt aufging, ahnte noch niemand, dass der Tag neue Aufregung bringen würde. Bis zum Mittag hatte auch der letzte Aachener die Neuigkeit erfahren: In der Nacht war das Bahkauv wieder unterwegs gewesen.

Diesmal war es ein Kürschner namens Simon Rudler, der behauptete, das Untier habe ihn am Kolbert angegriffen. Rudler selbst posaunte es im Zunfthaus aus, dann verbreitete sich die Geschichte wie ein Lauffeuer:

In der „Krone", einem zwielichtigen Wirtshaus im Stadtsüden, habe er den Abend verbracht. Der Wirtin habe er nämlich eine Pelzjacke geliefert, die ihr Gatte bei ihm bestellt habe. Eine Weile sei er dort geblieben, habe sich aber nicht betrunken, wie er ausdrücklich betonte. Später, auf dem Heimweg, sei es dann geschehen: Vor seinen Augen sei das Untier aus der heißen Quelle gekrochen, und noch ehe er sein Heil in der Flucht suchen konnte, sei es ihm auf den Rücken gesprungen, um ihm seinen nach Schwefel stinkenden Atem ins Ohr zu hauchen.

Wie es denn ausgesehen habe, verlangte man von ihm zu wissen. Wie eine riesige Echse mit dem Kopf eines Kalbes und fürchterlichen Hauern, behauptete er. Anders als Ulrich Maubach oder Gotthard Leffel wirkte Simon Rudler kaum verstört; ja seine Zuhörer konnten den Eindruck gewinnen, die Begegnung mit dem Bahkauv sei für ihn bloß ein spannendes Abenteuer gewesen. Gewiss, es habe ihn gebissen und malträtiert, aber nach zähem Widerstand sei es ihm gelungen, es abzuschütteln und ihm einen Tritt zu versetzen. Darauf habe es kehrt gemacht, um wieder im Wasser der Quelle abzutauchen.

Unweigerlich kam die Geschichte auch Paul zu Ohren. Lisbeth, die Köchin, erzählte am Mittagstisch in aller Breite davon. Paul lief es kalt über den Rücken. Hatte er womöglich die Falschen hinter Gittern gebracht? Er spürte Trudis vernichtenden Blick auf sich ruhen. Später, als sie unter sich waren, stieß sie ihren Unmut aus.

„Das hast du ja wunderbar hinbekommen, du Held. Josef, Anna und Spanier sind unschuldig."

„Spanier?"

„Ihr Hund!"

„Trudi, ich ..."

„Was? Jetzt sorg gefälligst dafür, dass sie wieder auf freien Fuß kommen!"

„Wenn Rudlers Geschichte wahr ist, dann wird man sie schon freilassen", beschwichtigte er sie.

„Lieber Gott, lass Rudlers Geschichte wahr sein", murmelte Trudi.

Paul war zutiefst verstört. Wenn er tatsächlich Unschuldige hinter Gittern gebracht hatte, konnte das unangenehme Konsequenzen für ihn haben. Nun ja, zwar hatte er nie behauptet, der Köter sei das Bahkauv – aber hatte nicht alles darauf hingedeutet? Und wenn der Köter nicht das Bahkauv war, wer oder was war es dann?

Der Spuk setzte sich also fort. Hätte er sich doch nur nicht in diese Sache eingemischt. Oheim Ulrich war sehr krank gewesen, womöglich war das Bahkauv ihm lediglich in einem Fiebertraum erscheinen.

Es war zum Haare raufen. Unkonzentriert saß Paul am Nachmittag über seiner Arbeit.

„Was hast du?", fragte ihn der Vater.

„Nichts", entgegnete Paul.

„Wenn du nichts hast, dann sei so gut und arbeite sorgfältiger."

Nach Widerworten stand Paul nicht der Sinn. Als am Nachmittag ein Kunde in die Werkstatt kam, erfuhr Paul die Fortsetzung des neuesten Klatschs: Adolphus Sartorius habe den Simon Rudler von einem Trupp Büttel abholen lassen, um ihn zu befragen.

Von einem ganzen Trupp? Rudler wäre doch bestimmt auch freiwillig gegangen, um dem Befehl des obersten Stadtknechtes nachzukommen.

Oder etwa nicht?

Paul fühlte sich hundsmiserabel. Wegen Trudi, wegen des Riesen und ein bisschen sogar wegen des Köters. Vor allem aber wegen der Ungewissheit. Was war da eigentlich im Gange? Würden Sartorius' Männer kommen, um auch ihn zu holen?

Doch nichts geschah. Als er sein Tagewerk vollbracht hatte, beschloss er, seinen Freund Hans Palmen aufzusuchen. Der wusste bestimmt, was heute im Grashaus vor sich gegangen war. Vielleicht war er sogar dabei gewesen, als sich sein Dienstherr den Rudler vorgeknöpft hatte.

Hans' Mutter öffnete Paul die Tür.

„Frau Palmen, ist Euer Sohn ...?"

„Ja, er ist hier. Aber er muss sich noch ausruhen, damit er später bei Kräften ist, wenn er das Tor hütet."

„Ich will ihn nur kurz ..."

„Willst du nicht lieber morgen wiederkommen?"

„Mutter!" Mit rollenden Augen war Hans hinter ihr erschienen. „Du wirst doch meinen guten Freund Paul nicht unverrichteter Dinge fortschicken?"

Frau Palmen zuckte mit den Achseln. „Ich meine es ja nur gut." Sie ging an den Herd zurück, auf dem eine Suppe köchelte.

„Hans", flüstere Paul aufgeregt, „stimmt es, dass Sartorius sich den Rudler vorgeknöpft hat?"

„Darauf kannst du wetten." Hans grinste schief.

„Was ist passiert?"

„Dem Sartorius gefiel es gar nicht, dass das Rätsel um das Bahkauv nun doch nicht gelöst sein sollte. Vor allem, weil man ihm nachsagen würde, er habe die Falschen verhaftet."

„Und?"

„Man kann über den Schinder sagen, was man will, aber seine Spürnase hat ihn nicht getrogen. Er ließ sich den Rudler gleich in die ‚Acht' bringen, um ihn dort höchstselbst zu befragen."

Da musste dem guten Rudler bereits das Herz in die Hose gerutscht sein. Denn in der „Acht", dem Gerichtshaus, fanden bekanntlich die peinlichen Befragungen statt.

„Sartorius hat ihn doch nicht etwa ..."

„Ach, woher, das war gar nicht nötig. Rudler hätte sich beinahe in die Hosen geschissen. Als Sartorius die Verletzungen sehen wollte, die das Monster ihm angeblich zugefügt hatte, wusste er nicht einmal ein Krätzerchen vorzuweisen. Also kam er mit der Wahrheit ganz schnell ans Licht."

„Und was war die Wahrheit?"

„Gestern Abend hat er sein ganzes Geld in der ‚Krone' versoffen und verhurt. Davon sollte sein Weib freilich nichts erfahren. Deshalb erfand er die Geschichte vom Bahkauv, das ihm aufgelauert habe. Und seinen Geldbeutel habe es gleich mit verschlungen."

Paul lachte erleichtert. „Ein geldgieriges Ungeheuer, unser Bahkauv, wie?"

Hans kratzte sich den Kopf. „Tja, so könnte man es wohl auf den Punkt bringen."

„Und der Rudler? Er muss wohl an den Pranger, nehme ich an."

„Sartorius hat es dabei belassen, ihn eigenhändig mit einem Rohrstock windelweich zu prügeln. Doch glaub mir, wenn Sartorius zu wüten beginnt, dann wäre der Pranger eher eine Gnade. Jedenfalls hat er den Rudler noch dazu verdonnert, seine Lügengeschichte selbst öffentlich zu widerrufen, ansonsten fände er sich auf dem Katschhof wieder: nicht am Pranger, sondern in dem Käfig, Seite an Seite mit dem echten Bahkauv."

„Kluger Schachzug. Sartorius wusste immer schon, was zu tun ist, damit er nicht schlecht dasteht."

„Nicht einmal der Teufel würde sich mit Sartorius anlegen", seufzte Hans.

„Du sollst nicht so schlecht über den Herrn Sartorius sprechen, mein Junge", mahnte die Mutter aus dem Hintergrund.

„Ich will dann mal nicht länger stören, Freund Torwächter. Einen ruhigen Dienst wünsche ich dir. Frei von jeglicher Störung durch Untiere, Betrunkene und sonstige Plagegeister."

„Dein Wort in Gottes Ohr, Goldjunge."

Paul fühlte sich wie befreit, als er sich wieder auf den Heimweg machte. Er hatte genau das Richtige getan, als er das Halunkenpaar denunzierte. Jetzt konnte er auch Trudi, die aus welchen Gründen auch immer einen Narren an den beiden gefressen hatte, wieder unter die Augen treten.

Alles war gut.

15

Gasthaus „Kette“, am Sonnabend darauf

Vorbei waren die Zeiten, wo die drei Freunde gemeinsam am Tisch gesessen und bei Speis und Trank über alles parliert hatten, was ihre jungen Männerherzen bewegte. Nur noch zu zweit hockten sie jetzt dort, weil Joachim es vorzog, um Magdalena herumzuscharwenzeln, und die Wirtstochter hatte offenbar nicht das Geringste dagegen einzuwenden.

„Machen wir uns nichts vor, Paul, unser Großmaul von Grobschmied ist der Sieger“, verkündete Hans mit saurer Miene. Die beiden Freunde sahen hinüber zum Tisch vor dem Küchendurchgang, wo Joachim breitbeinig Platz genommen hatte. Ab und an, wenn der Betrieb in der gut gefüllten Wirtsstube es zuließ, gesellte sich Magdalena zu ihm, setzte sich auf seinen Schoß und rieb ungeniert ihre Nase an seiner.

„Die Magdalena hat sich entschieden“, fuhr Hans nach einem tiefen Zug aus seinem Humpen fort, „sie macht sich gar nicht mehr die Mühe, uns überhaupt noch anzuschauen.“

„Noch ist nicht aller Tage Abend“, entgegnete Paul, ohne zu wissen, warum er das eigentlich sagte.

Hans beugte sich vertraulich vor. „Unter uns, was ist am Lousberg zwischen dir und Magdalena geschehen?“

„Ach, Hans. Ich habe wirklich keine Lust, darüber zu sprechen.“

„War sie dir böse, weil du ihr an die Wäsche wolltest?“

„Ich wollte ihr nicht an die Wäsche, verdammt.“

„Hast du ihr ein Geschenk gemacht?“

„Was? Nein. Nur einen Strauß Blumen habe ich ihr mitgebracht, aber der ...“

„Du hättest ihr ein hübsches Schmuckstück schenken sollen, Goldschmied."

„Ich verließ mich ganz auf das Wort meiner neunmalklugen Schwester, dass die Frauen nämlich *langsam* erobert werden wollen."

„Absoluter Blödsinn."

„Inzwischen sehe ich das auch so."

„Du hast dich um einen großen Vorteil gebracht."

„Möglich. Andererseits wollte ich nicht, dass sie mich nur wegen eines goldenen Schmuckstücks liebt."

„Warum denn nicht? Es wäre doch nur dein Antrittsgeschenk gewesen. Mit der Liebe ist es nicht so eilig, die kommt hinterher."

Katharina trat an den Tisch, um nach ihren Wünschen zu fragen. Sie bestellten kaltes Fleisch mit Brot. Hans starrte ihr lange nach.

„Wenn du von der Katharina nichts wissen willst, könnte *ich* es doch einmal bei ihr versuchen, oder?"

Seine Worte versetzten Paul einen Stich. Darüber war er selbst aufs Höchste verwundert, ließ sich aber nichts anmerken.

„Nun?", fragte Hans. „Würdest du mir das erlauben?"

„Seit wann musst du mich um Erlaubnis fragen, wenn du bei einem Mädchen dein Glück versuchen willst?"

„Immerhin hat sie ja ein Auge auf *dich* geworfen."

„Du kannst tun und lassen, was immer du willst."

„Gut."

Sie tranken ihr Bier. Hätte Paul es nicht besser gewusst, hätte er seine Gefühle am ehesten mit dem Wort Eifersucht umschrieben. Eine Weile schwiegen sie sich an und beobachteten Joachim und Magdalena bei ihrem gemeinsamen Glück. Katharina brachte ihnen das Essen.

„Ein süßer Nachtisch wäre auch nicht schlecht“, grinste Hans sie an.

„Ich könnte euch Kompott bringen“, schlug sie vor.

„Ich dachte eher an zwei zuckersüße Lippchen, meine Teure.“

Katharina verzog keine Miene. „In diesem Fall solltest du künftig in die ‚Krone‘ gehen, Hans Palmen. Da kriegst du alles, was dein Herz begehrt“, sagte sie, indem sie sich wieder abwendete.

„Herrje“, seufzte Hans, „ich hätte wissen sollen, dass sie davon nichts hören will. Schon den Joachim hat sie neulich wegen solcher Sprüche abgekanzelt.“

„Wegen dir rücke ich am Ende auch noch in ein schlechtes Licht bei ihr“, brummte Paul.

„Ach? Ich dachte, du hättest kein Interesse an ihr?“

„Ist ja auch so.“

„Aus dir soll einer schlau werden.“

Sie aßen und ließen das Thema auf sich beruhen. Ohnehin hätte Paul nichts Gescheites zu sagen gewusst. Katharina hatte offenbar keine Lust mehr, sie zu bedienen, denn sie schickte den kleinen Heini, um die geleerten Humpen abzuräumen.

Ein Mann, den Paul bislang noch nie gesehen hatte, betrat das Gasthaus. Von eher schmächtiger Gestalt war er, doch die Kleidung, die er trug, wies ihn als wohlhabend aus. Zwischen Spitzenkragen und einem hohen, steifen Hut steckte wie eingeklemmt ein junges, etwas hochmütig dreinblickendes Gesicht. Die Wirtin Hanna eilte ihm entgegen, um ihn zu einem freien Tisch zu führen, und auch ihr Gatte tauchte auf und nahm ihm Hut und Umhang ab. Die Wirtsleute schienen sich förmlich vor ihm zu bücken, damit er sich nicht klein vor ihnen fühlen musste.

„Wer ist der denn?“, fragte Paul zwischen zwei Bissen.

Hans hatte den Ankömmling aufmerksam gemustert. „Sein Name ist van Bouten, Tuchhändler aus Flandern, auf der Durchreise nach Köln."

Es war ganz praktisch, wenn man einen Freund hatte, der in der Stadtwache arbeitete. Diese Burschen waren immer auf dem Laufenden.

„Man sollte meinen, er könnte sich vornehmere Gasthäuser leisten als die ‚Kette'."

„Soweit ich weiß, logiert er am Holzgraben im Haus von Bürgermeister Berchem, den er wohl persönlich kennt. Vielleicht hat er sich ja nach den schönsten Wirtinnen und Wirtstöchtern erkundigt."

Eine alberne Vermutung, die aber nicht ganz von der Hand zu weisen war. Magdalena war ja auch der Grund für viele Burschen, sich kein anderes Stammlokal zu suchen. Schon bald stellten Paul und Hans fest, dass der Fremde immer wieder zu Magdalena herüberschielte.

„Wie schade", bedauerte Hans, „bald wird es hier ein großes Trara geben – und ich verpasse wieder einmal alles, weil ich meinen verdammten Dienst antreten muss!"

„Welches Trara?"

„Wie gut kennst du unseren Meister Amboss? Es ist nur noch eine Frage der Zeit, bis er merkt, dass dieser Stiesel sich die Augen nach seiner Holden aus dem Kopf glotzt. Heiliges Kanonenrohr, dann möchte ich aber nicht in dessen Haut stecken."

Ein Blick hinüber zu Joachim schien Hans' Annahme zu bestätigen. Der Schmied sah nämlich Magdalena mit vorwurfsvoll gerunzelter Stirn an, als sie soeben vom Tisch des Kaufmanns kam. Aber noch behielt er die Ruhe.

Bald darauf musste sich Hans verabschieden. „Wirf ein Auge auf Jo. Wenn er diesem van Bouten an den

Kragen will, dann besänftige ihn, sonst bekommt er einen Riesenärger."

„Wohl wahr. Reiche Kaufleute zu verprügeln, die obendrein beim Bürgermeister logieren, ist was anderes, als sich mit pöbelnden Tischlergesellen anzulegen."

„Im Grunde ist das auch dem Jo klar, aber man weiß ja nicht, wie es um sein verliebtes Gehirn bestellt ist. Er hat uns zwar den saftigsten Braten vor der Nase weggeschnappt, aber trotzdem sind wir immer noch seine Freunde, stimmt's?"

„Ich werde mein Bestes tun, Freund Torwächter, um eine Katastrophe zu verhindern."

Hans nickte beruhigt. „Später musst du mir alles erzählen."

Als Hans fort war, dachte sich Paul, dass er ebenfalls gern gegangen wäre. Keiner, der mit ihm trank, keine, auf deren Herz er hoffen durfte. Von Katharina einmal abgesehen. Aber selbst die schien ihn heute weniger zu beachten. Vielleicht hatte sie es ja aufgegeben, seine Gunst zu erlangen, weil er sich nicht ernsthaft um sie bemühte. Ob sie es nicht doch wert wäre, ihr ein bisschen mehr Aufmerksamkeit zu schenken?

Wie auch immer, vorläufig musste er bleiben, galt es doch vor allem, auf Joachim ein Auge zu haben. Und wie Hans es prophezeit hatte, braute sich Unheil zusammen: Magdalena tischte dem vornehmen Gast sein Essen auf. Der lächelte sie an; ein schmieriges Lächeln, wie Paul fand.

Magdalena lächelte zurück – für Pauls Geschmack steckte mehr als bloße Höflichkeit dahinter. Magdalena und der Fremde wechselten einige Worte, die Paul nicht verstehen konnte, jedenfalls sprachen sie mehr, als nötig gewesen wäre.

Dieser Meinung war wohl auch Joachim, dem diese Tändelei natürlich auch nicht entging. Abrupt erhob er sich von seinem Platz und stapfte auf die beiden zu. Paul hielt den Atem an, denn just in diesem Moment gefiel es van Bouten, Magdalena eine Hand um die Hüfte zu legen.

„Pfoten weg!“, schnarrte Joachim mit raumfüllender Stimme. Unmittelbar neben dem Kaufmann blieb er stehen. In der „Kette“ wurde es still.

Van Boutens Hand blieb, wo sie war, als er zu dem Störenfried aufsah. „Dein Liebchen?“, fragte er belustigt und mit flandrischem Akzent. Weder Joachims füllige Gestalt noch seine grimmigen Gebärden schienen ihn zu beeindrucken.

„Spielt das eine Rolle? Nehmt gefälligst Eure Pfoten von der Magdalena, sonst lernt Ihr *meine* Pfoten kennen!“

Das war van Bouten offenbar nicht gewöhnt, dass man in solcher Weise mit ihm sprach. „Ich gebe dir einen guten Rat, Kerl: Wähle deine Worte mit Bedacht!“

„Ich gebe Euch einen noch besseren Rat: Nehmt jetzt auf der Stelle Eure dreckigen Finger von ihr, wenn Ihr Eure Zähne behalten wollt!“

„Lass nur!“, mischte sich Magdalena nervös ein, „er hat ja nichts Ungehöriges getan.“

„Nichts Ungehöriges? Er begrapscht dich wie eine Zuchtstute.“

„Auch Zuchtstuten wollen ab und an geritten werden“, erklärte van Bouten, indem er Magdalena zuzwinkerte.

Wer sich von den anwesenden Gästen traute, kicherte. Selbstverständlich fand Joachim das weniger lustig. Noch beherrschte er sich, doch es blieb nur eine Frage der Zeit, wann es van Bouten an den Kragen ging und das Unglück seinen Lauf nahm. Auch Hanna und Alois Nopp waren herbeigeeilt und versuchten, die Lage zu entschärfen.

„Wir wollen den Herrn doch in Ruhe speisen lassen, nicht wahr?“, sagte der sonst so wortkarge Wirt, dem unzählige Schweißtropfen auf der Stirn perlten.

„Er wollte doch nur freundlich sein, ergänzte seine Frau gequält.

Joachim war empört. „Sein Verhalten ist ungebührlich. Magdalena ist doch Eure Tochter, Frau Nopp. Gilt Euch ihre Ehre nichts? Und Ihr, Alois, Ihr solltet Euch schämen. Ich kenne Väter, die haben aufdringlichen Verehrern ihrer Töchter schon für geringere Vergehen den Hintern versohlt.“

Alois schluckte und wirkte verärgert über die Worte des jungen Mannes, der sich bereits als sein Schwiegersohn sah.

„Was blähst du dich eigentlich so auf, Joachim?“, meldete sich nun auch Magdalena wieder zu Wort. „Wenn ich nicht will, dass er mich anfasst, dann sag ich's ihm selbst. Also sei ruhig und verschwinde! Ich kann gut auf mich alleine aufpassen!“

Joachim starrte sie sprachlos an, der Mund stand ihm weit offen.

„Hast du gehört?“, triumphierte van Bouten, der seine rechte Hand noch immer um Magdalenas Hüfte geschlungen hielt. Mit der Linken machte er eine wedelnde Bewegung. „Geh weg, hat sie gesagt! Husch, husch!“

Das war zu viel für Joachim; Paul wusste es, noch während der Kaufmann sprach. Höchste Zeit zu handeln. Allerhöchste Zeit! Denn schon packte Joachim van Bouten am Kragen und zerrte ihn von der Bank. Mit einem Aufschrei stolperte Magdalena zurück. Ihre Mutter stieß einen entsetzten Schrei aus, während der Vater sich Hilfe suchend umsah. Schon stand Paul in deren Mitte. „Tu ihm nichts, Jo! Bitte!“, sagte er beschwörend

„Und was sollte mich davon abhalten?", brüllte Joachim, die Faust bereits zum Schlag erhoben.

Ganz nah trat Paul an ihn heran. „Er ist ein Freund von Bürgermeister Berchem. Du wirst Ärger bekommen. Großen Ärger. Das weißt du", flüsterte er ihm zu.

Van Bouten rang nach Luft. Seine Hände hatte er in Joachims Arm gekrallt, wenn auch ohne jede Wirkung.

Joachims wütender Blick flog zwischen ihm und Magdalena hin und her. Zweifellos hatte die Angebetete ihn schwer gekränkt. Vielleicht war das der Grund, warum er van Bouten unversehens losließ, sodass dieser wie ein Mehlsack zurück auf die Bank plumpste. Seine Augen, vorhin noch voller Hochmut, waren weit aufgerissen. Mit zitternder Hand rieb er sich den Hals.

Das wirst du mir büßen!, formten seine Lippen, ohne einen Laut hervorzubringen.

„Wie schön, wenn man sich wieder verträgt", meinte die Wirtin verstört.

Joachim stand reglos da, als wüsste er nicht, ob dies ein ärgerlicher Traum war oder Wirklichkeit. Paul legte ihm eine Hand auf den Arm.

„Es ist besser so, glaub mir, Jo", raunte er. „Das bringt nichts, wenn du dich mit ihm anlegst."

Inzwischen war van Boutens Stimme zurückgekehrt. „Werft den Kerl raus!", krächzte er. „Sorgt dafür, dass er von hier verschwindet, sonst gibt es Ungemach, das schwöre ich!"

„Tja, Joachim", sagte Alois Nopp hilflos.

Joachim sah Magdalena an. Die hielt die Arme vor der Brust verschränkt und begegnete seinem Blick mit kaltem Schweigen.

„Niemand wirft mich raus!" Joachims Stolz bäumte sich wieder auf. „In diesem Saustall gibt es sowieso nichts mehr, was mich hält! Gute Nacht, ihr Hundsfötter!" Mit diesen Worten schritt er zur Tür. Einen leichtsinnigen Zecher, der belustigt grinste, schlug er mit der flachen Hand so fest auf den Hinterkopf, dass er sich am Boden wiederfand. Paul eilte dem Freund hinterher, aber Joachim machte eine barsche, abwehrende Geste. Er wollte jetzt lieber allein sein, was Paul im Grunde gut verstehen konnte. Seufzend blickte er ihm nach. Kaum hatte Joachim das Wirtshaus verlassen, war es vorbei mit der Stille, es gab schließlich einiges zu kommentieren.

„Gut gemacht, Paul“, sagte Katharina, die plötzlich neben ihm stand. War sie ihm an diesem Abend eher mit Gleichgültigkeit begegnet, so schenkte sie ihm nun wieder ein warmes Lächeln.

Wie es schien, besaß er immer noch hohes Ansehen bei ihr.

16

Als Henrick van Bouten das Wirtshaus verließ, fühlte er sich beschwipst wie lange nicht mehr. Es war kein unangenehmes Gefühl, eher ein wohliger Schwindel. Aber es verlangte ihm hohe Aufmerksamkeit ab, einen Fuß vor den anderen zu setzen. Der Wirt hatte sich angeboten – vermutlich in Erwartung einer großzügigen Entlohnung –, ihn zum Holzgraben zu begleiten, was van Bouten entschieden ablehnte. Die Nacht war hell genug, um sich nicht zu verirren.

Normalerweise wäre van Bouten nicht auf die Idee gekommen, in diese Spelunke zu gehen. Eigentlich hätte die Höflichkeit es geboten, den Abend bei seinem Gastgeber, Bürgermeister Berchem, zu verbringen. Doch von Bouten war zu Ohren gekommen, dass die Wirtstöchter nicht von schlechten Eltern seien, vor allem die Ältere. Und er hatte festgestellt, dass dies keine Übertreibung war. Berchem würde ihm die kleine Unhöflichkeit schon nachsehen.

Heiliges Kanonenrohr, was war diese Magdalena bloß für ein Weib! Rassig wie die Stute eines orientalischen Fürsten. Solche Prachtstücke bekam man nicht jeden Tag zu sehen, selbst wenn man, wie er, viel unterwegs war. Dass in dieser einst so bedeutenden, nunmehr jedoch heruntergekommenen Stadt eine solche Schönheit blühte, hätte er nicht vermutet. Henrick van Bouten stellte sich vor, wie die Magdalena wohl aussähe, wenn man sie in ein prächtiges Samtkleid steckte und obendrein mit kostbarem Schmuck behängte. Vermutlich wie ein Engel, wenn auch kein sehr frommer.

Nein, Henrick van Bouten hatte keineswegs die Absicht, um die Wirtstochter zu freien. Mochte sie auch noch so hübsch sein, sie war weiß Gott keine Partie für ihn. Er war ein wohlhabender Kaufmann, der sich mit Fleiß und Geschick aus bescheidenen Verhältnissen nach oben gearbeitet hatte, doch zu den reichsten Männern seiner Heimatstadt Gent zählte er noch nicht. Gleichwohl war er fest entschlossen, ihnen eines Tages anzugehören. Dies wiederum bedeutete, dass er sich nicht lange an Frauenzimmern wie Magdalena aufhalten durfte. Sein Ehrgeiz bestand darin, eine reiche Witwe zu ehelichen, das würde seinen Werdegang beschleunigen. Er musste nur zur richtigen Zeit zur Stelle sein. In Gent war er quasi noch ein Niemand; umso mehr freute er sich, wenn man ihn hofierte wie in diesem lausigen Wirtshaus.

Dass er nicht willens war, mit der schönen Wirtstochter eine Verbindung einzugehen, bedeutete selbstverständlich nicht, dass man nicht ein nettes Stündchen mit ihr verbringen konnte. Also hatte er sie gefragt, ob sie sich mit ihm treffen wolle – und sie hatte freudig zugestimmt. Sie kenne ein lauschiges Plätzchen vor den Toren der Stadt, hatte sie ihm zugeflüstert. Dort, am Lousberg, würden sie also morgen zu einem sinnlichen Stelldichein zusammenfinden. Mit seiner Weiterreise nach Köln konnte er sich gut und gern noch etwas Zeit lassen, zumal er dort erst übermorgen erwartet wurde. Ja, vielleicht fand er sogar noch Zeit, eines der vielen Bäder aufzusuchen, für die diese sonst so biedere Stadt bekannt war.

Gewiss, die Wirtstochter machte sich Hoffnungen auf großzügige Geschenke, er hatte es deutlich in ihren Augen gelesen, da waren die Weiber doch alle gleich. Nun ja, vielleicht würde er ihr hinterher ein paar Taler in die Hand drücken. Als Entlohnung für ihre Dienste, sozusagen. Sollte sie sich gefälligst selbst etwas kaufen, daran konnte er sich beim besten Willen nicht aufhalten. Außerdem war es nicht auszuschließen, dass dieser eifersüchtige Tölpel von Schmied nicht locker lassen würde. Das fehlte noch, dass dieser Berserker ihm ein weiteres Mal auf die Nerven fiel. Nein, sobald das morgige Schäferstündchen vorüber war, würde er sich wieder auf den Weg machen. In Köln waren die Töchter Evas schließlich auch nicht hässlich.

Henrick van Bouten passierte den Büchel und den Kolbert, wo der Dunst der heißen Quelle über den Boden waberte. Das gibt es nicht einmal in Gent, dachte er und fragte sich, ob die tückische Wasserstelle jemals einem Trunkenbold zum Verhängnis geworden sein mochte. So sturzbetrunken war er glücklicherweise nicht, dass ihm dieses unerfreuliche Schicksal drohte.

Obwohl: Sein Schwindel wurde irgendwie nicht besser, denn auch die frische Nachtluft brachte ihm keine Besserung. Er blieb stehen, um tief durchzuschnaufen. Alles an diesem Ort roch nach Schwefel. Kein Mensch war mehr unterwegs, selbst vom Nachtwächter fehlte jede Spur. Aus der brodelnden Quelle stiegen Blasen auf, ansonsten war es merkwürdig still.

Totenstill.

Dann ein großer Schatten, dort vorn, in der Dunkelheit! Ein Schreck, so heiß wie das Quellwasser zu seinen Füßen, fuhr van Bouten in die Brust. War das etwa – ein Bandit? Wenn ja, dann wäre es freilich ein wahrer Hüne. Nein, unmöglich, das konnte kein Mensch sein.

Der Schatten bewegte sich, und zwar geradewegs auf ihn zu. Wenn es also kein Mensch war, wer oder was um Himmels willen war es sonst? Ein Ungeheuer? Als das Wesen ein Grollen ausstieß, spürte van Bouten, wie seine Beine weich wurden, und obwohl jede Faser seines Körpers nach Flucht schrie, war er nicht imstande, sich von der Stelle zu rühren. Er stand wie gelähmt, seine Blase entleerte sich.

Das Wesen war jetzt so nah, dass er dessen abscheuliche Fratze erkennen konnte. Dieser Anblick war zu viel für ihn. Nicht einmal ein Schrei wollte ihm über die Lippen kommen, als er zusammensackte.

Ungeduldig wartete Hans auf seine Ablösung. Schon graute der Morgen, und vor dem Tor standen Bauern, die darauf warteten, dass das Tor geöffnet wurde. Einlass durfte ihnen aber erst nach der Dienstübergabe gewährt werden, so gebot es die Vorschrift. Also hörte sich Hans eine Weile das Gemecker der Wartenden an. Endlich aber sah er die Ablösung in Gestalt zweier Kameraden auf sich zueilen.

„Freunde, ihr habt euch aber heute mächtig Zeit gelassen! Habt euch wohl von euren Weibern noch ein bisschen verwöhnen lassen, wie? Hätten die Bauern da draußen einen Rammbock, wär's um das schöne Tor schon längst geschehen!"

Den Ankömmlingen war überhaupt nicht nach Scherzen zumute. Hans blickte in zwei ziemlich verstörte Gesichter.

„Das Tor bleibt vorläufig geschlossen!", behauptete einer der beiden.

„Soll das ein Witz sein?"

„Schön wär's. Sartorius schickt einen Suchtrupp durch die Stadt. Keiner darf heraus, keiner herein, bis der Alte die Suche für beendet erklärt."

„Sei so gut und erklär mir wenigstens, wonach denn eigentlich gesucht wird."

„Das Bahkauv geht wieder um!"

Hans tippte sich an die Stirn. „Wenn ihr einen Deppen braucht, den ihr zum Besten halten wollt, dann sucht euch gefälligst einen anderen."

„Bitterer Ernst, Palmen! Geh ins Grashaus: Sartorius will alle sehen, die in der Nacht Dienst hatten!"

„Aber das Bahkauv ...“

„Geh und frag nicht! Beeil dich, der Alte ist wütend genug!“

Wütend war gar kein Ausdruck für Sartorius’ Gemütsverfassung. Als Hans im Grashaus erschien, standen in der Halle schon alle versammelt, die in der Nacht an den Toren gewacht hatten. Mit hochrotem Kopf lief Sartorius vor ihnen auf und ab und schrie sich die Seele aus dem Leib. So eine steile Zornesfalte hatte Hans selten auf dessen Stirn gesehen. Zum Glück war seine verspätete Ankunft dem Sartorius entgangen, sonst wäre ihm womöglich die ungeteilte Aufmerksamkeit des obersten Büttels zuteil geworden. Und die brauchte niemand.

„Einer von euch schwachsinnigen Holzköpfen muss doch etwas gesehen oder bemerkt haben!“

Dem war offenbar nicht so, denn alle starrten betreten auf ihre Füße.

„Was ist denn überhaupt passiert?“, fragte Hans seinen Nebenmann flüsternd.

„Der flandrische Kaufmann“, kam es leise zurück. „Dem ist’s ergangen wie dem Leffel und dem Maubach. Behauptet er zumindest.“

„Zeugen?“

„Keine!“

„Aber wie ... ich meine, das Bahkauv und der Riese, die sind doch in Arrest?“

Ein Schulterzucken war die Antwort. Allem Anschein nach hatte niemand eine Erklärung für dieses Rätsel. Dem vornehmen Fremden und Freund des Bürgermeisters eine Lüge zu unterstellen, kam schwerlich infrage.

Besonders Albrecht, der alte Nachtwächter, bekam Sartorius’ Unmut zu spüren. Anders als die Torwächter kam er in der Nacht viel umher. Doch wie schon in den vorangegangenen Fällen war er auch diesmal weitab vom Geschehen gewesen, als sich das Untier sein Opfer vornahm. „Warst wohl wieder besoffen?“, schrie Sartorius ihm so heftig ins Gesicht, dass man fürchten musste, sein Atem würde den Alten aus den Stiefeln hebeln. Aber Albrecht blieb stehen und besaß darüber hinaus sogar den Mut, ihm ins Gesicht zu sehen.

„Nein, Herr Sartorius. Ich war so nüchtern, wie man es nur sein kann.“

„Warum zum Henker bist du nie zur Stelle? Du weißt doch ganz genau, dass es am Kolbert schon Vorfälle dieser Art gab.“

„Ich kann nicht überall zugleich sein, Herr Sartorius. Und außerdem ...“, einen Moment lang schien der Nachtwächter abzuwägen, wie weit er es mit seiner tapferen Widerrede treiben konnte, aber dann sprach er aus, was einer von dem jungen Gemüse nie auszusprechen gewagt hätte. „Außerdem musste man davon ausgehen, dass Ihr die Übeltäter längst gefasst hättet, oder etwa nicht?“

Man hätte eine Nadel fallen hören können. Sartorius indessen beließ es dabei, Albrecht mit einem bitterbösen Blick zu bedenken, dann nahm er seinen friedlosen Gang wieder auf. Wo Albrecht recht hatte, da hatte er recht, das musste selbst Sartorius einsehen. Eine Weile fiel diesem nichts anderes ein, als den Versammelten unentwegt Schimpfwörter an die Köpfe zu werfen. Bis Martin Luther den Saal betrat und sich verlegen räusperte.

„Ähm, Herr Sartorius ... Da ist ein Lakai des Bürgermeisters, der Euch zu sprechen wünscht ...“

Der besagte Lakai war dem Luther, ohne eine Aufforderung abzuwarten, in den Saal gefolgt.

„Um die Bevölkerung nicht zu beunruhigen, verlangt der Herr Bürgermeister Berchem, dass Ihr die Stadttore auf der Stelle öffnen lasst, Herr Sartorius!“

Als Berchems Bote glaubte der Bursche offenbar, dass er vor dem obersten Büttel nicht katzbuckeln musste. Hans war gespannt, wie sein Vorgesetzter reagieren würde. An dessen Schläfe pulsierte eine fette Zornesader.

„Ich habe Männer entsandt. Sie durchkämmen die Stadt nach dem Übeltäter. Bis sie ihn gefunden haben, sollten die Tore ..."

„Der Befehl des Herrn Bürgermeisters ist eindeutig, Herr Sartorius. Öffnet die Tore!" Der Lakai ruckte mit dem Kinn. Vermutlich hätte ihm Sartorius liebend gern ins Gemächt getreten, doch er hatte ja schon genug Ärger. Also wies er zähneknirschend einige Männer an, die Öffnung der Stadttore zu veranlassen. Ohnehin, so dachte sich Hans, war es gelinde gesagt einfältig gewesen zu glauben, ein Suchtrupp könnte den Urheber der Tat eben mal ausfindig machen.

„Des Weiteren habt Ihr Euch in einer Stunde im Rathaus einzufinden", fuhr des Bürgermeisters Lakai fort. Unter anderen Umständen hätte Hans diesen Pinsel nicht ausstehen können, aber es gefiel ihm, wie wenig Sartorius seinem Übermut entgegenzusetzen hatte.

„Keine Sorge, ich werde dort sein", brummte er.

„Und zwar pünktlich, wenn ich bitten darf", fügte der Lakai hinzu. Gern hätte Hans ihm frohlockend auf die Schulter geschlagen.

„Was glotzt ihr so dämlich?", fuhr Sartorius die verbliebenen Männer an. „Habt ihr nichts zu tun? Verschwindet! Und wer dienstfrei hat, hält sich gefälligst zur Verfügung, verstanden?"

Hans ging davon aus, dass der Stadt wieder eine turbulente Zeit bevorstand. Und dem Sartorius eine ziemlich ungemütliche Befragung. Aber das geschah ihm nur recht.

17

Obwohl noch früh am Morgen, saß der halbe Rat der Stadt bereits versammelt. Mehrere Dutzend Augenpaare richteten sich auf den obersten Büttel, der erhobenen Hauptes den Ratssaal betrat. Sartorius wusste, dass er sein aufbrausendes Temperament hier im Zaum zu halten hatte. Man würde ihm unbequeme Fragen stellen, nunmehr galt es, wieder den abgeklärten Recken zu geben. Mit ostentativer Gelassenheit setzte er sich auf den Platz, den man ihm wies. Den beiden Bürgermeistern der Stadt, Joachim Berchem und Christian Mees, saß er unmittelbar gegenüber.

Berchem war mit seinen dreiunddreißig Jahren noch erstaunlich jung für einen Bürgermeister in seiner dritten Amtszeit. Während er Sartorius aus schmalen Augen ungeniert musterte, strich er sich durch den sorgsam gepflegten Kinnbart.

„Erfreulich, dass Ihr es einrichten konntet, Sartorius“, begann er mit spöttischem Unterton. Dass Berchem den Sartorius ihn nicht ausstehen konnte, war kein Geheimnis. Es beruhte auf Gegenseitigkeit.

„Alle hier Anwesenden dürften um mein Pflichtbewusstsein wissen“, antwortete der oberste Büttel mit gepresster Stimme.

Darauf ging Berchem nicht ein. Er beugte sich vor. „Fassen wir zusammen: Der flandrische Tuchhändler Henrick van Bouten, derzeit in Aachen rastend, wurde in der Nacht von einem großen, nicht näher zu bestimmendem Tier am Kolbert angegriffen. Van Bouten trug Bisswunden und Prellungen davon. Im Kloster der Elisabethen kümmert man sich inzwischen um den Verletzten. Erst vor Kurzem jedoch erklärtet Ihr, Sartorius, den Fall für beendet, als Ihr nämlich den vermeintlichen Riesen in Haft nahmt und dessen Hund in einen Käfig sperrtet. Jetzt aber müssen wir alle sehen, dass der Spuk kein Ende genommen hat. Habt Ihr eine Erklärung für die Geschehnisse der vergangenen Nacht?"

Verflucht, die hatte er natürlich nicht. Es sei denn, er beschuldigte den Flamen als Lügner. Auch so ein gottverdammter Reformierter, denen war doch alles zuzutrauen! Berchem schien seine Gedanken zu lesen.

„Wüsstet Ihr einen Grund, weshalb ein ehrbarer Händler, ob evangelisch oder katholisch, uns eine Lüge auftischen sollte?"

„Ich kann nicht in die Menschen hineinschauen, Bürgermeister Berchem. Fest steht, dass Herr van Bouten zuvor in der ‚Kette' war. Dort hat er sich den Bauch vermutlich nicht mit Wasser gefüllt."

„Henrick van Bouten ist kein Trunkenbold, Sartorius, sondern ein guter Freund meiner Familie. Deshalb will ich nicht, dass Ihr ihn befragt!"

Gewiss, daher wehte der Wind. Berchem war es peinlich, dass seinem angeblich so guten Freund in Aachen solches Ungemach widerfahren war.

„Wir alle kennen Eure Methoden, Leute zu befragen, Sartorius. Herrn van Bouten werdet Ihr hübsch in Frieden lassen, habt Ihr mich verstanden? Mit ihm könnt Ihr nicht verfahren wie mit dem Rudler."

„Wurde Euer Freund denn seines Geldes beraubt?"

„Das hat Euch nicht zu interessieren. Die Ermittlungen in der Angelegenheit sind nicht Eure Sache."

„Was ist mit den beiden Gefangenen, Sartorius?" Christian Mees, der zweite Bürgermeister, warf diese Frage in den Raum. Auch er blickte auf einige Amtszeiten zurück und galt als erfahrener Mann.

„Was soll mit ihnen sein, Bürgermeister Mees?"

„Nun, Ihr habt doch sicher überprüft, ob sie noch in Gewahrsam sind!"

Und ob er das getan hatte. „Selbstverständlich haben sie den Kerker nicht verlassen. Und auch der Köter hockt noch in seinem Käfig.“ Selbigen hatte Sartorius inzwischen vom Katschhof in den Garten hinter dem Grashaus schaffen lassen. Ohnehin hatten sich die Aachener an der Bestie, die immer mehr zu einem erbarmungswürdigen Wesen verkümmerte, satt gesehen.

„Josef Wiffler, sein Weib und auch die Dogge können die Untat der vergangenen Nacht also schwerlich verübt haben. Wäre da nicht die Annahme schlüssig, dass sie auch mit den früheren Überfällen nichts zu schaffen hatten?“

Sartorius musste den Kopf drehen, um den Sprecher anzusehen. Cornelius, der junge Jesuit, hatte diese Frage in den Raum geworfen. Der fromme Klugscheißer hatte ihm gerade noch gefehlt. Was hatte der hier überhaupt zu suchen?

„Schlüssig wäre das keineswegs, Pater. Ich habe schon Pferde vor einem Apothekenhaus kotzen sehen.“

„Dann seid so gut und begründet mir Eure Zweifel.“

„Es könnte sein, dass sie mit anderen Halunken zusammenarbeiten. Möglich wäre auch, dass sie alles durch Hexerei bewerkstelligten. Wir werden das noch herausfinden.“

„Dagegen protestiere ich!“, rief der Jesuit heftig. „Es gibt keinen Grund, an Hexerei zu denken.“

Hierzu schwiegen die Bürgermeister vorläufig. Unter den versammelten Ratsherren entstand Geraune.

„Ihr seid noch sehr jung, Pater“, sagte Sartorius gönnerhaft. „Das Leben wird Euch noch manche Überraschung bieten, glaubt mir.“

„Erspart mir Eure Weisheiten, Sartorius. In die Seelen von Menschen schaut man nicht, indem man sie auf die Streckbank wirft. Ich habe schon mehr Elend gesehen, als Ihr glauben mögt.“

Sartorius spreizte grinsend die Hände, obwohl er dem Pfaffen am liebsten die Ohren lang gezogen hätte.

„Die Situation hat sich in der Nacht entschieden verändert!", rief Cornelius in die Versammlung. „Deshalb beantrage ich, dass man Josef und Anna Wiffler auf freien Fuß setzt!"

Sartorius sprang auf. „Auf keinen Fall dürfen wir sie freilassen!"

„Setzt Euch wieder", befahl ihm Mees. Dann beriet er sich flüsternd mit seinem Kollegen.

Wenn man den gewesenen Landsknecht und sein Weibsstück freiließ, das wusste Sartorius nur zu gut, dann stand er selbst wie ein Trottel da. Zu seiner Erleichterung verkündete Berchem nach einer Weile: „Die Gefangenen bleiben in Haft, bis der Fall geklärt ist. Was hoffentlich bald geschieht!"

„In diesem Fall", unterdrückter Zorn ließ die Stimme des Jesuiten beben, „in diesem Fall beantrage ich, dass man Josef und Anna Wiffler bis auf Weiteres vor jedweder peinlichen Befragung bewahrt. Ihr werdet zugeben müssen, dass man die beiden nicht länger als hochverdächtig bezeichnen kann."

„Gleichwohl bleiben sie undurchsichtige Gestalten, Pater", erwiderte Mees, um sich darauf ein weiteres Mal mit Berchem zu beraten. Auch die anderen Ratsherren beteiligten sich an der Debatte. Mit mahlenden Kiefern lauschte ihnen Sartorius.

„Es liegt im Wesen der Hexer, dass man sie nicht als solche erkennt!"

„Ihr seid ja ein wahrer Experte, Ellerborn!"

„Das ist keineswegs komisch, Colyn!"

Endlich konnte Berchem verkündigen, worauf man sich geeinigt hatte. „Die Gaukler bleiben in Haft, bis ihre Unschuld gänzlich erwiesen ist. Von einer peinlichen Befragung ist fürs Erste abzusehen."

Für Sartorius war das nur ein halber Sieg; immerhin hatte auch der Pfaffe nicht seinen Willen bekommen.

„Nun wieder zu Euch, Sartorius!“ Er genoss erneut Berchems volle Aufmerksamkeit. „Wie Ihr wisst, kommen viele Auswärtige in die Stadt, um unsere Bäder aufzusuchen. Ein spukendes Untier dürfte sie künftig freilich davon abhalten. Wir können es uns nicht leisten, diese Leute zu vergraulen. Festzustellen bleibt, dass auch Ihr keine echte Erklärung für das neuerliche Auftauchen des ...“, er zögerte kurz, bevor er das Wort aussprach, als wollte er es auf seine Wirkung überprüfen, „... des *Bahkauvs* habt.“

„Nein, Bürgermeister Berchem. Zumindest keine Erklärung, die sich beweisen ließe, da Ihr ein peinliches Verhör der Gaukler ja für überflüssig haltet.“

„Es steht Euch nicht zu, die Entscheidungen des Rates zu kommentieren. Statt dessen solltet Ihr Euch Gedanken machen, wie Ihr Euren Teil zur Aufklärung des Ärgernisses beitragen könnt.“

„Ich werde die Wachen verdoppeln. Am Kolbert wird nachts eine spezielle Wache in Lauerstellung gebracht, angeführt von Melchior, der sich mit der Jagd auf große Tiere auskennt.“

„Oh ja, wir alle kennen seine Heldengeschichten. Eine Falle also?“

„Wenn Ihr es so nennen wollt.“

„Sofern es sich tatsächlich um ein Tier handelt“, warf einer der Ratsherren zweifelnd ein.

„Die Aussagen der Opfer stimmen überein“, klärte ein anderer ihn auf. „Es muss ein großes Tier sein, das dort sein Unwesen treibt.“

„Umso erstaunlicher, dass man es nicht finden kann!“

„Wie auch, wenn es in einer Höhle unter der Stadt haust? Warum steigt Ihr nicht selbst in den Kolbert, um es zu suchen?“

„Bitte, meine Herren, bitte“, mahnte Mees.

„Es könnte ein Bär sein“, wurde gemutmaßt. „Ein Bär ist groß, stark und gewalttätig. Erinnert Ihr Euch an den Bärenbändiger, der vor einigen Wochen in der Stadt auftauchte?“

Jawohl, daran erinnerte man sich. Die Aachener hatten ihn mitsamt seinem bösartigen Bär aus der Stadt gejagt. Denn beinahe hätte sich das angekettete Tier ein allzu neugieriges Kind geschnappt.

Nur dank der Geistesgegenwart der Mutter war es nicht zur Tragödie gekommen: Wie eine Furie hatte sie dem Bären mit ihren Fäusten auf der Nase herumgetrommelt.

„Ihr meint, es könnte ein Racheakt dahinter stecken?“, fragte Berchem nachdenklich.

„Das wäre immerhin denkbar. Unter wüsten Schmähungen wurden sie damals aus der Stadt getrieben. Vielleicht sind sie zurückgekehrt, um Vergeltung zu üben.“

„Wenngleich dann die Frage bliebe, wo sich ein Bär den ganzen Tag über verborgen halten könnte.“

Sartorius merkte spitz an: „Aus diesem Grund schickte ich heute morgen einen Suchtrupp los.“

„Gleichwohl war es überflüssig wie ein Kropf, dass Ihr die Tore geschlossen hieltet. Der Bär wird sich ja wohl kaum im Tageslicht aus der Stadt schleichen.“

Mees machte sich ebenfalls Gedanken über den Bären. „Wüsste man genau, dass er sich derzeit ganz woanders aufhält, dann müsste man diese Möglichkeit nicht weiter in Betracht ziehen.“

Blitzschnell ergriff Sartorius die Gelegenheit, sich einfallsreich und entschlossen zu präsentieren. „Ich sende einen meiner Männer aus, um in Erfahrung zu bringen, wohin der Bändiger mit seinem verdammten Bär gewandert ist. Dann wird sich zeigen, ob seine Spur zurück in die Stadt führt.“

Dagegen erhob niemand Einwände. Diese Maßnahme machte Sinn, auch wenn sie wohl letztlich nur einen Kehrschluss ermöglichte.

„Wir alle sollten mit gutem Beispiel vorangehen und Gelassenheit zeigen!“, hallte Berchems Stimme durch den Ratssaal. „Was wir auf keinen Fall brauchen, ist eine Panik unter den Leuten.“

„Wohl wahr, Bürgermeister Berchem“, pflichtete Sartorius ihm bei. Und mit alter Selbstsicherheit beschloss er, die Bemerkung, die ihm auf der Zunge brannte, nicht für sich zu behalten: „Bislang hat es ja nur einzelne Zecher und Trunkenbolde erwischt. Oh, Euren Freund van Bouten natürlich ausgenommen.“

Er erntete einen bitterbösen Blick.

„Die Sitzung ist beendet, meine Herren!“, verkündete Mees. „Gehen wir nun an unser Tagewerk!“

Alle waren guter Hoffnung, dass die vereinbarten Maßnahmen das leidige Rätsel bald lösen würden.

18

„Aber was machst du denn da, mein Junge?“

„Ich schnüre ein Bündel, Mutter!“

Hans’ Mutter schaute drein, als hätte sie saure Milch getrunken. „Wozu? Wohin gehst du?“

Hans hielt inne und schaute sie mitfühlend an. „Ich werde vermutlich ein paar Tage unterwegs sein, Mutter. Sartorius hat mir einen Auftrag erteilt.“

„Unterwegs? Auftrag? Junge, du kannst mich doch nicht allein lassen.“

Sanft legte er eine Hand auf ihre Wange. „Mutter, eine kurze Zeit wirst du es wohl ohne mich aushalten können.“

„Aber was ist das für ein Auftrag? Du bist doch ein Torwächter und kein Bote.“

Da hatte sie natürlich vollkommen recht, aber hätte er sich etwa weigern sollen? Es gab Kameraden, die beneideten ihn sogar für diesen Auftrag.

„Erinnerst du dich an den Bärenbändiger, Mutter? Den sie aus der Stadt jagten? Sie wollen, dass man ihn sucht.“

„Wozu?“

„Er – vielmehr sein verdammter Bär – könnte hinter den nächtlichen Überfällen stecken.“

„Fluch nicht, mein Junge. Warum ausgerechnet dich? Sie hätten einen anderen nehmen können.“

„Sartorius hat aber *mich* beauftragt.“

Die Mutter schnappte nach Luft und fasste sich ans Herz. „Einen Verbrecher sollst du jagen? Heilige Jungfrau Maria, das kann niemand von dir verlangen. Und nicht von mir.“

„Beruhige dich, Mutter. Ich soll ihn nicht jagen, sondern nur seiner Spur folgen. Ob er wirklich ein Verbrecher ist, weiß niemand zu sagen. Mein Auftrag besteht darin herauszufinden, wo er sich aufhält. Also mach dir keine Sorgen."

„Ich soll mich nicht um dich sorgen? Bei dem Gesindel, das heutzutage an allen Ecken lauert?"

Hans drückte sie fest an sich. „Ich pass gut auf mich auf, Mutter, versprochen. Bist du nicht stolz, dass sie mir diesen Auftrag anvertrauen? Ich bin sozusagen im Auftrag des Rates unterwegs. Sogar die Herren Bürgermeister haben mir die Hand geschüttelt."

„Stolz? Nun ja, ein wenig schon", gab die die Mutter widerwillig zu. „Trotzdem, sie hätten einen anderen nehmen können. Einen, der kein Weib und keine Kinder hat."

„Genau das haben sie getan, Mutter."

„Und wer bin ich? Etwa niemand?"

Hans seufzte. „Du bist meine liebe Mutter. Und in wenigen Tagen siehst du mich wieder, darauf hast du mein Wort."

Nach dem Mittagessen schlich sich Paul zur Kammer der Großmutter, setzte sich zu ihr aufs Bett und nahm ihre kraftlose Hand in seine. Eine halbe Stunde Zeit blieb ihm, bevor ihn der Vater wieder in der Werkstatt erwartete.

„Was bedrückt dich, Junge?", fragte Frau Kalkberner. Sie mochte alt, lahm und blind sein, aber vormachen ließ sie sich nichts. Aber das hatte Paul auch nicht vor, im Gegenteil: Er war gekommen, um sein Herz auszuschütten.

„Ach, Großmutter. Hattest du je das Gefühl, etwas Falsches getan zu haben? Etwas, das sich schwerlich wieder ins Reine bringen lässt?"

„Es gibt wohl niemanden auf der Welt, der dieses Gefühl nicht kennt."

„Aber wenn es um die Leben von Menschen geht ...“ Fröstelnd hielt er inne.

„Erzähl mir davon!“

„Das Bahkauv, oder wie immer man dieses Wesen auch nennen mag, es hat wieder zugeschlagen. Diesmal richtete es einen flandrischen Händler übel zu. Sollte man nicht annehmen, dass diejenigen, die man bis dahin für die Schuldigen hielt und im Kerker des Grashauses schmachten, in Wahrheit mit der ganzen Sache nichts zu tun haben?“

Die Großmutter dachte still darüber nach. „Ja, vielleicht. Aber was hat das mit dir zu tun, Junge?“

Er redete nicht lange um den heißen Brei herum. „*Ich* war es, der zu Sartorius ging und die beiden Gaukler denunzierte. Ich hatte gute Gründe, dies zu tun. Doch jetzt denke ich, dass es ein Fehler war. Möglicherweise habe ich über das Schicksal zweier Unschuldiger entschieden.“

„Weil du daran zweifelst, dass ihnen Gerechtigkeit widerfahren wird.“

„Widerfuhr denn der Kroiseti Gerechtigkeit? Es gibt Menschen, kluge Menschen, die glauben nicht an Hexenwerk.“

„Auch kluge Menschen irren. Das Böse ist in der Welt, man erkennt es nicht an seiner Gestalt. Aber ich verstehe deinen Kummer.“

„Was rätst du mir?“

„Du könntest versuchen, die Wahrheit über das Bahkauv herauszufinden. Dazu gehört natürlich ein bisschen Mut.“ Ihr zahnloser Mund verzog sich zu einem Lächeln. „Es könnte nämlich gefährlich werden, verstehst du?“

„Du glaubst nicht an das Bahkauv, nicht wahr?“

„König Pippin hat es schon vor langer Zeit erlegt, du kennst die Geschichte.“

„Das ist nur ein Märchen, Großmutter. Und selbst wenn es wahr wäre, wer sagt denn, dass die Brut des Ungeheuers nicht die Jahrhunderte in den Höhlen unter der Stadt überlebt haben könnte? Irgendetwas lauert da draußen, so viel steht fest."

„Wie gesagt, ein bisschen Mut gehört dazu, wenn du der Wahrheit auf den Grund gehen willst. Du musst nur den Allmächtigen um seinen Beistand bitten."

Ihr Rat war ebenso einfach wie plausibel. Ja, er durfte nicht in Trägheit erstarren. Er musste selbst tätig werden, wenn er seinen Fehler wiedergutmachen und sein Gewissen besänftigen wollte. Er würde sich auf die Suche machen. Auf die Suche nach dem Bahkauv!

„Ach, Großmutter. Was für ein Glück, dass ich dich habe!"

„Eines hast du mir aber verschwiegen, Junge."

„Ich erzähl dir alles, was du von mir wissen willst."

„Die Wirtstochter – es ist dir nicht gelungen, ihr Herz zu erobern, nicht wahr?"

Oh je. Schon bereute er, sie zu dieser Frage ermuntert zu haben. Magdalenas Ablehnung schmerzte immer noch, auch wenn er sich selbst etwas anderes einreden wollte.

„Sie ist eben sehr wählerisch, Großmutter."

„Gibt es denn einen Erwählten?"

„Nun ja, den Joachim. Obwohl – auch den hat sie vorgestern versetzt."

„Ist Joachim klug?"

„Was soll ich sagen? Wie ein großer Gelehrter gebärdet sich der Schmied normalerweise nicht."

„Siehst du? Darum hat sie ihn versetzt. Frauen wünschen sich kluge Männer."

„Du meinst, wenn ich das Rätsel um das Bahkauv löse, dann schinde ich Eindruck auf sie?"

„Das wirst du dann sehen."

Also gab es einen weiteren Grund, tätig zu werden. Die Großmutter wirkte jetzt müde. Dankbar küsste er sie auf die Wange und ließ sie allein.

Vor Frau Kalkberners Kammer kauerte Trudi.

„Wieder einmal gelauscht, Kröte?"

„Sicher!"

„Und machst dir nicht mal die Mühe, es zu leugnen?"

„Wozu? Ich will dir helfen."

„Wobei?"

„Bei deiner Suche."

„Kommt nicht infrage."

„Du wirst nicht daran vorbeikommen."

„Ach nein?"

„Du wirst Nachforschungen anstellen müssen. Du brauchst einen Schnüffler, eine Spürnase. Allein schaffst du es nicht."

„Und da dachtest du an ..."

„Den Michel und mich, wen sonst? Unsere Dienste sind sogar kostenlos."

„Das ist kein Kinderspiel, Trudi."

„Ein Grund mehr, auf mich zu setzen."

Sie würde nicht lockerlassen. Paul hatte noch keinen Schimmer, mit welchen Mitteln er der Sache auf den Grund gehen sollte, aber er musste zugeben, dass Trudi und der gerissene Michel ihm durchaus nützlich sein konnten.

„Allerdings bestehe ich darauf, dass ihr euch keiner Gefahr aussetzt, ihr beiden Wagehälse."

„Selbstverständlich nicht, das würden wir doch niemals tun. Also ist es abgemacht?" Grinsend streckte sie ihm die Hand entgegen. Paul ergriff sie.

„Na schön. Aber jetzt entschuldige mich, du Plagegeist. Der Vater ist sicher schon ungeduldig."

Etwas wollte sie ihm aber mit auf den Weg geben. „Augenblick noch, großer Bruder."

Fragend hob er die Augenbrauen.

„Unsere Großmutter ist einzigartig, nicht wahr? Kennst du einen liebenswürdigeren Menschen? Sie hat dich gut beraten, finde ich. Nur in einem Punkt liegt sie weit daneben."

„Behalt's lieber für dich, Kröte."

„Von wegen! Hör mir gut zu: Die Magdalena wünscht sich keinen klugen Mann. Sein Geisteszustand ist ihr egal, sogar sein Aussehen, Hauptsache, er macht ihr teure Geschenke. Sie ist habgierig wie ein Schacherer."

„Wenn du das sagst, muss es wohl stimmen. Ich weiß nicht, was du damals mit den Blumen angestellt hast, die ich der Magdalena gab, aber ..."

„Lass uns nicht mehr davon sprechen. Nur noch dies: Ihre Schwester Katharina ist viel liebenswerter."

„Das sagtest du schon."

„Und hässlich ist sie auch nicht. Was um alles in der Welt zieht euch Männer zu dieser Ziege Magdalena?"

„Eifersüchtig?"

Trudi winkte seufzend ab. „Hoffnungslos. Ab in die Werkstatt mit dir! Und heute Abend treffen wir uns zu einer Lagebesprechung."

Joachim traute seinen Augen nicht. Aber sie war es, sie stand tatsächlich dort im Torbogen seiner Schmiede: Magdalena! Bis zu diesem Augenblick war er nur wütend und enttäuscht gewesen, wenn er an sie dachte, aber jetzt, wo sie leibhaftig vor ihm stand, machte sein Herz einen Sprung. Verlegen senkte sie den Blick vor ihm. Herrgott, konnte es sein, dass sie *noch* schöner geworden war?

„Bist du mir noch böse, Jo?", fragte sie gedehnt.

Wie hätte er das sein können? Hastig legte er den Hammer beiseite, ließ das glühende Eisen im Feuer liegen, und trat ihr mit offenen Armen entgegen.

Sie rümpfte die Nase, und erst jetzt wurde ihm bewusst, dass er mit entblößtem, schweißglänzendem Oberkörper vor ihr stand. „Oh, verzeih!“ Er ließ die Arme wieder sinken.

Eine Weile herrschte Schweigen zwischen ihnen.

„Vorgestern, da wollte ich doch nur prüfen, ob du eifersüchtig bist“, behauptete Magdalena dann einigermaßen zerknirscht. „Ich wollte dich nicht mit diesem Flamen betrügen, Ehrenwort. Er bedeutet mir nichts.“

„Dann darf ich annehmen, dass ich die Prüfung bestanden habe?“, fragte er hoffnungsvoll.

Mit einem Lächeln schob sie sich eine Haarsträhne aus dem Gesicht. „Ja, du hast sie bestanden, Liebster.“ Plötzlich flog ein Schatten über ihr Gesicht. „Sag mir nur eines: Hast du den Flamen in der Nacht überfallen?“

„Sehe ich denn aus wie das Bahkauv? Nein, meine Teure, das war ich nicht. Das darfst du mir gern glauben.“

Sie nickte knapp; beinahe hätte man den Eindruck gewinnen können, sie habe sich etwas anderes gewünscht.

„Wie geht es dem Kerl eigentlich?“, fragte Joachim. „Ist er immer noch bei den Elisabethen?“

„Heute Morgen ist er wieder abgereist. So schwer kann er also nicht verletzt gewesen sein.“

Joachim verkniff sich die Frage, woher sie das wusste, da van Bouten ihr doch angeblich nichts bedeutete. Aber er wollte es sich nicht schon wieder mit ihr verscherzen. Hauptsache, der Kerl war fort. Hoffentlich gab es auch in Köln eine Art Bahkauv, das ihm endgültig den Garaus machte.

„Verflucht heiß hier“, klagte Magdalena und wedelte mit einer Hand vor ihrem Mund.

„Nun ja, das ist wohl so in einer Schmiede. Wenn du willst, meine Teure, treffen wir uns bald an einem gemütlicheren Ort. Außerdem habe ich ein Geschenk für dich. Ich bin froh, dass ich es nicht vergebens gekauft habe."

Sie strahlte ihn an. So sehr, dass er sich zu fragen begann, ob er ihr nicht zu viel versprochen hatte. Denn das Kupferarmband, das er noch vor ihrem Streit für sie erworben hatte, war nicht gerade ein Vermögen wert.

„Nur eine Kleinigkeit", stellte er deshalb klar, „aber es ist ja auch nur ein Anfang. Wenn du mich heiraten willst, Magdalena, dann werde ich dich mit Gold behängen."

„Wir werden sehen", erwiderte sie unverbindlich, aber dass Joachims Versprechen ihr gefiel, stand ihr deutlich ins Gesicht geschrieben.

19

Vichttal bei Stolberg

Der Einsiedler Johannes Vercken hatte gehofft, dass Elsa Kratz nicht wieder bei ihm aufkreuzen würde. Womöglich bereute sie ja die törichte Drohung, die sie unlängst an ihn gerichtet hatte, vielleicht war sie zwischenzeitlich zur Besinnung gekommen. Nicht, dass sich Johannes vor dem Tod gefürchtet hätte. Aber in einem Ketzerfeuer wollte er lieber doch nicht enden, das wäre ihm wie blanker Hohn erschienen. Er hatte in seinem Leben schwere Sünden begangen, die er aufrichtig bereute, und er wusste, dass allein Gottes Gnade ihn davon freimachen konnte.

Johannes' Hoffnung währte nicht lange. Eines Mittags, er saß betend vor seiner Hütte, sah er Elsa erneut auf sich zuschreiten. Schon von Weitem vermochte er in ihre Augen zu sehen. Seltsam: Zuletzt war ihr Blick noch voller Zorn gewesen, heute indessen schien sie zufrieden mit sich und der Welt zu sein. Ja, es machte den Anschein, als sei sie vernünftig geworden, als wären ihr die lästerlichen Worte, die ihm um manche Stunde Schlaf gebracht hatten, niemals über die Lippen gekommen.

Stehend erwartete er ihre Ankunft. Als sie ihm gegenüberstand, lächelten sie einander zu. „Du wirst immer magerer, mein Liebster", lauteten Elsas Begrüßungsworte.

„Nicht Milch und Honig fließen hier." Er ersparte ihr die Bemerkung, dass sie selbst einem Gespenst glich. Tief lagen ihre Augen in dunklen Höhlen. Und dennoch wirkte sie auf seltsame Weise fröhlich.

„Wie geht es deinem Mann?", fragte er ein wenig hilflos.

„Vielleicht ein Jahr noch, oder ein halbes, dann hat er sich tot gesoffen. Aber sprechen wir nicht über Konrad“, winkte sie ab. „Auch über meine Kinder, Gott hab sie selig, müssen wir heute nicht sprechen; alles ist gesagt. Ich bin gekommen, um dir zu danken, Johannes.“

„Da gibt es nichts, wofür du mir danken müsstest, Elsa.“

„Es ist wahr, ich sollte mich erst dann bedanken, wenn das Werk vollendet ist. Es ist ja alles nur der Anfang, nicht wahr? Ha, ein Untier! Ich hätte an einen Brand gedacht, an eine Pest oder ein Beben. Ich gebe zu, dein Einfall hat mich beeindruckt.“

Verständnislos sah er sie an. Brach wieder der Wahnsinn in ihr durch?

„Angst ist böser als ein verlorenes Heim oder ein schmerzhafter Aussatz“, fuhr sie fort. „Doch du solltest zusehen, dass nicht nur Trunkenbolde Opfer des Untiers werden. Sie alle sollen leiden, *alle!* Warum lässt du nicht noch welche sterben, Johannes? Sie haben es verdient!“

„Es tut mir leid, Elsa, aber ich weiß nicht, wovon du da sprichst.“ Langsam sank er auf die Bank zurück.

Sie legte den Kopf schief und sah zu ihm hinab. „Oh, du musst dich nicht verstellen, mein Liebster, wir beide hatten doch eine Vereinbarung. Vergib mir, dass ich dir mit dem Hexenrichter drohte, aber ich wollte, dass du mich ernst nimmst.“

„Ich nehme dich ernst“, erwiderte er tonlos. Im Stillen bat er Gott um Vergebung für diese Lüge.

„Wirst du mir verraten, wie du es angestellt hast?“

„Was angestellt?“

„Das Untier! Aus welchen Tiefen hast du es hervorgezaubert? Ist es ein Geschöpf des Teufels? Hast du einen Pakt mit ihm geschlossen?“

„Wir Zauberer haben unsere Geheimnisse, Elsa. Dafür hast du doch Verständnis?“

Sie nickte nachsichtig. „Gewiss.“ Sie trat näher, beugte sich zu ihm hinab und küsste ihn auf den Mund. „Ein letzter Kuss aus Dankbarkeit, ich verspreche es. Jetzt freue ich mich auf weitere Nachrichten aus der Stadt.“

Sie ging wieder fort. Johannes unterließ es, ihr hinterherzublicken, sondern starrte auf die zitternden Hände in seinem Schoß.

Im Grunde betrachtete Hans seinen Auftrag als Ausflug, der ihm ein wenig Abwechslung verschaffte. Selten genug kam er aus der Stadt heraus, nie konnte er der erdrückenden Gegenwart seiner fürsorglichen Mutter entrinnen. Auch Sartorius' blasierte Fresse musste er eine Zeit lang nicht sehen. Nur einen Menschen gab es, den er wirklich vermisste.

Der Bärenbändiger interessierte Hans nicht die Bohne. Nach seiner Rückkehr würde er behaupten, seine Spur habe sich bereits hinter Stolberg verloren. Ausgestattet mit einer Handvoll Talern beabsichtigte er, sich ein paar schöne Tage zu machen und die Wirtshäuser der weiteren Umgebung zu erkunden.

Ungewohnt war allerdings das Reiten. Hans war kein besonders guter Reiter, was vor allem daran lag, dass er selten die Gelegenheit dazu bekam. Immerhin, der behäbige Gaul, den man ihm zur Verfügung gestellt hatte, machte ihm keine Schwierigkeiten. Weder Reiter noch Pferd hatten es sonderlich eilig. Sorgen bereitete Hans allenfalls sein Hintern, der schon nach kurzer Zeit wund wurde. So musste er eben häufiger aus dem Sattel steigen und irgendwo ein Nickerchen einlegen, aber das war ja eher als weitere Annehmlichkeit zu betrachten. Das Waldstück, durch das er gerade ritt, lud ihn förmlich zu einer solchen Rast ein. Heiß brannte die Sonne vom Himmel, und die Eiche dort hinter der Wegbiegung versprach kühlenden Schatten. Kurz darauf lag er rücklings unter der ausladenden Krone des Baumes, die Hände unter dem Kopf verschränkt, im Mund einen Grashalm; der Gaul graste friedlich in der Nähe. Ja, so ließ es sich leben! Fehlte nur noch die Tochter des Wirts an seiner Seite. Doch die Vögel sangen von ihr, man musste es nur glauben. Hans schloss die Augen und summte ein Lied aus Kindertagen. Bis er Schritte hörte.

Als er aufblickte, sah er eine Frau, die nur wenige Schritte entfernt stehen geblieben war, um ihn mit kühlem Befremden zu mustern. Dürr und verwahrlost kam sie ihm vor. Möglich, dass sie einmal ein hübsches Ding gewesen war, dachte sich Hans, wie seine Mutter. Jetzt aber war diese Schönheit dahin. So war halt das Leben.

„Gott zum Gruß, gute Frau. Habt Ihr vielleicht einen Bärenbändiger gesehen?“

Hans fand es amüsant, diese Frage zu stellen.

„Ich kenne dich“, sagte die Frau mit heiserer Stimme. „Du kommst aus Aachen!“

Ihm fielen die ausgewiesenen Protestanten ein, die sich bei Stolberg niedergelassen hatten und den Aachener Kupfermeistern inzwischen ordentlich Konkurrenz machten. Vielleicht war sie ja eine Dienstmagd dieser Leute. Erinnern konnte er sich nicht an sie, doch sie sich umgekehrt wohl an ihn.

„Bin der Sohn meiner Eltern“, grinste Hans, aber die Frau fand diese Erklärung alles andere als lustig. Ihr Blick schien ihm etwas irre zu sein, sodass er sich wünschte, sie würde ihren Weg endlich fortsetzen. Stattdessen kam sie jedoch näher, blieb unmittelbar vor ihm stehen, zog die Nase hoch und spuckte ihm mitten ins Gesicht!

Hans setzte sich erschrocken auf und rieb sich den Speichel aus den Augen. „Wäre es möglich, dass Ihr mich verwechselt, gute Frau?“, fragte er verdattert.

„Nicht, wenn du aus Aachen kommst!“

„Es ist wahr, dort lebe ich, aber ...“

„Verwünscht sei diese Stadt, Fluch über sie!“, schrie sie ihn an. Hans fürchtete schon, sie könnte noch weitere Geschütze auffahren, aber so plötzlich, wie sie gekommen war, stapfte sie wieder davon und verschwand hinter der Wegbiegung.

„Verrücktes Weibsbild“, brummte Hans, der allmählich wieder klar sehen konnte. Der Gaul blickte kauend zu ihm herüber und erweckte den Anschein, als käme auch ihm das Geschehene recht befremdlich vor.

Seufzend erhob sich Hans, klopfte sich den Wams sauber und beschloss seinerseits, von hier zu verschwinden, bevor das wild gewordene Weib auf die Idee kam, noch einmal zurückzukehren.

Kaum eine halbe Stunde war Elsa fort, als Johannes Vercken auf der Anhöhe den Reiter bemerkte. Wie ein Mehlsack kauerte dieser im Sattel, was vermuten ließ, dass er nicht allzu häufig ritt. Als er der Hütte ansichtig wurde, änderte er die Richtung und lenkte seinen schwerfälligen Gaul umständlich den Hang hinab. Johannes sah, dass der Reiter noch recht jung war.

„Gott zum Gruß, guter Mann“, begrüßte ihn freundlich der Jüngling, nachdem er den Gaul unmittelbar vor seiner Bank zum Stehen gebracht hatte. „Um Vergebung, aber mich plagt großer Durst. Wasser gibt es ja reichlich in diesem Wald, aber vielleicht hättet Ihr ja einen Schluck Wein, äh ...“ Er stockte, weil er merkte, dass Johannes ihn anstarrte wie eine Erscheinung.

„Wer bist du?“, fragte der Einsiedler mit brüchiger Stimme.

„Der Sohn meiner Eltern“, kam es mit gequältem Lächeln zurück.

„Und wie heißen sie, deine Eltern?“

Der junge Mann kratzte sich unbehaglich am Kinn. „Peter und Maria Palmen. Kennt Ihr sie? Nur, mein Vater ist schon tot ...“

Johannes gab ihm keine Antwort.

Der Bursche seufzte. „Erstickt an einem Hühnerknochen. Was soll man machen ...“

Johannes blieb stumm.

„Tja. Ich will dann mal weiter reiten“, sagte der Bursche, sein Pferd wendend. Johannes hörte noch die Worte, die er sich selbst zuraunte: „Man sollte es das Tal der Verrückten nennen.“

20

Es war Pauls eigener Wunsch, den beiden Menschen, die seinetwegen im Kerker schmachteten, reuig gegenüberzutreten. Er hatte er sich geschworen, alles daranzusetzen, ihre Unschuld zu beweisen. Es würde weiß Gott keine angenehme Begegnung sein, aber da musste er durch, sofern er sein Gesicht jemals wieder im Spiegel betrachten wollte. Trudi ermunterte ihn zu diesem Schritt und lobte ihn für sein Rückgrat.

„Als ob ich bislang keines gehabt hätte“, beklagte er sich.

„Bis jetzt warst du zu langweilig, um wirklich Rückgrat zu entwickeln, großer Bruder.“

„Altkluge Göre!“

„Die Katharina hätte ihre helle Freude an dir.“

Zu den Gefangenen also! Das Problem bestand bloß darin, dass man ihm keinen Besuch gestatten würde. Andererseits gab es wenig, was sich nicht durch eine kleine Bestechung regeln ließ. Zuversichtlich machte er sich auf den Weg zum Grashaus.

„Zum Halunkenpärchen?“, fragte Martin Luther ihn dort ungläubig. „Das kann nicht dein Ernst sein.“

„Führst du mich zu ihnen?“

Luther tippte sich an die Stirn. „Du hast vielleicht Nerven. Sartorius würde mich ...“

„... an den Eiern aufhängen! Ja, das habe ich auch schon gehört. Scheint die bevorzugte Strafe für nichtsnutzige Büttel zu sein.“

„Na also. Wozu reden wir dann noch?“

Paul griff in seine Hosentasche und holte eine weiße Perle hervor, die er dem Büttel auf seiner ausgestreckten Hand präsentierte. Luthers Augen begannen zu glänzen.

„Die ist echt!“, verkündete Paul mit Nachdruck, um jeden Zweifel auszuräumen. „Dafür kriegst du schon ein paar harte Taler.“ Die erlauchte Frau Klöcker würde es bestimmt nicht merken, dass an ihrer neuen Halskette eine Perle fehlte.

„Was hast du mit den beiden überhaupt zu schaffen?“, fragte Luther zögernd.

„Geht dich nichts an. Lässt du mich nun zu ihnen?“

Luther schaute verstohlen in alle Richtungen, bevor er nach der Perle greifen wollte. Aber Paul schloss rasch die Hand darum und schüttelte den Kopf. „Bezahlung erfolgt hinterher!“

„Kein Sterbenswörtchen zu irgendwem darüber, verstanden? Musst aber warten, bis der Pfaffe mit ihnen fertig ist.“

„Der Paffe?“

„Pater Cornelius, der Jesuit. Unsere beiden Halunken haben einen Narren an ihm gefressen. Jeden Tag kommt er her, um mit ihnen zu beten.“

„Kann ja nicht schaden.“

„Ich glaube, er hält sie für unschuldig. – Du auch?“

„Natürlich nicht. Es muss ein ganzes Rudel von Untieren in den Höhlen unter der Stadt hausen.“

Luther blinzelte ihn an. „Meinst du wirklich?“

„Würde was drauf wetten.“

„Kein beruhigender Gedanke, was?“

„Ach woher. Unsere tüchtige Stadtwache wird schon leicht mit dieser Brut fertig.“

Luther blinzelte immer noch und fragte sich wohl, ob er gerade zum Besten gehalten wurde. „Warte hier!“, befahl er dem jungen Goldschmied. „Ich hol jetzt den Pater ab. Stell dich solange in die Ecke dort und rühr dich nicht vom Fleck!“

Als er kurz darauf wieder erschien, folgte ihm der Jesuit, der nachdenklich vor sich hinstarrte, ohne Paul wahrzunehmen. Schweigend führte Luther den Pater hinaus. Zurückgekehrt, gab er Paul einen Wink, sich an seine Fersen zu heften.

Die Luft in dem finsteren Kellergeschoss war kaum zu atmen, aber Paul riss sich zusammen. Vor der Verliestür angekommen, sagte Luther eindringlich: „Sie sind festgekettet, aber du wirst ihnen nicht zu nahe treten, verstanden? Du hast nicht viel Zeit, also fass dich kurz!"

Pauls Herz pochte heftig, als er eintrat. Hinter ihm fiel die Tür wieder laut ins Schloss. Zwei erbarmungswürdige Gestalten kauerten an der Wand.

„Josef und Anna Wiffler?" Eine dümmliche Frage, aber Paul wusste nicht, wie er beginnen sollte, obwohl er unermüdlich darüber nachgedacht hatte.

„Und wer zum Henker bist du, Jüngling?", fragte Josef.

Paul schluckte und nannte seinen Namen.

„Na gut. Und was weiter, Paul Kalkberner?", forschte Josef missmutig. Was verständlich war, denn die Nerven der Gefangenen mussten blank liegen.

„Ich bin der", begann Paul tief durchatmend, „dem ihr das hier zu verdanken habt."

Josef und Anna sahen sich an. „Und dann wagt er es, uns unter die Augen zu treten?", fragte Josef mehr erstaunt als verärgert.

„Ich habe eine jüngere Schwester. Die fand heraus, dass ihr in Wahrheit zwei seid. Aber sie wollte nicht, dass ich das anzeige, Ehrenwort. Es ist allein meine Schuld, dass man euch einkerkerte. Ich hielt euch für Betrüger, und euer Hund, nun ja ... Mit dem Bahkauv habt ihr nichts zu tun, habe ich recht?"

„Wenn es dieses gottverdammte Viech wirklich gibt", zischte Josef, „dann hoffe ich, dass es euch alle verschlingt!"

„Hör jetzt auf, ihn zu beschimpfen, Josef", sagte Anna beschwichtigend, „er ist wohl kaum gekommen, um uns zu verhöhnen."

„Nein? Weshalb ist er dann gekommen?"

Paul biss sich auf die Unterlippe. „Ich will mich entschuldigen, auch wenn mir bewusst ist, dass euch das im Augenblick herzlich wenig nützt."

„Ja, das sehe ich auch so. Einen Scheißdreck ist deine Entschuldigung wert, Paul Kalkberner."

„Wäre es möglich, dass euch jemand etwas in die Schuhe schieben will? Ich meine ... kennt ihr Leute, die euch Übles wollen?"

„Wenn Ihr wollt, Herr Inquisitor, schreibe ich sie alle auf eine Liste. Und Euren Namen ganz oben!"

Paul rieb sich die Stirn. Josefs Spott war verständlich, auch wenn er schmerzte. „Ich ... ich verspreche, alles zu unternehmen, damit ihr bald wieder auf freiem Fuß seid."

„Was du nicht sagst. Ist dein Vater vielleicht einer der Bürgermeister? Ein Ratsherr? Richter? Schöffe?"

„Er ist ein Goldschmied, so wie ich", musste Paul kleinlaut zugeben.

Josef lachte hohl. „Ah, ein Goldschmied. Wie gut, das hilft uns weiter. Wirst du so freundlich sein und ein goldenes Grabkreuz für uns schmieden? Vorausgesetzt natürlich, sie verbrennen uns nicht und verstreuen unsere Asche in alle Winde."

„Bitte, Josef. Du bringst ihn in Verlegenheit." Diese Anna hatte offenbar ein riesiges Herz.

„Tatsächlich? Das tut mir leid. Bitte vergib mir, Paul Kalkberner. Vergib mir, dass ich dich in Verlegenheit brachte."

„Ich ... ich verspreche euch ..."

„Ja, das sagtest du schon. Ich will dir mal was sagen, junger Goldschmied: Für Gott und unseren Glauben bin ich zum Krüppel geworden. Eine Kanonenkugel der verdammten Protestanten zerfetzte mir die Beine, und in meinen Fingern wütet die Gicht wie ein nie erlöschendes Feuer. Der Tag ist nicht mehr fern, an dem ich nicht einmal mehr alleine pinkeln kann. Die letzte Zeit meines armseligen Lebens hätte ich mit meiner Anna lieber anderswo verbracht als in diesem elenden Rattenloch. Trotzdem ist es sehr freundlich, dass du mal vorbei geschaut hast. Und jetzt geh mir gefälligst aus den Augen."

Paul öffnete den Mund, um etwas zu sagen, brachte aber keinen Laut hervor. Ohnehin war Luther wieder an der Tür erschienen. „Das reicht", verkündete er.

„Warte!", rief Anna. „Paul, wirst du dafür sorgen, dass unser armer Spanier ab und an ein Stückchen Fleisch bekommt?"

Luther lachte. „Sie meint den Riesenköter."

„Ich sorge dafür", versprach Paul, bevor er sich mit Luther vor der Verliestür wiederfand.

„Das Viech wird einen Brocken Fleisch gut vertragen können", erklärte der Büttel, „man kann inzwischen schon alle Knochen an ihm zählen. – Die Perle!" Er streckte die Hand aus. Wortlos überreichte ihm Paul die Bestechungsgabe.

„Und jetzt sieh zu, dass du von hier verschwindest. Ich habe keine Lust, dem Sartorius deine Gegenwart erklären zu müssen!"

Er verließ das Grashaus keinen Augenblick zu früh, denn beinahe wäre er dem Sartorius noch in die Arme gelaufen. Glücklicherweise beachtete dieser ihn nicht, weil seine Aufmerksamkeit allein dem klapperdürren Mann galt, den er unsanft vor sich her stieß: Hiob! Zwei von Sartorius' Hellebarden tragenden Männern bildeten die Nachhut, bereit, den selbsternannten Propheten wieder einzufangen, falls dieser auf die dumme

Idee käme, Reißaus zu nehmen. Eine Gruppe Schaulustiger war ihnen gefolgt und verharrte am Straßenrand.

„Der Drache spie einen Strom von heißem Wasser aus!“, krächzte Hiob.

Sartorius trat ihm in den Hintern. „Du kriegst gleich einen Drachen von mir! Ich ersäufe dich eigenhändig im heißen Wasser, du lästerliches Schandmaul!“

Nachdem sie im Grashaus verschwunden waren, entstanden unter den Zuschauern lebhafte Diskussionen. Paul erkannte Katharinas Lockenkopf in der Menge, und er gestand sich ein, dass ihr Anblick ihn keineswegs kalt ließ. Durch die Menge wühlte er sich zu ihr hindurch.

„Was hat denn der verrückte Hiob verbrochen?“, wollte er von ihr wissen.

Sie lächelte ihm traurig zu. „Eigentlich hat er nichts anderes getan als sonst, er hat eine Predigt gehalten. Nur sind die Aachener derzeit nicht gut auf Drachen, Ungeheuer und zehnköpfige Tiere zu sprechen, fürchte ich. Das fand wohl auch Sartorius, denn plötzlich erschien er mit seinen Lakaien und nahm den Ärmsten mitten auf dem Marktplatz fest.“

„Einfach so?“

„Sartorius muss immer zeigen, dass er handelt und alles im Griff hat!“

„Aber er denkt doch nicht allen Ernstes, dass Hiob hinter dem Bahkauv steckt?“

„Ich weiß nicht, was Sartorius denkt. Aber die Leute bekommen es allmählich mit der Angst zu tun, Paul. Vorhin hörte ich, wie jemand den Hiob beschuldigte, das Unheil mit seinen düsteren Prophezeiungen heraufbeschworen zu haben. – Habe ich dich übrigens nicht gerade aus dem Grashaus kommen sehen?“

Er druckste herum. „Na ja ...“

Sie wollte ihren fragenden Blick einfach nicht von ihm nehmen. „Bitte erzähl es niemandem. Ich war bei den beiden Gefangenen."

„Du warst ...?"

„Psst. Ich ... nun ja, sie tun mir eben leid, und irgendwie glaube ich an ihre Unschuld. Da habe ich ihnen versprochen, mich um ihren Hund zu kümmern." Das entsprach zumindest teilweise der Wahrheit, wenn er auch sein schlechtes Gewissen mit keinem Wort erwähnt hatte. Denn was hätte Katharina, die das Wesen eines sanften Lamms besaß, über einen gemeinen Denunzianten denken sollen?

Die Wirtstochter musterte ihn argwöhnisch. „Und sie haben dich zu ihnen gelassen?"

„Eine kleine Bestechung war schon nötig."

Ihr bohrender Blick schmerzte ihn förmlich, aber endlich lächelte sie wieder. „Du hast ein gutes Herz, Paul. Aber das ist nichts Neues für mich."

Plötzlich verspürte er das heftige Bedürfnis, sie zu küssen. Wie eine Naturgewalt überwältigte es ihn, und ohne auf die palavernden Menschen ringsum zu achten, trat er direkt vor sie hin, nahm ihren Kopf zwischen seine Hände, und küsste sie auf den Mund. Das war ihm noch nie passiert.

Katharina berührte die Stelle, die gerade noch seine Lippen berührt hatten, mit einer Fingerkuppe, als wollte sie sich vergewissern, dass sie nicht träumte.

„Entschuldige", stammelte Paul, der nicht wusste, welcher Teufel ihn da geritten hatte.

„Du musst dich nicht entschuldigen", lautete ihre gehauchte Antwort.

Den Umstehenden schien die kleine Romanze entgangen zu sein; vielleicht war sie ihnen aber auch egal, denn die sensationelle Gefangennahme des Hiob bestimmte weiter ihre erregten Gespräche.

„Wir sehen uns", verabschiedete sich Paul, der im Augenblick nichts anderes zu sagen wusste.

„Ja, wir sehen uns!", sagte Katharina.

Den Rest des Tages verbrachte er damit, unentwegt an sie zu denken. Noch abends, im Bett, glaubte er den süßen Geschmack ihrer weichen Lippen zu spüren.

Einmal mehr hatte Trudi, diese eigenwillige kleine Hexe, Recht behalten.

21

Tante Luise hatte den Schmerz über den Verlust des Gatten noch längst nicht überwunden. Immer wieder schnäuzte sie in ein Tuch, während ihr dicke Tränen über die Wangen rollten. Paul fragte sich, ob es nicht taktlos von ihm war, einfach bei ihr aufzukreuzen und sie über den armen Ulrich zu befragen, der vermutlich schon vor seinem höchsten Richter stand. Andererseits musste es auch im Interesse der Tante liegen, das Rätsel um das Bahkauv, das den Oheim buchstäblich zu Tode erschreckt hatte, endlich zu lösen.

„Er hatte mir Besserung gelobt", beteuerte Tante Luise, „und wahrhaftig, mit einem Mal trank er weniger. Er schämte sich, dass sein eigener Neffe ihn hatte aushalten müssen. Ach, Paul, er war dir ja so dankbar."

„Bitte, Tante ..."

„Es waren ruchlose Schelme wie Gotthard Leffel, die ihm zum Verhängnis wurden. Sie füllten ihn mit Schnaps ab und nahmen ihn dann aus wie eine Mastgans."

Verständlich, dass Tante Luise die Schuld für die Laster ihres Gatten bei anderen suchte. Aber ganz Unrecht hatte sie damit nicht. Ohnehin hatte Paul sich vorgenommen, jenem Leffel, der behauptete, von dem Untier angefallen worden zu sein, einen Besuch abzustatten. Zuvor jedoch würde er noch Leffels Kumpan Sigmund aufsuchen.

„Eines wüsste ich noch gern, Tante: Trug der Oheim Geld bei sich, als er ...", betroffen senkte Paul die Stimme, „als er von seinem letzten Wirtshausbesuch heimkehrte?"

Die Tante dachte darüber nach. „Nicht, dass ich wüsste. An diesem Abend hat er, wie ich annehme, seine

Zeche selbst bezahlt, es sei denn, du musstest ihm wieder ..."

„Nein, Tante, seid unbesorgt: Er spielte nicht, weder mit Würfeln noch mit Karten, und überhaupt schien er sich unter Kontrolle zu haben."

Er wartete, bis sich Tante Luise von einem neuerlichen Weinkrampf erholt hatte. Währenddessen versuchte er, sich den Abend noch einmal ins Gedächtnis zurückzurufen. Gewisse Erinnerungslücken ließen sich nicht leugnen.

„Sagt, Tante ... ich weiß, es ist nicht leicht, aber lasst uns noch einmal über dieses Ungeheuer sprechen."

„Ich hätte es niemals der Kaußen anvertrauen sollen, diesem alten Klatschweib. Nun aber ist allen das Lachen gründlich vergangen, was?"

„Ja, Tante. Nun ist es ihnen vergangen."

„Ach, mein armer, armer Ulrich."

„Versucht Euch zu erinnern, Tante: Hat er wirklich kein Wort darüber verloren, wie das Ungeheuer aussah?"

„Dazu war er viel zu verstört. Aber dich, Junge, dich wollte er sehen!"

„Ja, ich weiß, Tante." Es blieb Paul ein Rätsel, warum der Oheim diesen Wunsch gehegt hatte.

„Mein Ulrich war ein guter Mensch, trotz seiner Untugenden."

„Gewiss, gewiss."

„Warum forschst du in dieser Angelegenheit, Junge?"

„Weil sie mir keine Ruhe lässt. Ich glaube, dass ich dies dem Oheim schuldig bin."

„Bist ein guter Junge. Aber weder mir noch meinem verschiedenen Gatten bist du etwas schuldig, im Gegenteil. Sartorius war auch schon bei mir. Jesus und Maria, dieser Mensch ist noch unangenehmer, als man erzählt."

„Die Herren Bürgermeister machen ihm gehörig Dampf, das macht ihn noch garstiger."

„Was ist mit den beiden Gauklern, die sie eingekerkert haben?"

Paul seufzte leise. „Das wird sich zeigen."

„Sie sollen brennen", sagte Tante Luise mit plötzlicher Heftigkeit.

Von seiner Tante würde er wohl nichts mehr erfahren, was ihm weiterhalf. Sie tat ihm leid, und er nahm sich vor, sie künftig zu unterstützen. Zum Abschied küsste er sie auf die Wange, die salzig schmeckte von ihren Tränen.

Auf also zu den Leinewebern. Zuerst Sigmund, dann Leffel.

Das Gespräch mit Sigmund verlief wenig aufschlussreich und ließ keine weiteren Rückschlüsse auf das Wesen des Bahkauvs zu. Immerhin bestätigte Sigmund ihm widerwillig, was für ein krummer Hund der Leffel sei. Paul war immer wieder erstaunt, was die Nennung eines einzigen Namens zu bewirken vermochte: Nein, einer Befragung durch Sartorius wollte der Leineweber Sigmund unter allen Umständen entgehen.

Weiter ging's.

Die verlotterte Frau des Leinewebers Gotthard Leffel öffnete Paul auf sein Klopfen hin die Tür. Sie wirkte übernächtigt und sah ihn abweisend an. Paul stellte sich vor und fragte höflich, ob es möglich sei, mit ihrem Gatten zu sprechen.

„Wozu?", verlangte sie barsch von ihm zu wissen.

„Das will ich ihm schon selbst sagen, gute Frau."

„Er hat seit Wochen kaum den Mund aufgetan. Weshalb sollte er ausgerechnet mit dir sprechen?"

„Weil ich das Bahkauv jage", gab er sich wichtigtuerisch.

Ihr Misstrauen wuchs. „Schickt dich der Herr Sartorius?"

Die schweren Geschütze wollte sich Paul noch aufheben. „Nein, aber ..."

„Dann verschwinde!"

Mit seinem Fuß verhinderte er, dass sie ihm die Pforte vor der Nase zuschlug. Ihre Augen sprühten Funken.

„Ich möchte mit Eurem Gatten sprechen", wiederholte er leise, aber eindringlich. „Vielleicht erspart Euch mein Erscheinen ja weitere Besuche des Herrn Sartorius."

Unwillig gab Leffels Frau nach und führte ihn in eine düstere, stickige Kammer, wo ein abgezehrter Leffel rücklings auf dem Bett lag und Löcher in die Luft starrte.

„Erinnert Ihr Euch an mich?", fragte Paul, weil Leffel keine Anstalten machte, ihm Aufmerksamkeit zu schenken. „Ich bin Ulrich Maubachs Neffe Paul. Ich war es, der die Schulden meines Oheims übernahm und Euch das Geld gab."

Tatsächlich wandte ihm Leffel nun sein ausdrucksloses Gesicht zu.

„Meinem Oheim widerfuhr später Ähnliches wie Euch. Auf dem Heimweg wurde er von einem Ungeheuer angegriffen. Aber das wisst Ihr ja sicher."

Leffel blickte wieder zur Decke.

„Es muss ein fürchterlicher Anblick gewesen sein. Einer, den man sein Leben lang nicht vergisst. Mein armer Oheim hat ihn dann auch nicht lange überlebt."

„Was willst du von ihm?", sagte Leffels Frau grantig. „Du siehst doch, wie krank er ist."

Paul ignorierte sie.

„Vorhin habe ich mit Eurem Zechkumpan und Zunftgenossen Sigmund gesprochen, Leffel. Von ihm weiß ich, dass Ihr beim Spiel gezinkte Würfel benutzt."

„Sigmund ist ein Schwätzer!“, antwortete Frau Leffel anstelle ihres Mannes.

„Was haltet Ihr davon, Leffel: Ich sorge dafür, dass man Euch ins Loch wirft! Das ergaunerte Geld werdet Ihr der Witwe meines Oheims bis auf den letzten Heller zurückzahlen müssen. Wenn Ihr Glück habt, belässt der Richter es dann bei ein paar Stockhieben.“

„Lass ihn endlich in Ruhe!“, kam es nunmehr flehend aus dem Mund der Gattin.

„Das werde ich tun, sobald er mir einige Fragen beantwortet hat! Mehr noch, ich werde sogar darauf verzichten, Euren Gatten anzuzeigen, wenn er mit mir spricht.“

„Gütiger Himmel, Gotthard, so mach doch endlich deinen Mund auf!“, schalt ihn die Gattin.

„Raus!“, befahl ihr Leffel mit heiserer Stimme. Verdutzt sah sie ihn an.

„Raus!“, brüllte er.

Nachdem sie gegangen war, brummte Leffel, ohne dem jungen Goldschmied ins Gesicht zu schauen: „Was willst du von mir, Kalkberner?“

Mit Genugtuung nahm Paul seine plötzliche Gesprächsbereitschaft zur Kenntnis. „Wie sehr die Aussicht auf Gerechtigkeit einen Spitzbuben doch verängstigen kann.“

„Leck mich. Was willst du wissen?“

„Was geschah mit dem Geld, das ich Euch gab? Ihr müsst es bei Euch getragen haben, als das Bahkauv Euch angriff.“

„Es ist fort.“

„Soll das heißen, das Bahkauv habe Euch bestohlen?“

„Schwer vorstellbar, dass ein Ungeheuer etwas mit Geldmünzen anfangen kann. Wer würde ihm etwas verkaufen wollen?“

„Wie witzig."
„Es ist mir ernst, verdammt."
„Was ist also mit dem Geld geschehen?"
„Was weiß ich? Der Geldbeutel muss in den Kolbert gefallen sein." Er presste die Lippen zusammen, als gruselte ihn die Erinnerung daran.
„Das Geld ist fort?"
„So weit waren wir doch schon, oder nicht?"
Paul war geneigt, ihm zu glauben, dass er das Geld nicht mehr besaß.
„Sonst noch Fragen?" Leffel massierte sich mühsam die Stirn.
„Das Untier – wie sah es aus?"
Leffel wandte den Kopf ab.
„Was ist, Leffel? Jetzt wieder der Schweigsame?"
„Verstehst du denn nicht, dass ich das verdammte Monstrum vergessen will? Ich schlafe keine Nacht mehr, bin nur noch Haut und Knochen, wie du siehst. Ich will nicht mehr darüber reden, Herrgott nochmal."
„Reden oder Richter!", drohte Paul. „Wie sah es aus?"
„Ich hatte nicht die Muße, es gründlich zu betrachten, verdammt. Ich hatte furchtbare Angst! Außerdem war mir übel und schwindlig."
„An irgendetwas müsst Ihr Euch doch erinnern, wenn Ihr es nicht mehr aus Eurem Kopf bekommt!"
„An dolchartige Zähne ... ein stinkendes Fell ... riesige Pranken! Reicht das?"
„Welchem Wesen glich es am ehesten? Einem Wolf? Einem Ochsen? Oder einem riesigen Kalb, wie in den alten Geschichten? Was würdet Ihr sagen?"
„Hast du vielleicht schon einmal einen Ochsen oder ein Kalb mit dolchartigen Zähnen gesehen?"
„Ein Wolf also?"
„Kein Wolf, nein."
„Sondern?"

„Gütiger Gott, ich habe keine Ahnung! Ein Bär! Ja, am ehesten glich es wohl einem Bären. Aber glaub mir, es war kein verdammter Bär! Würdest du mich jetzt endlich in Frieden lassen?“

Na schön. Leffels Furcht war echt. Und sie war immens, daran zweifelte Paul nicht länger. Was immer Leffel seinerzeit auch heimgesucht hatte, es musste sich um eine Strafe Gottes handeln.

Als Paul grübelnd heimkehrte, war er im Grunde kaum klüger als zuvor.

Einmal mehr war Matthias Kalkberner mehr wütend auf seinen Sohn. „Wo hast du gesteckt?“, fuhr er ihn an, als dieser die Werkstatt betrat.

„Ich musste das Armband für die Frau Fiebus abliefern, das weißt du doch, Vater.“

„Die Frau Fiebus wohnt am Krichelenturm. Es ist mir neu, dass man dafür mehrere Stunden benötigt.“

Natürlich war es völlig ausgeschlossen, den Vater in die Sache einzuweihen. Matthias Kalkberner würde kein Verständnis haben, wenn es darum ging, die Unschuld zweier Gaukler zu beweisen, die überdies katholisch waren. Künftig würde Paul eine Ausrede parat haben müssen, wenn er in dieser Angelegenheit unterwegs war. Und auch jetzt beharrte der Vater auf einer Erklärung.

„Nun? Willst du mir die Wahrheit sagen oder mir eine Lüge auftischen?“

Paul entschied sich für eine Lüge. Wenngleich er sich im Stillen wünschte, es wäre keine. „Ich ... habe mich mit einem Mädchen getroffen, Vater.“ Zugegeben, das war nicht die beste aller Ausreden.

„Bist du wieder verliebt?“, stöhnte der alte Kalkberner. „Oder noch immer? Sag mir nicht, dass es diese Wirtstochter ist.“

„Schon, aber ... es ist nicht die Magdalena. Es ist die Stillere von den beiden. Ich könnte mir vorstellen, dass du ..."

„Was?"

„Dass du sie mögen würdest."

„Sie ist doch katholisch, oder etwa nicht?"

„Und wenn sie evangelisch wäre?"

Dem Vater stand nicht der Sinn nach solchen Debatten. „Geh gefälligst an deinen Platz. Die verlorene Zeit wirst du brav nacharbeiten."

Paul wiederum war nicht nach Streiten zumute, auch wenn die neuerliche Bevormundung ihm gehörig auf den Geist ging. Diesen Kampf würde er ein anderes Mal fortführen. Wenigstens konnte er während der Arbeit noch einmal in Ruhe über alles nachdenken, was er heute gehört und erfahren hatte.

Im Schneidersitz saß Paul auf seinem Bett, als Trudi die Kammer betrat. Er hatte sie bereits erwartet.

„Stimmt das?", fragte sie ihn erwartungsvoll, indem sie sich zu ihm setzte.

„Stimmt *was?*"

„Du und Katharina – geschieht da etwas zwischen euch beiden?"

„Wieder an der Werkstatttür gelauscht?"

„Nö. Der Michel hat euch nur gestern beim Grashaus gesehen. Du hast ihr einen Kuss gegeben."

„Gibt es eigentlich etwas, das dem Michel entgeht?"

„Warum fragst du ihn das nicht selbst?"

Sie trat an die geöffnete Dachluke und stieß einen hellen Pfiff aus. Kurz darauf hangelte sich der Sohn des Apothekers ins Innere, als sei dies die selbstverständlichste Sache der Welt.

„Wunderschönen Abend wünsche ich", sagte er mit einem breiten Grinsen.

„Was willst du eigentlich einmal werden?“, fragte ihn Paul. „Apotheker oder Tunichtgut?“

„Muss ich diese Entscheidung schon jetzt fällen?“

„Wir müssen reden“, unterbrach Trudi ihr Geplänkel mit ungewohntem Ernst. „Was hast du heute herausgefunden, Paul?“

„Wenig. Tante Luise hat fast nur geweint. Was dem armen Oheim tatsächlich widerfuhr, werden wir möglicherweise nie erfahren.“

„Und ob wir das erfahren werden“, entgegnete Michel selbstbewusst.

„Weißt du vielleicht mehr, du vorwitziger Winzling?“

„Noch nicht. Aber der Tag wird kommen.“

„Weiter“, drängte Trudi. „Warst du bei den Leinwebern?“

Paul erzählte ihnen, was er von Sigmund und Leffel gehört hatte.

„Soso, ein Bär“, dachte Michel laut nach. „Das ist doch immerhin eine Auskunft.“

„Du denkst an den Bären, den sie mitsamt seinem Herrn aus der Stadt gejagt haben?“, forschte Trudi.

„Ich denke gar nichts“, widersprach Michel orakelhaft.

„Der Leffel war sich da keineswegs sicher“, gab Paul zu bedenken. „Noch heute scheißt er sich vor Angst in die Hosen, wenn er an die Begegnung denkt. Außerdem ist der Bärenbändiger über alle Berge. Das weiß ich von meinem Freund Hans Palmen.“

„Wie sollen wir jetzt weiter vorgehen? Wegen uns schmachten Anna und Josef im Loch. Was tun wir als Nächstes?“ Trudi steckte voll ungeduldigem Tatendrang.

„Wenn ihr mich fragt – vorläufig nichts!“, lautete Michels überraschende Antwort.

„Nichts?“ Selbst Paul war verwundert, dass dem pfiffigen Burschen die Ideen auszugehen schienen.

„Wieso nichts?“, fragte Trudi fassungslos.

Ungefragt setzte sich Michel zu den beiden Geschwistern aufs Bett. „Ich fürchte“, holte er aus, „wir können das Rätsel um das Bahkauv erst lösen, wenn es wieder zuschlägt. Das wird vorerst aber nicht geschehen, denn es ist ein offenes Geheimnis, dass neuerdings Melchior und seine Männer auf der Lauer liegen.“

„Dem Bahkauv könnte das entgangen sein“, meinte Trudi.

„Das bezweifle ich. Aber wir werden sehen.“

„Unser kleiner Generalissimus ist also der Meinung, wir sollten *nichts* tun.“

Michel ließ sich von Paul nicht herausfordern. „Wir warten. Das ist etwas völlig anderes. Irgendwann, wenn lange nichts mehr geschehen ist, werden sie den Melchior wieder von seinem Posten abziehen. Das ist so sicher wie das Amen in der Kirche.“

Trudi missfiel dieser Vorschlag. „Und was ist mit Anna, Josef und Spanier?“

„Für den Überfall auf van Bouten kann man sie kaum zur Rechenschaft ziehen, denn das würde die Gemüter nicht beruhigen. Das Bahkauv ist noch nicht gefangen, selbst einer wie Sartorius muss das einsehen,es sei denn, sie machen jetzt den Hiob zum Sündenbock. Aber das wäre mehr als lächerlich, findet ihr nicht?“

Trudi nickte nachdenklich.

Michels Schlussfolgerungen waren nicht neu, aber aus dem Mund dieses findigen Halbwüchsigen klangen sie noch plausibler, gestand sich Paul ein. Kein Wunder, dass Trudi den Burschen so sehr mochte.

„Na schön. Sie werden den Melchior und seine Männer also irgendwann abziehen. Und was machen wir dann, Generalissimus?“

„Dann werden wir wieder aktiv."
„Aha, aha. Und wie?"
„Oh, ich habe da schon einen Plan im Hinterkopf."
„Darauf würde ich wetten."
Trudis Enttäuschung war rasch wieder verflogen. „Michels Pläne sind unübertrefflich", belehrte sie den Bruder.
„Ebenso wie seine Dienste als Spion, nicht wahr?"
Michel grinste. „Du meinst, weil ich dich mit der Katharina sah? Oh, das war nur Zufall, ich war gerade in der Nähe. Und dass du sie geküsst hast, wäre mir fast entgangen, so schnell ging das. Natürlich bleibt das alles unter uns."
„Wozu? Die ganze Stadt soll es ruhig wissen", fand Trudi. „Ich bin ja heilfroh, dass mein Herr Bruder endlich zur Vernunft gekommen ist. Katharina ist das richtige Mädchen für ihn."
Paul hielt es für angebracht, sich von den beiden jungen Klugscheißern nicht länger am Nasenring herumführen zu lassen. „Welches Mädchen das richtige für mich ist, entscheide ich letztlich immer noch selbst, kapiert?"
„Kapiert!", kam es unisono zurück.
„Gut. Sonst noch was? Michel, bis auf den Kuss ist dir nichts Besonderes aufgefallen?"
„Das würde ich so nicht behaupten. Nur weiß ich es noch nicht einzuordnen." Offenbar gefiel es dem Apothekersohn, sich geheimnisvoll zu geben.
„Was du nicht sagst, Michel. In diesem Fall schlage ich vor, dass wir alle schlafen gehen. Zu planen gibt es ja demnach vorläufig nichts mehr. Herrgott, in eurem Alter lag ich zu dieser späten Stunde schon im Tiefschlaf."
„Das liegt ja auch schon viele Jahrzehnte zurück", höhnte Trudi.

„Na los, Kröte, nimm Abschied von deinem Liebsten, bevor am Ende noch der Vater hier erscheint. Dann nämlich gibt es Ärger für uns alle."

„Keine Sorge, ich bin schon weg." Michel ging zur Dachluke und warf Trudi eine Kusshand zu. Und war im nächsten Augenblick verschwunden.

„Unglaublich, dieses Kerlchen", murmelte Paul.

„Nicht wahr?", strahlte Trudi.

„Ab jetzt in deine Kammer."

Sie schlurfte zur Tür, hielt aber noch einmal inne. „Paul?"

„Mh?"

„Ich meinte es ernst: Die Katharina und du ..."

„Ins Bett mit dir, husch, husch!"

Trudi gehorchte. Paul streckte sich aus und erwartete eine Gedankenflut, die ihn hoffentlich nicht ganz um den Schlaf bringen würde.

22

Vichttal bei Stolberg, drei Monate später ...
Schon begann die Welt, die Farben des Herbstes anzunehmen, als Johannes Vercken den Tod nahen spürte. Über Tag hatte er eine zunehmende Enge in seiner Brust verspürt, und nun, da er auf seiner Strohmatte ruhte und der Nacht entgegensah, glaubte er sein Herz von einer heißen Glut umfangen. Er wusste, den Morgen würde er nicht mehr erleben. Der Herrgott hatte entschieden, ihn den Weg allen Fleisches gehen zu lassen. Draußen hatte heftiger Sturmregen eingesetzt.

Es war Johannes recht, dass es nun mit ihm zu Ende ging. Er fürchtete sich nicht vor dem Tod. Die letzten Jahre hatte er damit verbracht, seine Sünden zu bereuen. Und der Herrgott war barmherzig. Wenn die Sonne aufging, wäre sein irdisches Leben vergangen. Vielleicht würde es Elsa sein, die ihn in seiner Hütte fand. Vor wenigen Tagen war sie wieder bei ihm gewesen und hatte ihm gedroht.

„Warum hörst du auf mit deinem Zauber?“, hatte sie ihn gefragt.

Darauf hatte er ihr keine Antwort zu geben gewusst.

„Glaub bloß nicht, dass dein Werk vollendet wäre“, fuhr sie wütend fort, „so leicht kommen sie mir nicht davon. Und du auch nicht, mein Liebster.“

„Was soll ich tun?“, fragte er in der Hoffnung, endlich die Gedanken ihres kranken Geistes nachempfinden zu können.

„Das Untier – lass es wieder frei!“

„Es ist müde, das Untier. Sehr müde, Elsa. Es muss sich erholen und neue Kräfte schöpfen.“

„Es ist ein Geschöpf der Hölle! Lass es wieder frei, sonst findest du dich vor einem Hexenrichter wieder.“

Die arme Elsa. Was für ein Hass in ihrer Seele tobte. Vermutlich war sie selbst das Opfer eines bösen Zaubers geworden. Umso mehr war ihre Drohung ernst zu nehmen. Die Welt war voll von Hexen und Zauberern, zumindest voller Menschen, die das glaubten. Der nahende Tod entband Johannes von der Notwendigkeit, sich Gedanken darüber zu machen, wie er solchen Anschuldigungen künftig begegnen sollte. Der Herrgott ließ ihn einen ganz anderen Feuertod sterben; es war, als läge sein Herz in einem Kohlebecken und würde von der Hitze allmählich verzehrt. Das bisschen Odem, das seine Lungen noch erreichte, versorgte ihn nicht mit Leben.

Vor einigen Wochen hatte Johannes begriffen, dass sich der Kreis des Lebens für ihn zu schließen begann: als nämlich der junge, fremde Reiter vor seiner Hütte erschienen war und ihn um einen Trank bat. Sein Gesicht war ihm bekannt vorgekommen, zumal es Ähnlichkeiten mit den Zügen seiner Mutter aufwies: Maria Palmen.

Maria zählte zu den vielen Sünden seiner Vergangenheit. Ein hoffnungsloser Schürzenjäger war Johannes gewesen, und seine Eroberungen hatten sich keineswegs auf Elsa Kratz und Maria Palmen beschränkt. Auf die Frauen hatte er eine unwiderstehliche Anziehungskraft ausgeübt. Dass sie alle verheiratet gewesen waren, hatte der sündigen Sache sogar einen gewissen Reiz verliehen. Meistens waren seine Liebschaften geheim geblieben, nur Marias Mann Peter hatte eines Tages Lunte gerochen.

An Maria erinnerte er sich gut, eine äußerst hübsche Frau mit dunklem Haar und hellen, großen Augen. Johannes fragte sich, wie sie wohl heute aussähe. Er erinnerte sich auch, wie sehr sie an ihrem kleinen Sohn, Hänschen, gehangen hatte, jenem durstigen Reiter von zuletzt. Er war ihr Ein und Alles gewesen. Ihren Mann dagegen, Peter, einen Torwächter, hatte sie gering geachtet. Wenn er nicht Dienst schob, soff er, und wenn er nicht soff, schob er Dienst. Ein unverbesserlicher Trunkenbold. Überhaupt, viele von Johannes' Liebschaften hatten einen Trunkenbold zum Mann gehabt – was mochte das bedeuten? Hatten die Frauen in Johannes einen Retter gesehen? Einen, der sie aus ihrem beklagenswerten Leben zu reißen vermochte? Wie erhaben er sich doch gefühlt hatte. Was für ein Hochmut!

Doch nun war es vorbei. Er hatte die Zeit genutzt, um seine Untaten zu bereuen, immerhin. Vor allem die *eine* Untat, die bis heute ungesühnt geblieben war. Alle Welt dachte, der betrunkene Peter Palmen sei an einem Hühnerknochen erstickt. In Wirklichkeit hatte Johannes ihn im Streit erschlagen!

Peter hatte damals Verdacht geschöpft. So sehr hatte er seinen Verstand doch nicht versoffen, dass ihm Marias Untreue nicht aufgefallen wäre. Also lauerte er seinem Nebenbuhler eines Nachts auf. Johannes, noch an einem Hühnerbein nagend, kam gerade aus der „Glocke", einem Wirtshaus am Fischmarkt. Peter trat vor ihn hin und begann, ihn mit erhobener Faust zu beschimpfen. Damit hatte Johannes nicht gerechnet, war es ihm doch stets gelungen, seine Liebschaften geheim zu halten. Er beschloss, den Wüterich zu ignorieren und geradewegs an ihm vorbeizuschreiten, doch Peter versperrte ihm den Weg und schlug ihm ins Gesicht.

Johannes sah sich um; es war später Abend, niemand war unterwegs. Zunächst versuchte er es mit Beschwichtigung, doch Peter ließ ihn nicht zu Wort kommen und wurde nur noch zorniger. Als er wiederum auf ihn einzuprügeln begann, verlor Johannes die Beherrschung. Sein Kinnhaken traf Peter nicht sonderlich hart. Dennoch stürzte dieser um wie ein gefällter Baum und blieb reglos liegen, die Augen starr in den Nachthimmel gerichtet.

Gütiger Gott, er war tot! Beim Sturz musste er sich das Genick gebrochen haben. Siedend heiß durchfuhr es Johannes. Er war zum Mörder geworden.

Sein Blick fiel auf das abgenagte Hühnerbein, das ihm aus der Hand gefallen war. Er griff nach dem Knochen und steckte ihn dem Toten durch den Mund in den Hals. Ein Genickbruch geschah meist durch fremdes Zutun, an einem Knochen aber erstickte man durch eigenes Unvermögen, und Peter wäre weiß Gott nicht der erste Betrunkene, dem dieses lächerliche Schicksal widerfuhr.

Rasch verschwand Johannes vom Ort seiner Untat, die ihn bis zu seinem Lebensende, das ihm heute bevorstand, verfolgen würde. Erstaunlicherweise war nie jemand auf den Gedanken gekommen, dass Peter Palmen auf völlig andere Weise zu Tode gekommen sein könnte.

Aber Gott ließ sich nicht hinters Licht führen. Schon vor langer Zeit hatte Johannes dies begriffen. Nun fühlte er sich bereit, vor seinen höchsten Richter zu treten. Nicht nur für sich selbst erhoffte er Gottes Erbarmen, auch für die rachsüchtige Elsa Kratz und ihren nichtsnutzigen Ehemann; für Maria Palmen, die er einst zur Witwe gemacht hatte; für Marias Sohn, dessen Erscheinen ihm wie ein prophetischer Fingerzeig Gottes erschienen war; für alle, die er jemals gekränkt, verletzt oder beleidigt hatte.

Dann lauschte er noch eine Weile dem Regen und dem Sturm. Der brennende Schmerz in seiner Brust ließ plötzlich nach; zugleich aber merkte er, wie das Leben unaufhaltsam aus ihm wich und seine Seele sich bereit machte, den Körper zu verlassen.

Ja, Johannes Vercken war bereit für den Tod.

23

Aachen, am Kolbert ...

Der Regensturm, der am frühen Abend eingesetzt hatte, wollte nicht mehr aufhören. Er kündete endgültig von der Ankunft des Herbstes, nachdem die vergangenen Tage noch einmal sommerlich mild gewesen waren. Die Männer in ihren Verstecken froren und fluchten. Tröstlich war ihnen allein der Gedanke, dass dies ihre letzte Wache an diesem verwunschenen Ort sein würde. Nachdem sich das Untier seit Wochen nicht mehr gezeigt hatte, war vom Stadtrat der Beschluss gefasst worden, die aufwendige Suche nach ihm einzustellen. Um welches Wesen es sich auch immer handelte, vermutlich war es längst über alle Berge. Oder es hatte sich wieder in die unergründlichen Tiefen der Erde zurückgezogen, wo es hoffentlich für die nächsten hundert Jahre bleiben würde. Nicht immer, so spotteten Scherzbolde, sei gerade ein Held wie König Pippin zur Stelle, der dem schlechten Betragen des Ungeheuers beizukommen wisse. Nur diese eine Nacht noch, dann konnte man es getrost vergessen. Vielleicht steckte letztlich doch das im Loch schmachtende Halunkenpaar hinter allem.

Auch Hans Palmen gehörte dem Trupp an, der diesen letzten Dienst übernommen hatte. Gemeinsam mit Martin Luther, den er leiden konnte wie ein Geschwür, sowie dem Tierfänger Melchior, der soeben zum siebzigsten Mal erzählte, wie er seinerzeit dem legendären Auerochsen den Garaus gemacht hatte, hockte er im Kellergewölbe eines dreigeschossigen Hauses. Ein Weinhändler hatte hier unten sein Lager. Eine kleine Rampe führte zu einer breiten Pforte hinauf, dem Zugang für die Lieferanten. Durch eine Luke ließ sich von dort aus das Geschehen da draußen bequem verfolgen, ohne selbst gesehen zu werden. Diese Aufgabe hatte Hans freiwillig übernommen, während die beiden anderen plauderten und sich aus einem Weinfass zu bedienten. Zu sehen waren draußen freilich nur eine Wand aus Regen und wabernder Dunst über dem Kolbert. Außerdem pfiff der Wind durch alle Ritzen, sodass Melchior sich mehrmals gezwungen sah, seine Auerochsengeschichte wegen eines Fluches zu unterbrechen.

„Himmelherrgott nochmal! Das ist ja ein Wetter für eine alte Hure, die tausend Freier vergiftet hat!"

„Da wünscht man sich den wärmenden Leib eines Weibes", sagte Luther. Offenbar wollte er die Gelegenheit nutzen, den Tierfänger von seinen ermüdenden Geschichten abzulenken.

„Das Sauwetter erinnert mich an eine Wolfsjagd anno '80", erwiderte Melchior.

„Eine wie die Magdalena, die müsste jetzt hier sein", beharrte Luther. „Ha, da wüsste ich genau, was ich mit ihr anstellen würde."

„Der Joachim Schwartz würde dir auf der Stelle den Hals umdrehen", sah sich Hans genötigt, an dem Gespräch teilzuhaben.

„Du passt gefälligst auf!", befahl ihm Melchior nachdrücklich. „Es war ein Rudel von mindestens zwanzig Tieren!"

„Was denn?", zeigte sich Luther verwundert. „Die Magdalena und der Grobschmied sind immer noch ein Paar?"

Hans' Blick blieb auf den Kolbert gerichtet. „Warum denn nicht?"

„Man hört ja, dass sie ein launisches Ding ist!"

„Ab und zu streiten sie sich, aber dann vertragen sie sich wieder. Mit kleinen Geschenken lässt sich Magdalenas Laune schnell wieder heben."

„Der Leitwolf war fast so groß wie die Dogge des Halunkenpärchens“, erinnerte sich Melchior.

„Das glaubst du ja selbst nicht. Selbst ein Wolf wird nicht so groß wie dieser Köter.“ Luther bereute den Einwand, sobald er ausgesprochen war. „Glaubst du, dass die beiden bald heiraten werden?“, wandte er sich wieder dem Hans zu.

„Woher soll ich das wissen?“

„Immerhin weißt du ja auch, dass sie sich streiten und vertragen.“

„Ich schwör's bei der Seele meiner Großmutter – er war so groß!“, beteuerte Melchior.

Hans erinnerte sich an die ersten Nächte, als man hier auf das Erscheinen des Untiers gewartet hatte. Seinerzeit waren alle Beteiligten äußerst angespannt gewesen, und auch der abgeklärte Melchior wäre im Traum nicht auf die Idee gekommen, sich die Zeit mit Geplauder zu vertreiben, geschweige denn zuzulassen, dass jemand anders nur den Mund aufmachte. Jetzt aber rechnete selbst er nicht mehr damit, dass das Untier noch auftauchte.

Wie die anderen saß auch Melchior nur noch seinen Dienst ab.

Zwei weitere dreiköpfige Trupps waren in den benachbarten Gebäuden postiert. Es stand zu vermuten, dass sich auch diese Männer gerade über Weiber, Wein und andere erfreuliche Dinge unterhielten, um über die Unbilden der hässlichen Nacht hinwegzusehen. Für den Fall der Sichtung des Untiers hatte Melchior einen akribischen Plan ausgearbeitet. Mit Lichtzeichen und Signalen würden sich die Trupps verständigen, bevor hernach alles blitzschnell geschehen musste. Für das Untier durfte es kein Entkommen geben. Nur: Melchiors Plan, so perfekt er auch sein mochte, war vergebliche Liebesmüh gewesen.

„Magdalenas Schwester ist auch nicht zu verachten“, meinte Luther. „Die ist doch noch zu haben, oder?“

„Sie hat ein Auge auf meinen Freund Paul Kalkberner geworfen“, antwortete Hans zögernd. „Auch von ihr lässt du mal schön die Pfoten.“

„Was, sie hat sich in den Goldschmied verguckt?“ Luther stieß ein hohles Lachen aus.

„Und was ist daran so witzig?“, brummte Hans.

„Seltsamer Vogel, der Kalkberner. Mit dem Halunkenpärchen scheint er auf gutem Fuß zu stehen.“

„Wieso?“

„Weil er sie letztens in ihrem Loch besucht hat.“

„Er hat sie besucht?“

Luther schlug sich eine Hand vor den Mund. „Vergiss es einfach.“

„Wölfe sind heimtückische Schurken“, stellte Melchior klar.

„Er hat sie besucht?“, fragte Hans ein zweites Mal.

„Habe Stillschweigen gelobt.“

Hans starrte in die Nacht. Plötzlich glaubte er, dort eine Bewegung wahrzunehmen. Im Dunst, der über dem Kolbert hing, sah er für den Bruchteil eines Augenblicks einen großen Schatten. Hans versteifte sich. Hatte er sich geirrt? Ja, vermutlich hatten ihm seine Sinne einen Streich gespielt.

„Verstehe einer die Weiber“, sagte Luther mit einem Seufzen.

Melchior pflichtete ihm bei. „Sie sind unberechenbarer als tragende Wildsäue.“

Da war er wieder, der Schatten.

Hans mochte es kaum glauben, aber er sah ein großes Wesen auf vier Beinen. „Verdammt“, sagte er mit gepresster Stimme.

Melchior horchte auf. „Was ist?“

„Am Kolbert ...“ Hans zögerte. Auf keinen Fall wollte er sich lächerlich machen. Doch der Schemen war immer noch dort.

Schon stand Melchior neben ihm und schob ihn beiseite. „Lass mich mal gucken“, knurrte er. Was er sah, ließ auch ihn stutzig werden. „Heiliger Georg, da ist es! Das gottverfluchte Mistviech!“

Seine Fassungslosigkeit währte nur kurz, denn flugs erwachte sein Jagdinstinkt. „Luther, die Laterne, mach schon! Gib den anderen das Zeichen! Palmen, hurtig, bring mir meine Partisane!“

Mit weichen Knien holte Hans die Waffe herbei, von der man geglaubt hatte, man würde sie nicht mehr benötigen. Entschlossen packte Melchior sie am Schaft. „Ihr wisst, was zu tun ist?“, fragte er die jüngeren Gefährten beschwörend.

Hans und Luther nickten stumm. Gemeinsam hielten sie ein gewaltiges Netz in ihren Händen. Viele Stunden hatte Melchior damit verbracht, ihnen den Umgang damit beizubringen.

„Auf dann, raus mit euch! Sartorius wird seine helle Freude an uns haben, wenn wir es zur Strecke bringen!“

Kalt prasselte der Regen auf sie hinab. Musste der Himmel ausgerechnet heute all seine Schleusen öffnen? Melchior aber war in seinem Element. Die Männer der beiden anderen Trupps eilten ebenfalls herbei, vier trugen Netze, zwei hielten Langspieße. Sie wirkten ängstlich bis ernst; keiner hatte mehr mit einem Einsatz gerechnet. Resolut erteilte Melchior ihnen Anweisungen.

„Am Kolbert, seht ihr es? Wir kreisen es ein! Rechnet mit heftiger Gegenwehr, wenn es im Netz zappelt. Verliert dann um Himmels willen nicht die Nerven!“

Die Männer schwärmten aus. Oft genug war diese Vorgehensweise abgesprochen worden. Melchior selbst blieb dicht hinter Hans und Luther, die langsam voranschritten. Der Schemen aber war im Dunst jetzt nicht mehr auszumachen.

„Vielleicht ist es in die Quelle abgetaucht“, flüsterte Luther, der seine Beunruhigung nur schwer verbergen konnte.

„Klappe halten“, zischte Melchior. „Es ist noch da, ich kann es geradezu riechen.“

Hans’ Blick blieb starr nach vorn gerichtet. Er war vom Regen durchnässt bis auf die Knochen, aber das war das kleinere Übel. Was zur Hölle lauerte dort in der Finsternis?

„Seht ihr? Da ist es wieder.“ Melchior mochte nicht mehr der Jüngste sein, aber seine Augen waren die eines Jägers. Und tatsächlich: Erneut zeichneten sich die Umrisse eines großen Tieres ab. Nur noch wenige Schritte trennten die Männer von der Kreatur. Hans hörte sein eigenes Herz laut klopfen.

Melchior flüsterte: „Stehen bleiben! Nicht bewegen. Auf mein Kommando warten.“

Hätte Hans einen Wunsch frei gehabt, so hätte dieser wohl gelautet, im nächsten Augenblick aus einem schlechten Traum zu erwachen. Dem Luther ging es anscheinend noch schlimmer, denn man hörte seine Zähne klappern. Der Schatten des Tieres war bislang bewegungslos geblieben, und Hans hegte die stille Hoffnung, es könnte sich nur um eine Skulptur handeln. Zu seinem Entsetzen aber begann sich die Skulptur jetzt zu bewegen, und zwar geradewegs auf sie zu.

„Macht euch bereit“, raunte Melchior ihnen zu. Immer noch fehlte jede Spur von Furcht in seiner Stimme. Tapfer war er ja, der Schwafler.

Sagte man nicht dem Teufel nach, er habe einen Pferdefuß? Jedenfalls ließen die lauter werdenden Tritte des Tieres an das Geklapper von Hufen denken. Hans spürte, wie sich seine Magenwände zusammenzogen. Gleiches galt wohl auch für Luther, der sich schwallartig erbrach.

„Idiot", schalt ihn Melchior. Erstmals wirkte auch er entsetzt, denn zweifellos war das Untier jetzt auf sie aufmerksam worden: Es stieß ein ohrenbetäubendes Brüllen aus.

„Zum Angriff!" Melchiors Ruf hallte durch die Nacht. Die Männer eilten herbei, Kampfschreie auf ihren Lippen, womit sie vermutlich ihrer eigenen Furcht ein Schnippchen schlagen wollten. Das Brüllen des Tieres aber vermochten sie nicht zu übertönen, es musste in der ganzen Stadt zu hören sein.

Melchior trat Luther in den Hintern. „Reiß dich zusammen, Kerl. Los, das Netz!"

Immerhin, das lange Üben zahlte sich aus, es gelang den Trupps, ihren Angriff zu koordinieren. Drei Netze schwirrten dem Tier entgegen, das völlig außer Rand und Band geriet.

„Zieht die Seile stramm!" Melchior trat mit gefällter Partisane vor das zappelnde Ungetüm. Die beiden Spießträger flankierten ihn, jederzeit bereit, von ihren Waffen Gebrauch zu machen.

Hans war völlig außer Atem, denn es erforderte seine ganze Kraft, das Ungetüm in Schach zu halten. Je lauter es jedoch brüllte, umso bekannter kamen ihm diese Laute vor. Er versuchte zu erkennen, was für ein Geschöpf dort im Wust der Netze um seine Freiheit kämpfte. Es besaß ein graues Fell und gewaltige Ohren, und für einen Moment lang vermochte Hans sogar das Weiß seiner schreckensweiten Augen zu sehen.

Plötzlich kam ihm die Erleuchtung. Am liebsten hätte er laut gelacht, so erleichtert fühlte er sich.

Hans war nicht der Einzige, dem es wie Schuppen von den Augen fiel.

„Es ist Gottschalks Esel!“, rief einer der Pikenträger. Überrascht von dieser Erkenntnis ließen die Netzwerfer die Seile aus ihren Händen gleiten. Dennoch blieb der Esel hoffnungslos im Netz verfangen. Sein Widerstand hatte ihn so sehr erschöpft, dass aus seinem furchtbaren Gebrüll ein klägliches Wimmern geworden war.

Melchior klammerte sich stöhnend an seine Partisane, so wie sich Moses einst an seinen Wanderstab geklammert haben musste, nachdem er vierzig Jahre mit seinem Volk durch die Wüste gewandert war. Nur dass Melchior nicht das gelobte Land erblickte. Nichts war es mit dem erhofften Heldentum. Im Gegenteil, Sartorius würde es ihm und allen, die dabei gewesen waren, bis in alle Ewigkeit nachhalten, dass sie den verrückten Esel des Müllers für das ominöse Untier von Aachen gehalten hatten. – Von dem Spott der Aachener ganz zu schweigen, den diese Geschichte auslösen würde.

„Wenigstens hat man jetzt wieder was zu lachen in der Stadt“, sagte Luther, der so tat, als habe er niemals die Hosen gestrichen voll gehabt.

Dafür trat Melchior ihm ein weiteres Mal in seinen Hintern.

Zwei Tage später schlich sich Trudi in Pauls Kammer, öffnete die Dachluke, und kündigte dem Bruder Michels Kommen an. Der Apothekersohn ließ nicht lange auf sich warten.

„Es ist so weit“, verkündete er. „Der Kolbert wird nicht länger bewacht. Kein Mensch hat mehr Angst, niemand glaubt noch an ein Untier.“

„Von Gottschalks Esel einmal abgesehen“, grinste Trudi.

„Und was bedeutet das jetzt für uns?“, verlangte Paul von ihm zu wissen.

Michel setzte eine geduldige Miene auf. „Jetzt jagen wir das Bahkauv. Denn wenn ihr mich fragt, wird es bald wieder zuschlagen. Wir müssen es nur geschickt anlocken."

Paul seufzte. Nur weil er sich Anna und Josef verpflichtet fühlte, die immer noch im Loch schmachteten, war er gewillt, die Sache nicht auf sich beruhen zu lassen. Seine Gedanken kreisten seit zwei Monaten weniger um das Bahkauv, als vielmehr um Katharina. Ja, sie liebe ihn ebenfalls, hatte sie ihm glaubwürdig versichert – und sich dennoch Zeit erbeten. Mit Haut und Haaren wolle sie für ihn bereit sein, zuerst aber müsse sie sich um ihren kleinen Bruder Heini kümmern, der wieder einmal erkrankt sei. Heinis Pflege erfordere viel Zeit, aber sobald er wieder munter sei, seien ihre Gedanken frei.

Das klang verheißungsvoll, wenngleich das Warten Paul zunehmend schwerfiel. Katharinas scheue Zurückhaltung gefiel ihm, ebenso ihre aufopferungsvolle Hingabe für den geliebten Bruder. Immer öfter fragte sich Paul, wie er jemals der Magdalena hinterherlaufen konnte. Sollte Joachim doch mit dieser verwöhnten Ziege glücklich werden.

„Hörst du uns überhaupt zu?" Trudi stieß ihm in die Seite.

„Wie?"

„In Gedanken wieder bei der Katharina", schloss sie messerscharf und nickte nachsichtig.

„Katharina ist ein Engel", sagte Michel. „Bei ihrer Schwester habe ich da so meine Zweifel."

„Magdalena ist ein habgieriges Miststück, das wissen wir. Sogar mein Herr Bruder hat das inzwischen begriffen. Aber was meinst du genau damit?" Trudi kannte ihren Michel gut genug, um zu wissen, dass er einen bestimmten Verdacht hegte.

„Nun, ich denke, dass Magdalena in der Bahkauvsache eine wichtige Rolle spielt."

Paul glaubte, sich verhört zu haben. „Das musst du uns schon näher erklären, Generalissimus."

„Dazu bin ich hier."

Was Michel nun darlegte, ließ Paul mehrmals schlucken. Immer wieder setzte er an, den Apothekersohn zu unterbrechen, doch Trudi hieß ihn schweigen und weiter zuhören. Als Michel endlich seine Ausführungen beendet hatte, holte Paul keuchend Luft. „Wie willst du das beweisen?", fragte er, nachdem er sich von dem Schock ein wenig erholt hatte.

„Du musst deinen Freund einweihen und ihn bitten, bei der Sache mitzumachen."

„Er wird mich fragen, ob ich noch alle beisammen habe."

„Es liegt auch in seinem Interesse, die Sache aufzuklären."

Paul sah seine Schwester an. Sie hatte offenbar nicht den geringsten Zweifel an der Hypothese ihres Freundes. „Alles ergibt einen tiefen Sinn, findest du nicht, Paul? Das Leben kann eben sehr merkwürdig sein."

„Sinn, Leben, pah! – Was wisst ihr jungen Küken schon darüber? Wenn du dich irrst, Junge, ziehe ich dir die Hammelbeine lang."

„Am Samstag, in der Nacht, werden wir es erfahren", sagte Michel ruhig. „Falls keiner von euch einen besseren Vorschlag hat, empfehle ich folgendes Vorgehen ..."

24

Joachim hatte an diesem Sonnabend – es war der 12. November, ein grauer Tag – lange überlegt, wie er der ungeheuerlichen Unterstellung begegnen sollte. Seine Magdalena eine Betrügerin? Beinahe hätte er dem Paul, Freund hin oder her, eine gepfeffert, dann wäre dieser so schnell nicht wieder aufgestanden. Andererseits: Was, wenn er recht hatte? Wenn die Liebe ihn, Joachim, blind gemacht und er vor lauter Bäumen den Wald nicht gesehen hatte? Es konnte nicht schaden, der Sache auf den Grund zu gehen. Hinterher würde sich Paul eben bei ihm in aller Form entschuldigen müssen. Und Magdalena bekam von der ganzen Angelegenheit nichts mit. Er durfte ihr keinesfalls sein Misstrauen zeigen. Nie würde sie ihm verzeihen, dass er es überhaupt in Erwägung gezogen hatte, sie zu verdächtigen.

Nein, er hatte dem Paul keine gepfeffert. Er hatte beschlossen, die Sache hinter sich zu bringen und alles zu tun, was von ihm verlangt wurde. Mit ihrer Freundschaft würde es wahrscheinlich nie wieder so sein wie früher, aber das musste sich Paul letztlich selbst zuschreiben. Vielleicht war der Freund ja in Wirklichkeit bloß neidisch, weil er bei Magdalena nicht zum Zug gekommen war.

Der junge Schmied schlüpfte in seine besten Kleider, überlegte es sich anderes und wechselte sie gegen seine zweite Garnitur, ein schwarzes Wams und einfache Kniehosen. Denn wenn zutraf, was Paul ihm prophezeit hatte, wäre es möglich, dass die Kleidung Schaden nahm. Andererseits war sich Joachim ziemlich sicher, dass Paul unrecht hatte. Ergo machte er die Entscheidung zur Garderobe ein weiteres Mal rückgängig und stieg wieder in die besseren Klamotten.

In Feiertagsgewandung machte er sich am frühen Abend auf den Weg zur „Kette“.

„Wohin gehst du denn schon wieder, mein Liebling?“

„In die ‚Kette‘, Mutter. Habe dem Paul versprochen, ein Bier mit ihm zu trinken.“

„Aber du musst doch zum Wachdienst.“ Maria Palmen mochte es nicht, wenn sich der Sohn allzu früh aus dem Staub machte.

„Ja, Mutter. Aber für einen Humpen Bier reicht die Zeit allemal.“

Sie schnalzte missbilligend. „Du könntest auch bei deiner armen alten Mutter bleiben, anstatt dich schon wieder in dieser Spelunke herumzutreiben.“

Hans kniff ihr zärtlich in die Wange. „Die Zeit wird kommen, wo ich nicht mehr dorthin gehe.“

„Ja, wenn ich unter der Erde liege.“

„Bitte, Mutter. Ich habe es dem Paul versprochen. Und der Joachim wird auch da sein. Freundschaften muss man hin und wieder pflegen, das siehst du doch ein.“

Andererseits war ihre Sorge nachvollziehbar, schließlich war sein Vater durch Aachens Kneipen gestreift, als er an dem blöden Hühnerknochen erstickte.

„Dass du dich nur nicht mit lästerlichen Weibern einlässt“, mahnte sie ihn.

Hans atmete tief und schloss die Augen. Für die Mutter waren alle Weiber lästerlich. „Was denkst du bloß von mir?“

„Du bist mein Liebling. Aber ein Mann bist du auch.“

Höchste Zeit, von hier zu verschwinden. Zum Abschied gab Hans ihr einen Kuss auf den Mund. „Bis später, Mutter. Mach’s dir ein wenig gemütlich, du hast es dir verdient.“

„Pass gut auf dich auf!“

Draußen sog er tief die frische Abendluft in sich hinein. Endlich frei, dachte er.

Joachim schien eine neue Leidenschaft für sich entdeckt zu haben: Er frönte dem Kartenspiel. Vorhin waren zwei galante, junge Männer im Wirtshaus erschienen, hatten um Gehör gebeten und großspurig einen prall gefüllten Geldbeutel in die Höhe gereckt. Wer Lust auf ein Spiel habe, fragten sie in die Runde.

Die Burschen waren fremd in der Stadt, besaßen aber nicht die typischen Gaunergesichter. Im Gegenteil, sie schienen aus vornehmem, reichem Haus zu kommen – verwöhnte Schnösel, die nicht wussten, wohin mit ihrem Geld.

Nicht nur zu Hans' Überraschung hatte sich ausgerechnet Joachim bereit erklärt, mit ihnen zu spielen. Auch Magdalena hatte dies mit augenscheinlicher Befremdung zur Kenntnis genommen, unternahm aber nichts, ihn davon abzubringen. Vertraute sie etwa auf Joachims Glück und sah sich bereits mit neuem Schmuck behangen?

Die drei Spieler hatten sich an einen der hinteren Tische zurückgezogen und widmeten sich seitdem ihren Karten.

Hans befürchtete Schlimmes. „Sie werden ihn fürchterlich schröpfen", sagte er kopfschüttelnd zu Paul. „Was ist bloß in ihn gefahren?" Die beiden Freunde behielten den Tisch mit den Kartenspielern im Auge. Wobei Paul seine Aufmerksamkeit hin und wieder auch Katharina widmete, die, wie er fand, heute bezaubernder aussah denn je. Warum um alles in der Welt hatte er sie früher als graue Maus wahrgenommen? Erfreut war er auch über den Anblick des kleinen Heini, der den Eltern und seinen Schwestern fleißig zur Hand ging: Zweifellos war der Knabe wieder bei bester Gesundheit. Und hatte Katharina nicht versprochen, dass ihr Herz und ihre Seele nach Heinis Genesung voll und ganz ihm gehörten?

Hans schien in seinen Gedanken zu lesen wie in einem offenen Buch. „Was ist jetzt eigentlich mit dir und Katharina?“, drang er forschend auf ihn ein.

„Was soll mit uns sein?“

„Frag nicht so dumm, du weißt, was ich meine.“

„Wir werden sehen.“

„*Wir werden sehen*“, äffte Hans ihn nach. „Du erzählst mir schon lange nicht mehr alles, nicht wahr? Ich dachte, wir sind Freunde.“

„Sind wir doch auch.“

„So? Warum hast du mir dann nie erzählt, dass du das Halunkenpärchen im Kerker besucht hast?“

Paul hob verwundert die Brauen. „Woher ...?“

„Luther konnte sein saudummes Maul nicht halten. Aber egal. Wenn du es nicht einmal einem Freund erzählen willst, wirst du deine Gründe haben.“

Darauf wusste Paul nichts zu erwidern. Hans war ernsthaft eingeschnappt. Sie schwiegen und tranken ihr Bier. Wütendes Fluchen lenkte ihre Aufmerksamkeit wieder auf die Kartenspieler. Die beiden fremden Kerle blickten so mürrisch drein, als hätten sie soeben ihr Erbe verspielt. Hatten sie womöglich auch, denn in aller Ruhe steckte sich Joachim den Geldbeutel ein, den sie vorhin noch großspurig präsentiert hatten. Die Kerle erhoben sich und stapften mit eisigen Mienen aus dem Wirtshaus. Unter den Gästen entstand Geraune. Einige hatten vielleicht ein neues, unterhaltsames Stück erwartet, wie damals, als der Schmied sich mit diesem flandrischen Tuchhändler angelegt hatte – vergebens.

„Sieh mal einer an, nicht unser Jo ist es, der fürchterlich ausgenommen wurde“, stellte Paul nüchtern fest.

„Von wegen Glück in der Liebe, Pech im Spiel", sagte Hans verwundert.

Magdalena eilte zu ihrem Liebsten, um ihn überschwänglich zu küssen. Joachim ließ die Liebesbeweise gelassen über sich ergehen.

Sie flüsterte ihm etwas ins Ohr. Der Geldsegen, der über ihren Liebsten gekommen war, machte sie aufgeregt wie eine Braut in der Hochzeitsnacht. Als sie wieder ihrer Arbeit nachging, setzte sich Joachim erneut zu seinen Freunden.

Hans nickte ihm grinsend zu. „Gratuliere, Meister Amboss! Wie viele Taler hast diesen Trotteln denn abgeknöpft?"

Man konnte nicht gerade behaupten, dass Joachim vor Freude platzte. „Genug, um euch beiden Hänflingen die Zeche zu spendieren."

„Schön zu hören", zeigte sich Hans erfreut, „dumm nur, dass ich schon gleich wieder meinen Dienst antreten muss."

Joachim zuckte mit den Schultern. „Da kann man nichts machen. Dann eben beim nächsten Mal, Torwächter."

„Und jetzt entschuldigt mich. Ihr wisst ja, was Sartorius mit mir anfängt, wenn ich nicht pünktlich zum Dienst erscheine."

„Er hängt dich an den Eiern auf", sagte Paul.

„So ist es. An den Eiern."

„Werdet ihr wieder Esel fangen?"

„Sehr witzig."

Sie verabschiedeten sich. Finster starrte Joachim dem Hans nach. „Die beiden Kartenspieler – wer waren diese Kerle eigentlich?", fragte er Paul mit gedämpfter Stimme.

„Zwei Gaukler. Der Michel hat sie irgendwo aufgetrieben. Haben sie ihre Rolle nicht prächtig gespielt?"

Joachim ging nicht auf diese Frage ein. „Worauf habe ich mich da nur eingelassen“, brummte er. Ein wenig hilflos klopfte Paul ihm auf die breiten Schultern.

„Sei ehrlich, Jo, du weißt es selbst: Habsucht hat schon so manchen zu merkwürdigen Dingen verleitet.“

„Wenn du behauptest, dass die Magdalena und der Hans ...“

„Psst“, machte Paul und sah sich um.

„Wenn du behauptest, dass sie unter einer Decke stecken, dann bist du sicher auch bereit, dich bei mir zu entschuldigen – wenn sich nämlich herausstellt, dass dies absoluter Blödsinn ist.“

Paul seufzte mitleidig. „Sicher, ich würde mich hundert Mal bei dir entschuldigen.“

„Obwohl du eigentlich eine fürchterliche Abreibung verdient hättest.“

„Na schön, dann verprügelst du mich eben, wenn dir das lieber ist. Ich sehe ja ein, dass du dir für eine Entschuldigung nichts kaufen könntest.“ Verständlich, dass Jo es einfach nicht wahrhaben wollte.

Magdalena brachte ihrem neureichen Liebsten einen frischen Humpen. „Den hast du dir wahrlich verdient, mein großer Held“, wisperte sie, mit ihren Augenlidern klappernd. Heini war ihr gefolgt und bedachte Joachim mit staunenden Blicken.

Der große Held lächelte gequält und strich Heini über den Kopf. Magdalena schien von den Kämpfen, die in ihm tobten, nicht das Geringste zu ahnen. Als Schwester und Brüderchen wieder fort waren, sagte Paul warnend: „Untersteh dich, davon zu trinken.“

„Nicht mal einen kleinen Schluck gönnst du mir?“

„Ich hab’s dir ausführlich erklärt, Jo! Bitte!“

Sie würden den Inhalt des Humpens unauffällig entsorgen müssen. Beispielsweise in einem der Pinkelkübel, die für die Gerber bereit standen.

Der Abend schritt voran. Die Stimmung zwischen den beiden Freunden war mehr als frostig, aber Paul hoffte innig, dass es, sobald Joachim über die erlittene Demütigung hinweggekommen war, wieder wie früher werden würde.

„Na schön", sagte Paul schließlich, „ich werde jetzt gehen. Du aber warte noch ein Weilchen. Dann machst du alles wie vereinbart."

Joachim strafte ihn, indem er stur in eine andere Richtung blickte, aber er nickte. Paul war es alles andere als leicht ums Herz, doch es gab nun kein Zurück mehr. Bevor er ging, suchte sein Blick ein letztes Mal Katharina. Sie stand hinter dem Schanktisch und winkte ihm lächelnd zu. In diesem Augenblick hätte Paul schreien können vor Sehnsucht nach ihr. Er fasste einen Entschluss: Sobald diese leidige Geschichte ausgestanden war, würde er um ihre Hand anhalten.

Draußen führte die Nacht das Regiment. Wie ausgestorben lag der Marktplatz vor ihm. Er holte tief Luft. Sie schmeckte nach der Kälte des nahenden Winters.

25

Joachim kam sich lächerlich vor, wie ein Betrunkener durch die Nacht zu torkeln. Dabei war er nach einem Wirtshausbesuch nie so nüchtern gewesen. Die beiden Kartenspieler hatten ihre Rolle bereits gespielt, nun folgte sein Part. Einerseits bereute er, dass er sich dazu hatte überreden lassen, aber mit Zweifeln wollte er auch nicht leben. Paul und dieser Bengel von Apothekersohn hatten es geschafft, sein Misstrauen zu wecken. Wehe diesen Wichten, wenn sich alles als Luftblase entpuppte.

Den Büchel war er bereits hinabgegangen; noch war ihm kein Untier vor die Füße gesprungen. Aber das lauerte ja auch dort hinten am Kolbert, wenn man dem Paul glauben konnte. Schon sah er den Nebel, der aus der Quelle aufstieg und über den Boden waberte. Joachims gewaltige Muskeln spannten sich, gleichzeitig mühte er sich, so schlaff und schwankend wie möglich zu erscheinen. Er begann sogar, ein Liedchen zu lallen, ließ es aber rasch wieder bleiben, denn Singen gehörte weiß Gott nicht zu seinen Stärken. Was für ein albernes Spiel!

Die heiße Quelle sprudelte und zischte, als er daran vorüberging. Nun? Wo blieb es denn, das gottverfluchte Ungeheuer? Ach, hätte er sich doch auf diesen Blödsinn gar nicht erst eingelassen. Vielleicht hätte ihn die Magdalena sogar noch für ein Stündchen in ihr Bett gelassen. Statt dessen tappte er wie ein Verrückter durch die schlafende Stadt – mit dem wahnwitzigen Auftrag, seine Geliebte als Komplizin eines Schelms zu überführen.

Unsinn, alles Unsinn! Hans Palmen war sein Freund und Magdalena seine Verlobte. Ein Untier gab es nicht, vermutlich war es nie etwas anderes gewesen als ein Hirngespinst.

Oder etwa doch nicht?

Ein fauchendes Etwas sprang ihm auf den Buckel. Joachim erschrak – allerdings nicht lange. Wer immer ihm da auch aufgelauert hatte, musste sich schon etwas Besseres einfallen lassen als ihn hinterrücks anzuspringen wie ein übermütiger Knabe, der huckepack getragen werden wollte. Aus dem wankenden Trunkenbold wurde blitzartig wieder der kraftstrotzende Schmied. Er bekam einen Arm des Angreifers zu fassen – seltsam, er war behaart wie ein Pelz! – und schleuderte ihn über seinen Rücken nach vorn, sodass er ihm wie ein nasser Sack vor die Füße plumpste.

„Vorsicht, du Lump. Das sind meine besten Kleider!"

Der Überwältigte stöhnte schmerzlich auf, aber im Dunkeln konnte Joachim wenig erkennen. Eklig war indessen der Gestank, der von ihm ausging und der Joachim in der Tat an ein wildes Tier denken ließ. Aber hatte man jemals ein wildes Tier wie einen Menschen stöhnen hören?

Dem Ort des Geschehens näherten sich aus einer der seitlichen Gassen drei Fackeln. Gehalten wurden sie von Paul, Trudi und Michel, Letzterer trieb den kleinen Heini vor sich her. Neben dem Schmied verharrten sie. Mit seiner Fackel leuchtete Paul das Wesen zu ihren Füßen an. Es glich einem Bären, doch bei näherer Betrachtung erkannte man deutlich eine menschliche Gestalt in einem Fellüberwurf. Joachim bückte sich, um an dem gewaltigen, zähnebestückten Bärenmaul zu zerren. Wie eine Kapuze war das Haupt des Tieres über den Kopf seines Insassen gestreift.

Zum Vorschein kam Hans Palmens konsterniertes Gesicht.

„Na also", sagte Michel selbstzufrieden.

„Das war's dann wohl", ächzte der Enttarnte und wollte sich aufrichten, aber Joachims Stiefel auf seiner Bärenbrust hinderte ihn daran. „Autsch! Lass mich raten, Meister Amboss: Das viele Geld – es ist in Wahrheit nicht deins, stimmt's?"

„Sie hatten recht! Verdammt und zugenäht, Paul und der kleine Hosenscheißer hatten völlig recht!" Joachims Stimme zitterte vor Wut.

„Ihr wusstet, dass ich es bin?", wunderte sich Hans.

Paul scharrte verlegen mit einem Fuß. Den Freund überführt zu haben, war ihm peinlich, wenngleich es an der Notwendigkeit keinen Zweifel gab. „Genau genommen war es Michels Scharfsinn, der dich enttarnte."

„Na los, sag's ihm, Michel", forderte Trudi stolz. „Sag ihm, wie du ihm auf die Schliche gekommen bist."

Michel kratzte sich den Kopf. „Nun ja, da wäre zuerst der Bär zu nennen", begann er, „der war schon krank, als er damals durch das Jakobstor aus der Stadt vertrieben wurde. Sein Bändiger hat es wohl nicht mehr sehr weit mit ihm geschafft. Ich wette mal, dass du dich eifrig um das Fell des Bären bemüht hast, Hans."

„Dass die Bärensuche, auf die man dich schickte, erfolglos sein würde, muss dir von vornherein klar gewesen sein", sagte Paul mit einem traurigen Kopfschütteln.

„Ich hatte ein paar nette Tage", verkündete Hans unverblümt. Leugnen wäre so zwecklos gewesen wie ein Sonnenhut in einer Neumondnacht.

„Weiter", drängte Trudi, und Michel tat ihr den Gefallen.

„Meine Nachforschungen ergaben, dass du es warst, Hans, der dem reichen flandrischen Tuchhändler die Empfehlung gab, in die ‚Kette' zu gehen – wegen der schönen Wirtstochter!"

Joachim schnaufte zornig.

„Was für ein begabter kleiner Schnüffler", sagte Hans anerkennend.

„Und meinen Oheim Ulrich", merkte Paul an, „hast du dir ausgewählt, weil du dachtest, ich hätte ihm wieder einige Münzen zugesteckt."

„Hattest du aber leider nicht. Ich wollte nicht, dass er stirbt, Goldjunge. Das glaubst du mir doch, oder? Wir wissen ja alle, dass dein Oheim von schwacher Gesundheit war."

„Wohl wahr", stimmte Paul ihm zu.

Trudi hielt nichts von diesem Schmusekurs. „Wegen dir sitzen Unschuldige im Kerker, Hans Palmen!"

Auch Joachim war nicht nach Friedfertigkeit zumute. „Ihr habt mich hintergangen, ihr verräterischen Ratten!" Heftig trat er dem gewesenen Freund in die Seite, und wäre nicht das dicke Bärenfell gewesen, hätte sicherlich die eine oder andere Rippe dran glauben müssen.

„Mein Oheim Ulrich wollte mich am Morgen nach dem Überfall unbedingt sprechen", murmelte Paul.

„Möglicherweise hatte er ja in dem Bahkauv den Freund seines Neffen erkannt", erklärte Michel.

Vier, fünf aufgeregte Anwohner erschienen am Kolbert. Diesmal, das war rasch auszumachen, war es nicht Gottschalks Esel, der sie um den Schlaf brachte. Fassungslos starrten sie auf das menschengesichtige Wesen, das immer noch am Boden kauerte, weil Joachims Fuß es daran hinderte, auf die Beine zu kommen.

„Warum geht Ihr nicht wieder ins Bett, Ihr guten Leute?", sagte Hans zerknirscht.

„Das Bahkauv?", fragte einer der Ankömmlinge und blies die Wangen auf.

„Wenn man so will", antwortete Michel.

„Im Ernst?"

„Zumindest ist er derjenige, der für den Überfall auf drei betrunkene Zecher verantwortlich ist."

„Ich hol dann mal den Nachtwächter!", schlug ein anderer vor.

Trudi reichte ihm ihre Fackel. „Das wäre sehr umsichtig! Zu dieser Stunde dürfte er etwa am Lavenstein sein." Sogleich machte sich der Mann auf die Suche durch die dunkle Nacht. Inzwischen waren weitere Anwohner herbeigeeilt und sorgten für erregtes Palaver.

„Würdet Ihr gütigst mal alle die Klappe halten?" Joachims dröhnende Stimme war von Jähzorn durchdrungen. „Womit wolltet ihr mich vergiften? Was habt ihr mir ins Bier gegeben?", verlangte er von Hans zu wissen.

„Nichts, was dich nicht wieder hätte erwachen lassen, Freund. Nur ein kleines Rauschmittel. Du hast es also nicht getrunken? Sieht fast so aus, sonst läge ich jetzt wohl nicht unter dir. Bist klüger, als ich dachte, Grobschmied."

Paul hegte die Befürchtung, Joachim könnte nun endgültig die Fassung verlieren und den Hans vor aller Augen zum Krüppel prügeln. Statt dessen schien Joachim mit einem Mal förmlich in sich zusammenzusinken.

„Sie war mein Ein und Alles!" Das klang wie ein Schluchzen.

„Wer?", fragte Hans.

„Die Magdalena natürlich. Himmelherrgott, was fragst du so dämlich?" Hans erhielt einen weiteren Tritt.

„Meine Schwester hat mit der Sache nichts zu tun!"

Alle blickten auf die junge Frau, die plötzlich mitten in der Menge stand. Der kleine Heini riss sich von Michel los, rannte auf sie zu und klammerte sich an ihren Rock. Katharina strich ihm zärtlich durchs Haar.

„Was ... was machst du hier?", stammelte Paul.

Sie sah ihn direkt an. „Ich machte mir Sorgen um meinen kleinen Bruder, weil er noch nicht zurückgekehrt war."

„Aber ..."

„Wir haben ihn auf dem Rückweg abgefangen", verkündete Michel. „Denn Heini war es, den du als Boten immer zum Jakobstor schicktest, bevor eure Goldesel sich auf den Weg machten."

Pauls Verwirrung wuchs. „Aber Michel! Du hast gesagt, dass es die Magdalena ..."

„Habe mich wohl geirrt!" Das klang schon kleinlauter. Und auch Trudi wusste vor Betroffenheit nicht, wohin sie schauen sollte.

„Katharina", sagte Hans eindringlich, „verschwinde von hier, ich habe das alles allein getan. Nimm den Heini und geh nach Hause, sie werden dich nicht daran hindern. Nicht wahr, Leute, ihr werdet sie doch gehen lassen? Sie hat nichts damit zu schaffen!"

Katharina winkte ab. „Lass es nur gut sein, Hans! Mitgefangen, mitgehangen!"

„Hans und Katharina ..." Joachim tat sich besonders schwer, das alles zu begreifen. Doch die wachsende Erkenntnis, dass seine Magdalena schuldlos war, ließ das grimmige Leuchten in seinen Augen allmählich erlöschen. Anders Paul: Trudi sorgte sich ernsthaft, ihr Bruder könnte ohnmächtig werden. Aber irgendwie schaffte er es, auf den Beinen zu bleiben.

„Warum?", kam es heiser aus seiner Kehle. Es blieb offen, wem diese Frage galt, aber Hans sah sich aufgefordert, sie zu beantworten.

„Ach, Paul. Die Katharina und ich, wir lieben uns schon seit Langem. Wir wollten raus aus der Stadt, irgendwohin, wo wir nur für uns sein können, wo kein Sartorius mir das Leben schwer macht. Du kennst meine Mutter, sie hätte mich niemals losgelassen. Aber wir brauchten Geld, viel Geld, um von hier zu verschwinden."

Paul presste die Lippen zusammen. „Du hast mich belogen, Hans. Ihr beide habt mich belogen!"

Das war nicht zu leugnen. „Ja. Verzeih mir, Goldjunge."

Katharina war ganz nah an Paul herangetreten. „Ich wollte dich nicht verletzen, Paul", flüsterte sie ihm mit brüchiger Stimme ins Ohr. „Ich mag dich sehr, das musst du mir glauben. Wenn es den Hans nicht gäbe, ich würde nur dich wollen. Das ist die Wahrheit, so wahr ich hier stehe."

In diesem Moment erschien der herbeigerufene Nachtwächter Albrecht an Ort und Stelle. Vorsorglich hatte er zwei Büttel mitgebracht. „Da glaubt man auf seine alten Tage, man hätte schon alles erlebt", murmelte er und wies seine Begleiter an, Hans festzunehmen. Sie schälten den Überführten aus seinem Fell und gingen dabei wenig zimperlich mit ihm um.

„Heiliger Bartholomäus, wie kann man nur so stinken?", fluchte einer der Büttel.

„Bleibt mein kleines Geheimnis."

„Mal schauen, was Sartorius zu deinem kleinen Geheimnis sagt, Palmen!"

Der unerquickliche Gedanke an Sartorius bewog Hans, mit seinen Foppereien aufzuhören und zu schweigen. Endlich stand er aufrecht und mit gebundenen Handgelenken vor dem Nachtwächter.

„Tja, Junge", seufzte dieser. „Was hast du dir bloß dabei gedacht? Was ist heutzutage eigentlich mit der Jugend los?"

„Die Wirtstochter ist seine Komplizin", erklärte ihm einer der Anwesenden aufgeregt. Diese Geschichte würde alles in den Schatten stellen, was an Klatsch in den vergangenen Monaten die Runde gemacht hatte.

„Ist das so? In Gottes Namen, dann nehmt auch sie fest.“

Paul öffnete den Mund, um etwas zu sagen – aber was? Was um alles in der Welt hätte er in diesem verfluchten Augenblick sagen können? Soeben war seine Welt untergegangen. Also schwieg er.

Bald darauf führten sie Hans und Katharina ab. Ein letztes Mal warf Katharina Paul einen um Verzeihung flehenden, ja geradezu schmachtenden Blick zu, der ihm das Herz zerriss. Immer noch glaubte er, ihren warmen Atem an seinem Ohr zu spüren.

Jemand fasste ihn sanft an der Hand.

„Lass uns nach Hause gehen“, hörte er Trudis Stimme wie aus weiter Ferne.

Sie zog ihn mit sich fort.

26

Hiobs Freilassung interessierte niemanden. Die Aachener bedauerten nur, dass man ihm nicht das Predigen verboten hatte. Also würde man schon recht bald wieder von ihm hören, ob man wollte oder nicht. Die Freilassung des Halunkenpärchens war dagegen ein öffentliches Spektakel. Trotz kalten Nieselregens stand die halbe Einwohnerschaft Aachens am Grashaus versammelt, als man sie ins Freie führte. Josef kauerte auf den Schultern seiner Frau, beide wirkten bleich und abgezehrt; fast glich es einem Wunder, dass Anna überhaupt noch in der Lage war, den Gefährten zu tragen. Trotz ihrer Schwäche waren sie sichtlich bemüht, sich stolz und würdevoll zu geben. Spanier, die Riesendogge, folgte ihnen, ein Knochengerüst, dem ein dünnes, dunkles Fell übergestülpt war. Nichts an dem Hund wirkte mehr furchterregend, und Michel hatte es sich zur Aufgabe gemacht, übermütige Kinder davon abzuhalten, ihm am Schwanz zu ziehen. Machtlos jedoch war er gegen die spöttischen Kommentare einiger Gaffer, denen jegliches Mitleid fremd zu sein schien. Sartorius ließ sich wohlweislich nicht blicken, auch ihm wären Schmähungen gewiss gewesen.

Paul stand mitten in der Menge, Trudi an seiner Seite. „Willst du ihnen nicht Lebewohl sagen?“, fragte sie ihn leise.

Er schüttelte den Kopf. „Dafür schäme ich mich zu sehr.“

„Immerhin hast du letztlich geholfen, ihre Unschuld zu beweisen. Und Spanier wäre ohne dich den Hungertod gestorben.“

„Sollen sie sich dafür etwa noch bei mir bedanken? Nein, Trudi. Das will ich ihnen nicht zumuten.“

„Verstehe“, sagte sie nachdenklich.

Paul riss sich zusammen. „Ich will jetzt mal lieber die andere Sache erledigen.“

Trudi nickte ernst, langte in den Korb, den sie trug, und reichte ihm verstohlen eine kleine Phiole. *„Laudanum,* frisch aus der Apotheke. Ein Glück, dass es den Michel gibt, nicht wahr?“

Paul nahm die Phiole und steckte sie ein. „Ja, was für ein Glück. Für dich, für mich, für Hans ...“ Katharinas Name wollte ihm hingegen nicht über die Lippen kommen.

„Wirst schon irgendwann darüber hinwegkommen“, tröstete sie ihn, wenngleich sie wusste, dass es sich nur um eine Worthülse handelte.

„Und du?“, fragte er sie.

Sie linste in ihren Korb, der gefüllt war mit einer Weinflasche, zwei Brotlaiben und frisch gebratenen Würsten, die sie Lisbeth, der gutmütigen Köchin, abgeschwatzt hatte. „Ich bringe den Ärmsten etwas zu essen. Aber zuerst helfe ich dem Michel, sie aus der Stadt zu eskortieren.“

„Gut so. Wir sehen uns später.“

Als er gehen wollte, fasste sie ihn am Ärmel und blickte ihm verschwörerisch in die Augen. „Denkst du, dass der Jesuit sich darauf einlässt?“

„Ja, Kröte. Ich glaube, er ist einer von den Guten.“

Er machte sich auf den Weg zum Jesuitenkloster.

Das Urteil, das man am Vortag über Hans Palmen und Katharina Nopp gefällt hatte, hätte durchaus härter ausfallen können. Womöglich fürchteten die Richter, sich selbst, den Rat und die ganze Stadt lächerlich zu machen, denn wie Narren hatte man sich monatelang an der Nase herumführen lassen. Eine drakonische Strafe hätte sich rasch bis nach Köln und in die Niederlande herumgesprochen und die leidige Angelegenheit unnötig aufgebauscht. Deshalb verurteilte man die beiden Schuldigen zu zehn Rutenstreichen und legte ihnen auf, die Stadt für immer zu verlassen. Letzteres hatten Hans und Katharina ja ohnehin vorgehabt. Hans hatte verlauten lassen, er wolle auch seine arme alte Mutter mitnehmen, die ja niemanden mehr habe außer ihm. Sie mit dieser Schande in Aachen zurückzulassen, brachte er offenbar doch nicht zuwege.

Das Urteil sollte am nächsten Tag auf dem Katschhof öffentlich vollstreckt werden.

Pater Cornelius empfing den jungen Goldschmied in einem stillen Kämmerlein, wo sie unter sich waren. Unverzüglich kam Paul auf den Grund seines Besuchs zu sprechen. „Ihr werdet den beiden morgen zur Seite stehen, Pater?"

Cornelius nickte. „Ja, das ist meine Aufgabe."

„Hans Palmen war ... er *ist* ein guter Freund von mir. Und das Mädchen ..." Erneut blieb ihm das Wort im Hals stecken.

„Schon gut", sagte der Pater sanft, als wüsste er genau, welcher Sturm in Pauls Seele wütete.

„Ich möchte Euch um etwas bitten", fuhr Paul fort und reichte ihm die Phiole. „Ein Streich mit der Rute tut höllisch weh, nicht wahr? Ich weiß, ich bitte Euch um etwas Verbotenes. Würdet Ihr es trotzdem für mich tun?"

„Sofern es nicht gegen die Gebote Gottes verstößt. Die Verbote der Menschen sind untergeordnet."

Das machte Paul Hoffnung.

„Es wird ihren Schmerz lindern. Eine Stunde vor der peinlichen Bestrafung sollten sie davon trinken. Glaubt mir, niemand wird es merken – mit Ausnahme der beiden. Nun ja, es wird ihnen den Schmerz nicht ganz nehmen, aber immerhin ein wenig."

Cornelius betrachtete die Phiole in seiner Hand.

„Ihr könnt mir vertrauen, es ist kein Gift darin, und ich hege keine persönlichen Rachegefühle", versicherte ihm Paul eindringlich.

„Nicht jeder hat so gute Freunde", sagte der Jesuit mit einem kaum wahrnehmbaren Lächeln.

„Ihr werdet es also für mich tun?"

Cornelius legte einen Finger auf seinen Mund zum Zeichen, dass er Pauls Wunsch zu erfüllen gedachte.

„Ihr Jesuiten seid gar nicht so übel, wie mein Vater und mein Onkel mich glauben machen wollen."

„Dann werde ich deinen Vater und deinen Onkel in meine Gebete einbeziehen."

„Oh, das würde ihnen kaum gefallen, denke ich. Aber ich danke Euch trotzdem dafür, Pater."

„Was deinen Freund Palmen und die junge Nopp angeht, so mache ich mir keine Sorgen um sie. Sie werden in der Fremde gut zurechtkommen. Sie sind sehr abgefeimt."

„Abgefeimt. Ja, das kann man wohl so sagen."

Zum Abschied reichten sie einander die Hand. Wenigstens musste sich dieser junge katholische Geistliche – was für ein unschätzbarer Vorteil! – nicht mit Liebeskummer herumplagen. Oder mit Weibern, die nur schwer zufriedenzustellen waren, wie es gerade erst der gute Jo wieder erfahren hatte.

Magdalena war regelrecht an die Decke gegangen, nachdem man ihr alles berichtet hatte. Sie wollte partout nicht wahrhaben, dass Joachim mitnichten der stolze Besitzer eines hübsch gefüllten Geldbeutels geworden war.

Draußen nieselte es immer noch. Der Tag war so grau wie Pauls Gemütslage. Aber vermutlich hatte seine altkluge Schwester recht: Irgendwann würde er über alles hinweggekommen sein.

Zu diesem Buch

Das Bahkauv ist kein Einzelkind. Im Sagengut des Rheinlands wimmelt es geradezu von Ungeheuern, die des Nachts betrunkene Zecher überfallen, sie drangsalieren und ausrauben. Genannt seien an dieser Stelle der „Hackestrüpp“ in Merzenich, oder der „Sürthgens Mossel“ in Bergstein. Das Aachener Bahkauv aber – der Name leitet sich von „Bachkalb“ ab – sticht unter all diesen Untieren an Berühmtheit hervor. Was zum einen daran liegt, dass es einem Prominenten, König Pippin, dem Vater Karls des Großen, begegnet sein soll. Pippin habe dem Untier den Garaus gemacht, behauptet die Sage. Was das Bahkauv aber nicht daran gehindert hat, in mannigfaltiger Gestalt weiter durch die Jahrhunderte zu spuken.

Der vorliegende Roman basiert auf einer Sagenvariante aus dem 17. Jahrhundert. Die Auflösung des Rätsels um das Untier offenbart darin Umstände, die alles andere als übernatürlich sind. Möglich, dass sich die Geschichte in dieser oder ähnlicher Weise tatsächlich so zugetragen hat, auch wenn die angeblichen Aufzeichnungen eines Chronisten nicht mehr aufzufinden sind.

Ein weiterer Grund für die nachhaltige Bekanntheit des Bahkauvs ist erklärbar durch die moderne Brunnenplastik, die seit 1967 den Aachener Büchel ziert: Sie zeigt ein echsenartiges Ungeheuer mit dolchartigen Zähnen und langem Schwanz. Entworfen wurde es vom Bildhauer Kurt-Wolf von Borries. Der Bahkauvbrunnen zählt zu seinen bekanntesten Werken.

Schon 1904 war dort ein Brunnendenkmal errichtet worden, das ein lauerndes Bahkauv über einem verängstigten Knaben darstellte. Während des Zweiten Weltkriegs wurde es, wie fast alle Aachener Denkmäler, zu Rüstungszwecken eingeschmolzen. Auf grausame Weise sorgte das Untier also weiterhin für Angst und Schrecken.

Die Reformation hatte in Aachen zunächst nur zögerlich Fuß gefasst. Doch der Einfluss der Evangelischen in den Zünften – oft handelte es sich um eingewanderte Kaufleute, Gelehrte, Tuchmacher und Kupferschläger – nahm seit den 1540er-Jahren stetig zu, was nicht nur dem alteingesessenen Aachener Adel aufstieß. So bemühten sich auch immer wieder die benachbarten katholischen Herzöge von Jülich sowie die habsburgischen Kaiser, die Aachen traditionell als kaiserliche Reichsstadt und Ort der Königskrönungen betrachteten, die im Augsburger Religionsfrieden getroffenen Vereinbarungen in Aachen zu unterminieren. Kaiser Ferdinand I. beschnitt per Erlass den Einfluss der Protestanten, doch langfristig ließ es sich nicht durchsetzen, sie dauerhaft von hohen Ämtern auszuschließen. Anfang der 1580er-Jahre spitzten sich die Auseinandersetzungen zwischen Protestanten und Katholiken in Aachen so sehr zu, dass Kaiser Rudolf II. sich genötigt sah einzugreifen. Kaisertreue spanische Truppen besetzten die Stadt. Aus dem Rat wurden alle evangelischen Mitglieder entfernt. Die Abwanderung vieler Handwerker- und Händlerfamilien führten jedoch zu einer echten wirtschaftlichen Krise. Die Strafmaßnahmen gegen die Protestanten wurden deshalb abgemildert, und bald war der Stadtrat wieder fest in evangelischer Hand. Rudolf II. erklärte der Stadt schließlich die Reichsacht, kam aber erst 1598 dazu, sie militärisch zu vollstrecken. Erneut kam es zu einer großen Abwanderungswelle protestantischer Bürger.

Der im Roman erwähnte Goldschmied Johann Kalkberner, Pauls Onkel, entwickelte sich zum Wortführer der in Aachen verbliebenen Protestanten und schaffte es, sie von Neuem zu organisieren. Zugute kam ihm dabei der Ausbruch des Jülich-Klevischen Erbfolgekriegs, der die „katholische Umzingelung“ Aachens vorübergehend aufhob. Am 5. Juli 1611 stürmten die Protestanten das Rathaus und Johann Kalkberner wurde neuer Bürgermeister. Eine unter Führung des Feldherrn Ambrosio Spinola stehende kaiserliche Streitmacht, die im August 1614 vor den Toren der Stadt erschien, beendete das Intermezzo. Viele protestantische Familien wurden verbannt, zwei Bürger zum Tode verurteilt. Dem Anführer des Aufstands, Johann Kalkberner, der sich durch Flucht einer Gefangennahme entzog, errichtete man auf dem Marktplatz eine „Schandsäule“. Von nun an blieb Aachen katholisch. Noch ahnte niemand etwas von der Katastrophe des Dreißigjährigen Krieges, der bald beginnen und beispielloses Elend über die Menschen bringen sollte.

Noch ein Wort zum Hexenwahn, der im 17. Jahrhundert einen unrühmlichen Höhepunkt erreichte: Manchen meiner Leser mag der Name der vermeintlichen Hexe Maroy Kroiseti bekannt vorkommen. Schon im Roman „Flammen über Aachen“, der im Jahr 1656 spielt, gab die historisch verbürgte Kroiseti ihren Namen für eine Verurteilte her. Aus dramaturgischen Gründen fasste ich dort zwei verschiedene Hexenprozesse zusammen. Im vorliegenden Roman „Das Untier von Aachen“ ist ihr Tod auf dem Scheiterhaufen korrekt terminiert.

Langerwehe, im Januar 2014
Günter Krieger

**Als die Stadt 1656 in Schutt und Asche versank:
der historische Aachen-Roman von Günter Krieger**

Günter Krieger
Flammen über Aachen

272 Seiten, Fadenbindung,
Umschlag mit 2 Klappen
13 × 24 cm, 15 Euro.
ISBN 978-3-86712-029-6

Als Kinder mussten die Geschwister Martha und Karl hilflos zusehen, wie ihre Eltern und ihre Schwester von einer marodierenden Soldateska gemeuchelt wurden. Ein Scherenschleifer erbarmte sich der verwaisten Kinder und nahm sie in seine Obhut. Jahre später: Die Brandfackel des Dreißigjährigen Krieges ist endlich erloschen.
In Aachen begegnet Martha einem jener Mörder ihrer Familie – und plant fortan sein Verderben. Zugleich verliebt sie sich in Joseph, einen jungen Maler. Martha durchlebt eine aufwühlende Zeit, in der Zorn und Rachepläne, Sorgen und Glück ein ständiges Wechselbad ihrer Gefühle bewirken. Die weiteren Ereignisse bestimmt ein unvorhergesehenes Schicksal, denn am 2. Mai 1656 bricht eine verheerende Feuersbrunst über Aachen aus.
Am Morgen nach dem Brand ist für die Menschen, deren Stadt in Schutt und Asche liegt, nichts mehr, wie es war. Für die Überlebenden der Katastrophe beginnt eine neue Zeit ...

Ein Drama im Venn.
Ein Roman aus der Feder von Günter Krieger

Günter Krieger
Das Kreuz der Verlobten

160 Seiten, Fadenbindung,
Umschlag mit 2 Klappen
13 × 21 cm, 15 Euro.
ISBN 978-3-86712-069-2

Sie sind vermutlich die bekanntesten Opfer des Hohen Venns: Im Januar 1871 machen sich Marie Solheid und François Reiff auf den Weg nach Xhoffraix, um ihre Heiratspapiere zu besorgen. Doch dann bricht ein furchtbarer Schneesturm über sie herein ...
Glaube, Unglaube und ein seltsames Wunder – was die Geschichte der Verlobten obendrein mit einem Paar zu tun hat, das hundertvierzig Jahre später in eine ähnliche Situation gerät, erzählt Günter Krieger in seinem Venn-Roman.

Bitte teilen Sie uns Ihre Anmerkungen oder Kritik mit.
Wir freuen uns über jede Anregung und jeden
Verbesserungsvorschlag.

GEV (Grenz-Echo Verlag)
Marktplatz 8
4700 Eupen (Belgien)
Tel.: +32 (0)87/59 13 03
Fax: +32 (0)87 74 38 20
buchverlag@grenzecho.be
www.gev.be